AS TREVAS DE UMA ERA

MARY ELIZABETH BRADDON

Tradução Sonia Augusto
Ilustrações dos contos Ana Milani

TRADUÇÃO	**CAPA E DIAGRAMAÇÃO**
Sonia Augusto	Marina Avila
PREPARAÇÃO	**ILUSTRAÇÕES**
Nilsen Silva	Ana Milani (contos)
	Caroline Jamhour (retrato)
REVISÃO	
Karine Ribeiro	**AVALIAÇÃO**
e Lorena Camilo	Mariana Dal Chico

1ª edição | 2022 | Capa dura | Geográfica

DADOS INTERNACIONAIS DE CATALOGAÇÃO NA PUBLICAÇÃO (CIP)
(Câmara Brasileira do Livro, SP, Brasil)
Catalogação na fonte: Bibliotecária responsável: Ana Lúcia Merege - CRB-7 4667

B 798
Braddon, Mary Elizabeth
  As trevas de uma era / Mary Elizabeth Braddon; tradução de Sonia Augusto; ilustrações de Ana Milani; prefácio de Marcela Santos Brigida. - São Caetano do Sul,SP: Wish, 2022.
  224 p. : il.
  ISBN 978-85-67566-46-7 (Capa dura)
  1. Ficção inglesa 2. Contos de suspense I. Augusto, Sonia II. Milani, Ana III. Brigida, Marcela Santos IV. Título
                                                        CDD 823

ÍNDICE PARA CATÁLOGO SISTEMÁTICO:
1. Ficção: Literatura inglesa 823

EDITORA WISH
www.editorawish.com.br
Redes Sociais: @editorawish
São Caetano do Sul - SP - Brasil

© Copyright 2022. Este livro possui direitos de tradução e projeto gráfico reservados e não pode ser distribuído ou reproduzido, ao todo ou parcialmente, sem prévia autorização por escrito da editora.

MARY E. BRADDON

AS TREVAS DE UMA ERA

AS TREVAS DE UMA ERA

ESTE LIVRO
PERTENCE A

SUMÁRIO

 Prefácio
por Marcela Santos Brigida 09

 O Visitante de Eveline
1867 21

 A Ilha dos Rostos Perdidos
1892 35

 O Espelho Veneziano
1894 51

| 87 | **Três Vezes** *1872* | |

| 115 | **O Nome do Fantasma** *1891* | |

| 153 | **A Boa Lady Ducayne** *1896* | |

| 187 | **O Rosto no Espelho** *1880* | |

PREFÁCIO

A RAINHA DOS ROMANCES DE SENSAÇÃO

por Marcela Santos Brigida

"Eu nunca escrevi uma linha que não tenha sido escrita contra o tempo... Escrevi o mais conscienciosamente que pude, mas tendo mais em vista os interesses dos meus editores do que com grande consideração pela minha reputação."

MARY ELIZABETH BRADDON[1]

Em uma carta enviada ao célebre escritor Edward Bulwer-Lytton, em 1863, Mary Elizabeth Braddon declarou querer "servir a dois senhores", explicando: "quero ser artística e agradá-lo. Quero ser sensacional e agradar aos assinantes do

---

[1] BRADDON *apud* WOLFF, 1979, p. 11.

Mudie"[2]. Como Andrew Mangham observa[3], essa declaração deve ser lida no contexto da relação de mentor e aprendiz que definia a dinâmica entre Braddon e Bulwer-Lytton, mas também reflete as preocupações dela com uma divisão entre a arte elevada ou erudita e a escrita popular. Tais ansiedades marcaram a atuação da escritora no mercado editorial ao longo das décadas em que se manteve ativa.

Catapultada para a categoria de celebridade literária com a publicação de *Lady Audley's Secret* em outubro de 1862, Mary Elizabeth Braddon tinha então 27 anos. O trajeto até este momento foi longo. Ela já vinha escrevendo profissionalmente há anos quando *Lady Audley* se tornou um sucesso: as primeiras publicações de seus poemas datam de 1857. O sucesso lhe abriu portas. Os lucros advindos de suas diversas atividades literárias chegaram a ser a principal fonte de renda do lar que Braddon passou a dividir com John Maxwell, em 1861. O casal teve seis filhos, mas a escritora também contribuiu para a criação das crianças que nasceram da união de Maxwell e Mary Ann Cowley[4], esposa do editor até 1874. A produtividade de Braddon é digna de nota: publicando ativamente da década de 1860 até sua morte em 1915, ela foi autora de mais de setenta romances. Sua escrita não se restringiu a esta forma, no entanto.

A produção de Braddon se estende por dezenas de contos, peças, poemas e ensaios. Além disso, ela foi editora de periódicos, concentrando sua atuação na publicação anual de *The Mistletoe Bough*

---

2 BRADDON *apud* WOLFF, 1979, p. 14. Referência a Charles Edward Mudie. Fundador e proprietário da Mudie's Select Library, Mudie ditou a forma e o conteúdo do romance vitoriano por décadas por meio da manipulação da oferta e da demanda por livros. Uma alternativa viável à compra de romances, então inacessíveis até mesmo para parte da classe média, a biblioteca de circulação oferecia um catálogo vasto por uma módica taxa de subscrição. O interesse de Mudie podia definir o sucesso futuro de um romance: caso o empresário encomendasse poucos exemplares ou banisse de todo um título de sua biblioteca, este estaria basicamente fadado ao fracasso. Por conta disso, a maioria dos editores aderia às demandas de Mudie quanto à forma (romances em 3 volumes) e ao conteúdo (evitando temas subversivos e cenas demasiadamente polêmicas).

3 2007, p. 87.

4 Cf.:. GILBERT, 1997, p. 92.

Mary Elizabeth Braddon por Caroline Jamhour

e da revista *Belgravia*. Por meio desta última, Braddon não apenas publicou seu próprio trabalho, mas também estabeleceu uma plataforma de valor inestimável para a afirmação do lugar e do valor da ficção popular. Ali ela oferecia um espaço para a publicação destas obras, além de viabilizar e escrever uma série de ensaios. Alguns respondiam a ataques à sua obra e à ficção de sensação, outros discorriam e teorizavam a respeito da forma do romance popular. Como a carta a Bulwer-Lytton sugere, Braddon também experimentou com diversos gêneros literários. É inegável que sua fama foi estabelecida principalmente como uma "sensacionalista", como eram chamados os autores da ficção de sensação ou sensacional[5]. Para melhor compreender tanto Braddon como o papel central que ela desempenhou nas letras vitorianas, é preciso observar a variedade que caracteriza sua obra de forma mais ampla.

Alvo de críticas por conta de sua alta produtividade e da posição marginal que a ficção de sensação ocupou mesmo no auge de sua popularidade, Mary Elizabeth Braddon teve sua vida pessoal constantemente alvejada pelos críticos. Como Lyn Pykett ressalta, subjacente aos ataques há um elemento de classe. Embora Margaret Oliphant tenha sido uma autora ainda mais prolífica do que Braddon, motivada por razões similares – a necessidade de sustentar seus filhos por meio de sua escrita – isso não impediu a escocesa de atacar *Lady Audley's Secret*, afirmando que Braddon não possuía a capacidade de construir criativamente uma boa senhorita de classe média por não saber "como se sentem as jovens de bom sangue e de boa formação"[6]. O romancista William Fraser Rae, que criticou a ficção de Braddon por supostamente banalizar comportamentos criminosos[7], também

---

[5] Popular na Grã Bretanha entre 1860 e 1870, romance de sensação é o termo dado a romances melodramáticos, aos chamados Newgate novels - narrativas focadas em glamorizar criminosos -, aos romances góticos e outros subgêneros voltados às massas. A popularidade desse gênero cresceu graças à Revolução Industrial, que possibilitou tanto a expansão do mercado do livro quanto o crescimento do público leitor. [N.R.]

[6] OLIPHANT, 1867, p. 260.

[7] RAE, 1865, p. 104.

revelou seu preconceito de classe ao afirmar que "a única personagem realista de *Lady Audley's Secret* era a criada"[8].

Nascida dois anos antes da ascensão de Vitória ao trono britânico, Mary Elizabeth Braddon foi quase tão longeva quanto a Rainha. Ativa ao longo do alto vitorianismo, a escritora também vivenciou a decadência desta era. Ela testemunhou todo o reinado de Edward VII (1901-1910) e os primeiros anos do de George V. Braddon faleceu em 1915, durante a Primeira Guerra Mundial. Sua produção literária foi adaptada à mudança dos tempos, mas sem jamais renunciar à forma que lhe tornou um dos principais nomes do romance vitoriano. Lynn Pykett observou que, embora Braddon tenha sempre se mantido a par das tendências literárias, ela "ainda assim se manteve como uma espécie de 'sensacionalista' até meados da década de 1880"[9].

Um elemento que permaneceu inalterado ao longo de toda a sua carreira foi a consistência com a qual Braddon recorreu à forma do conto. A autora frequentemente aderiu a convenções do gótico vitoriano em suas narrativas curtas, as quais foram publicadas em alguns dos principais periódicos da época, do seu *Belgravia* ao *All the Year Round* de Charles Dickens. Embora sua última coleção tenha sido publicada em 1893, um biógrafo da autora revela que os diários de Braddon citam diversos contos compostos nesta época, muitos dos quais foram localizados em periódicos do período.

"A Boa Lady Ducayne", incluído na presente coleção, é uma dessas obras tardias. Mencionado no diário de Braddon em dezembro de 1893 e em setembro de 1895, o conto foi publicado originalmente na *Strand Magazine*, em 1896. Para Andrew Mangham, a narrativa de Bella Rolleston representa "uma das explorações mais intrigantes de temas góticos de Braddon, que ela atualiza por meio de alusões a

---

8 RAE *apud* PYKETT, 2011, p. 130.
9 PYKETT, 2011, p. 123.

Ilustração de Drácula *(1901)*

debates científicos contemporâneos e a questões socioculturais"[10]. Robert Lee Wolff sugere influência mútua entre Braddon e Bram Stoker[11], elemento reiterado por Mangham, que ressalta a proximidade entre a publicação de "A Boa Lady Ducayne" (1896) e de *Drácula* (1896), propondo a possibilidade de os escritores terem "conversado sobre vampiros, já que Stoker frequentemente visitava a residência de Braddon em Richmond"[12]. O pesquisador também ressalta o lugar do conto no contexto da tradição do vampiro nas literaturas de língua inglesa, de William Polidori a Sheridan Le Fanu[13], passando pelo *penny dreadful*[14] de James Rymer, *Varney the Vampire* (1845-47).

Como fazia em seus romances de sensação, a Braddon contista também articula em sua narrativa tensões relacionadas ao corpo da mulher em uma sociedade baseada em construtos de gênero rígidos. Ela interroga valores imperiais ao articular no elemento vampírico de sua narrativa uma figura de alteridade que retoma e atualiza a estética do gótico radcliffeano.

---

10 MANGHAM, 2007, p. 61.

11 WOLFF, 1979, p. 504.

12 MANGHAM, 2007, p. 62.

13 A obra *Carmilla*, de Sheridan Le Fanu, foi publicada em uma colaboração entre as Editoras Wish e Clepsidra em 2022.

14 *Penny Dreadful* era um termo que designava um tipo de livro barato e de terror ou suspense, publicado por capítulos semanalmente, cada capítulo com o custo de um centavo.

Para compreender Braddon enquanto autora é interessante retornar à sua formação de leitora, a qual se iniciou na infância. Lynn Pykett ressalta a influência da mãe da escritora, Fanny White, mas também a de Sarah Hobbes, cozinheira da família. Após o divórcio de Fanny e Henry Braddon (motivado pelas infidelidades deste último) quando Mary tinha apenas quatro anos, a menina foi criada pela mãe, também responsável pela sua educação após a criança ter passagens breves por três colégios[15]. Em *Before the Knowledge of Evil*, livro de memórias que aborda sua vida até os oito anos de idade,[16] Braddon narra como herdou sua paixão por William Shakespeare e Sir Walter Scott da "mente culta" da mãe, que também lhe apresentou as obras de autores como Charles Dickens, Charles Lamb e Maria Edgeworth.

Por outro lado, Sarah Hobbes foi sua porta de entrada para a ficção popular do período, apresentando a menina a uma série de periódicos. Se aqui é possível traçar a veia realista e o interesse pelo romance histórico (via Edgeworth e Scott) que definem o vínculo de Braddon com o sistema de valores estéticos de Bulwer-Lytton, uma leitura ponderada dessas influências também revela entrelaçamentos entre a literatura conceituada que almejava agregar um público leitor de classe média e a literatura popular voltada para o leitor menos abastado. Foi por meio de Hobbes e de uma edição popular condensada que Mary teve acesso a *The Last Days of Pompeii* (1834), romance de Bulwer-Lytton, pela primeira vez. Com tantos incentivos, Braddon começou a escrever seu primeiro romance aos oito anos de idade[17].

Se a infância de Mary foi pouco convencional, sua vida adulta foi marcada por polêmicas que seriam usadas contra ela em resenhas

---

15 Fanny se manteve uma presença constante na vida da filha. Após uma sucessão de publicações ao longo da década de 1860, Mary passou por uma crise profunda após a morte de Fanny em 1868. White havia acompanhado cada etapa da carreira da filha e foi editora do periódico de Maxwell voltado para as classes baixas, *Halfpenny Journal: a Magazine for All Who Can Read*.

16 Obra não publicada. Citada por Pykett, 2011, p. 123.

17 PYKETT, 2011, p. 124.

misóginas de suas obras. Enquanto seu irmão mais velho, Edward Braddon, se tornou um agente do Império Britânico na Índia e na Tasmânia, Mary foi frequentemente atacada por não aderir ao ideal burguês de feminilidade em sua vida e por subvertê-lo ou distorcê-lo intencionalmente em sua ficção.

O primeiro grande desvio de Mary em relação ao mito da domesticidade que definia as expectativas em torno de moças de boas famílias se estabelece com o vínculo que ela formou com o teatro. Pykett ressalta que críticas ao estilo melodramático dos romances de Braddon fizeram referência à sua atuação no Surrey Theatre e ao seu estatuto enquanto "uma atriz provinciana"[18]. Embora ela tenha se voltado para o teatro para complementar a renda familiar, o vínculo de Braddon com os palcos não se limitou ao elemento financeiro, antecedendo e se prolongando para além do período de sete anos (1852-1859) em que trabalhou como atriz. Neste cenário, pode ser interessante observar, ainda, que o nome artístico adotado por ela nos palcos, Mary Seyton, constitui um homônimo quase perfeito de Mary Seton, uma das quatro damas de companhia de Mary Stuart conhecidas como "As Quatro Marys", aprofundando o elemento potencialmente subversivo de Braddon enquanto atriz.[19] A artista também escreveu peças ao longo de sua carreira nos palcos, mas raramente obteve o suporte necessário para encená-las.

Inspirada por sua leitura de *Henry Esmond* (1852) de William Makepeace Thackeray, Braddon começou a escrever um romance histórico no final da década de 1850. Pykett ressalta, no entanto, que a virada na carreira literária da autora se deu em abril de 1860, quando ela conheceu John Maxwell, proprietário do periódico *The*

---

18 PYKETT, 2011, p. 130.
19 Vale lembrar que em *A Room of One's Own* (1929) de Virginia Woolf, a narradora sugere que o leitor a chame "de Mary Beton, Mary Seton, Mary Carmichael ou por qualquer nome que você queira – não é uma questão de importância" (WOOLF, 2015, p. 4), em uma referência à balada escocesa "The Fower Marys".

Welcome Guest. Maxwell se tornaria seu companheiro na vida pessoal e grande parceiro na profissional. Foi na *The Welcome Guest* que Braddon encontrou um veículo ideal para a publicação de suas narrativas.

Arranjos familiares pouco convencionais não eram raros na Inglaterra oitocentista e alguns autores envolvidos na produção e na publicação da ficção de sensação rechaçavam abertamente os valores burgueses. Wilkie Collins rejeitava a instituição do casamento e tinha duas famílias: uma com Caroline Graves, outra com Martha Rudd. Como Catherine Peters (1992, p. 199) ressalta, Charles Reade tinha um filho ilegítimo e morou por anos com a atriz Laura Seymour. John Maxwell e Mary Elizabeth Braddon não podiam oficializar sua união porque ele já era casado e sua esposa sofria de transtornos mentais. Foi somente após a morte dela em 1874 que Maxwell e Braddon se casaram. Embora burburinhos a respeito da vida pessoal de seus colegas autores fluíssem livremente pela imprensa londrina, a ficção de Braddon frequentemente era criticada pelo viés do incômodo que a sua vida pessoal gerava no resenhista. As mulheres envolvidas em relações fora das convenções eram alvos de críticas mais duras do que seus pares do sexo masculino. George Eliot, por exemplo, foi ostracizada socialmente por anos por conta de sua união com George Henry Lewes.

Em carta a Bulwer-Lytton, Braddon compartilhou um pouco da sua experiência publicando romances para a classe média e narrativas serializadas para o leitor da *Penny Press*[20]: "Faço uma quantidade imensa de trabalho que ninguém nunca ouviu falar, para a imprensa *half penny* e *penny*. A maior parte deste trabalho é composto por coisas piratas, e te daria arrepios, se você visse. A quantidade de crime, traição, assassinato, envenenamento lento e infâmia geral exigida pelo leitor do *Halfpenny* é algo terrível. Eu

---

20 Periódicos dedicados a publicar literatura e, em geral, colunas sobre temas contemporâneos, cobrando somente um ou meio *penny*.

vou escrever um parricídio para o número desta semana"[21]. Se a pressão para escrever contra o tempo foi uma tensão contínua ao longo da carreira de Braddon, sua produtividade também desvela sua versatilidade. Lyn Pykett ressalta que a autora viveu uma espécie de "vida dupla", publicando narrativas populares anonimamente e seus romances mais celebrados como M. E. Braddon: "foi somente no final da década de 1860 que a vida dupla de escritora de Braddon se tornou pública, quando Maxwell reeditou em livro uma de suas séries do *Halfpenny Journal* como *Rupert Godwin* (1867)"[22]. É somente pela contemplação das muitas facetas de Braddon que o lugar da escritora no cânone da literatura vitoriana se apresenta ao leitor do século XXI.

Mary Elizabeth Braddon trabalhou com a ficção de sensação, o realismo doméstico, a sátira social, o romance histórico e diversas outras formas. A variedade também é uma marca das suas obras mais breves. Por meio de suas publicações, questionou representações da mulher como anjo ou demônio, expondo as condições insatisfatórias a ela impostas. Como Pykett ressaltou, sua literatura chegou a ser associada a um movimento mais amplo de reivindicações dos direitos da mulher no século XIX. No resgate crítico da literatura de sensação que se deu a partir da década de 1960, a obra de Braddon foi reconhecida em leituras feministas que reivindicaram a centralidade de sua produção literária na apreciação do romance vitoriano. Pamela K. Gilbert ressalta que em um contexto de recaptura tanto da vasta produção do conto vitoriano, quanto das mediações do gótico neste período, mais uma faceta de Braddon – a da autora de histórias de fantasmas – tem sido revelada ao público leitor contemporâneo por meio de coletâneas como *The Face in the Glass: the Gothic Tales of Mary Elizabeth Braddon*, publicada

---

21 BRADDON *apud* WOLFF, 1979, p. 11.
22 PYKETT, 2011, p. 125.

em 2019 pelo selo da British Library. Com a iniciativa da Editora Wish, o público brasileiro também terá um acesso sem precedentes à veia contista de Braddon. Boa leitura![23]

> **Marcela Santos Brigida** é professora de Literatura Inglesa na Universidade do Estado do Rio de Janeiro, onde também coordena o projeto de extensão Literatura Inglesa Brasil. Possui doutorado em Estudos Literários e é autora de diversas publicações na área.

---

23 Referências:

GILBERT, Pamela K. *Disease, Desire, and the Body in Victorian Women's Popular Novels.* Cambridge: Cambridge University Press, 1997.

MANGHAM, Robert. *Violent Women and Sensation Fiction*: Crime, Medicine and Victorian Popular Culture. Nova York: Palgrave Macmillan, 2007.

OLIPHANT, Margaret. Novels. *Blackwood's Edinburgh Magazine*, n. 102, v. 1, p. 257-80, 1867.

PETERS, Catherine. *The King of Inventors*: a Life of Wilkie Collins. Londres: Secker & Warburg, 1991.

PYKETT, Lyn. Mary Elizabeth Braddon. *In*: GILBERT, Pamela K. (Ed.). *A Companion to Sensation Fiction.* Malden, MA: Wiley Blackwell, 2011. p. 123-133.

RAE, William Fraser. Sensation Novelists: Miss Braddon. *North British Review*, n. 43, v. 1, p. 92-105, 1865.

WOLFF, Robert Lee. Devoted Disciple: The Letters of Mary Elizabeth Braddon to Sir Edward Bulwer-Lytton, 1862-1873. *Harvard Library Bulletin.* n. 22, v. 1, p. 5-35, 1974.

WOLFF, Robert Lee. Sensational Victorian: The Life and Fiction of Mary Elizabeth Braddon. Nova York: Garland, 1979.

WOOLF, Virginia. *A Room of One's Own and Three Guineas.* Oxford: Oxford World's Classics, 2015. (1929/1938)

MARY ELIZABETH BRADDON

O VISITANTE DE EVELINE

1867

Com a morte de seu primo em um duelo, Hector de Brissac torna-se um homem rico ao herdar a fortuna e o castelo de Puy Verdun. A jovem filha de um antigo camarada de armas apaixona-se por ele, e o feliz casal vai morar no castelo, e vivem felizes para sempre... ou será que não?

Foi em um baile de máscaras no Palais Royal que minha disputa fatal com meu primo André de Brissac começou. A disputa tinha a ver com uma mulher. As mulheres que seguiam os passos de Philippe de Orleans[1] causaram muitas dessas disputas, e praticamente não havia uma única beldade naquela multidão cintilante que, para um homem versado em histórias e mistérios sociais, não parecesse estar manchada de sangue.

Não mencionarei o nome daquela por quem André de Brissac e eu nos afrontamos, na madrugada de agosto, a caminho do terreno baldio atrás da Igreja de Saint-Germain des Près.

---

1 Philippe II, duque de Orleans (1674-1723) e regente do jovem rei Luís XV. O nobre, também chamado de *le Régent*, teve uma vida pessoal escandalosa e boêmia. [Nota da Preparadora]

Havia muitas belas víboras naquela época, e ela era uma delas. Ainda consigo sentir a brisa fresca daquela manhã soprando no meu rosto quando me sento em meu aposento lúgubre no castelo de Puy Verdun nesta noite, sozinho na quietude, escrevendo a estranha história da minha vida. Daqui, vejo a névoa pálida subindo do rio, a triste silhueta do Châtelet e as torres quadrangulares de Notre Dame, sombrias contra o céu cinza-claro. Com ainda mais clareza, me lembro do rosto jovem e belo de André, quando ele estava diante de mim com seus dois amigos — ambos patifes e igualmente ávidos por desencadear aquela briga desnaturada. Éramos um grupo estranho de se ver em um nascer do sol de verão, todos recem-saídos do calor e da algazarra das pândegas do Regente: André em um traje de caça à moda antiga, copiado de um retrato de família em Puy Verdun; eu, vestido como um dos homens de negócios de Law;[2] e os outros com roupas baratas e espalhafatosas, adornadas com bordados e pedrarias que pareciam descorados na luz esmaecida da aurora.

Nossa luta foi feroz, uma luta que só poderia ter tido um único resultado, e o mais extremo possível. Eu o tinha atingido. Vi, já que ele estava defronte a mim, a marca rubra criada por minha mão aberta em seu rosto belo e delicado. O sol nascente iluminou sua face e tingiu o vergão cruel de um vermelho ainda mais escuro. No entanto, a fisgada que eu sentia por conta de meus próprios pecados era recente, e eu ainda não tinha aprendido a me desprezar por aquela afronta brutal. Para André de Brissac, tal insulto era terrível. Ele era o favorito da deusa Fortuna, o favorito das mulheres, e eu não passava de um soldado bruto que havia prestado bons serviços ao meu país, um bronco no *boudoir* de uma marquesa.

---

2 John Law (1671-1729), banqueiro escocês que desenvolveu o primeiro sistema bancário, fundou a Companhia do Mississípi e comandou o Banque Générale. Sua tentativa de implementar papel-moeda na França gerou especulação desenfreada e resultou em colapso financeiro. [N. da P.]

Nós lutamos, e eu o feri mortalmente. A vida fora muito doce para ele. Acho que um frenesi de desespero se apossou do meu oponente quando ele percebeu a força da vida se esvaindo. Prostrado, ele me chamou com um aceno. Eu me ajoelhei ao seu lado.

— Perdoe-me, André — murmurei.

Minha lamentável súplica foi tão digna da sua atenção quanto uma simples ondulação no rio mais próximo.

— Ouça-me, Hector de Brissac — disse ele. — Não sou daqueles que acreditam que o tempo de um homem acabou apenas porque seus olhos se vidraram e seu maxilar enrijeceu. Eles vão me enterrar no antigo jazigo da família em Puy Verdun e você será o dono do castelo. Ah, eu sei como essas coisas são vistas hoje em dia, e como o cardeal Dubois vai rir quando souber que fui morto em um duelo. Eles vão me enterrar e realizar missas pela minha alma. Mas você e eu temos assuntos pendentes, meu primo. Estarei com você quando você menos quiser me ver. Com esta feia cicatriz no rosto que as mulheres elogiaram e amaram, virei ao seu encontro quando a sua vida estiver sublime. Ficarei entre você e tudo que tiver de mais precioso e amado. Minha mão fantasmagórica verterá um veneno em seu cálice de alegria. Minha figura sombria vai transformar sua vida em trevas. Homens tenazes como eu podem fazer o que quiserem, Hector de Brissac. Meu último desejo é assombrá-lo quando eu estiver morto.

Ele sussurrou tudo isso no meu ouvido, em frases curtas e entrecortadas, e precisei aproximar minha orelha dos lábios moribundos dele. Contudo, André de Brissac era obstinado o bastante para combater a Morte, e acredito que ele disse tudo que desejava dizer antes que sua cabeça tombasse no manto de veludo que fora estendido debaixo dele, para nunca mais ser erguida.

Deitado ali, você poderia pensar que ele era um rapaz frágil, delicado e fraco demais para a luta que chamamos de vida; mas há aqueles que ainda se lembram da masculinidade fugaz de André de Brissac e que podem testemunhar a terrível força daquela natureza orgulhosa.

Fiquei olhando para o rosto jovem com aquela marca sórdida... Deus sabe como eu me arrependia daquilo que havia feito.

Não dei atenção às ameaças blasfemas que ele sussurrara no meu ouvido. Eu era um soldado e um homem de fé. Não me era pavoroso o fato de ter matado esse homem. Eu ceifara a vida de muitos homens no campo de batalha, e esse havia me causado um dano cruel.

Meus amigos queriam que eu cruzasse a fronteira para escapar das consequências do meu ato, mas eu estava pronto para enfrentá-las e permaneci na França. Eu me mantive afastado da corte e me foi insinuado que eu deveria circular apenas em minha própria província. Muitas missas foram realizadas na pequena capela de Puy Verdun pela alma do meu falecido primo, e seu caixão foi colocado em um nicho no jazigo de nossos ancestrais.

A morte dele havia me transformado em um homem rico, o que tornou minha recém-adquirida riqueza muito odiosa para mim. Eu levava uma existência solitária no velho castelo, onde raramente conversava com alguém além dos serviçais, que haviam servido a meu primo e que não gostavam de mim.

Era uma vida dura e amarga. Os filhos dos camponeses se afastavam de mim quando eu andava pelo povoado, o que me irritava muito. Eu via senhoras idosas fazerem o sinal da cruz rapidamente quando eu passava por elas. Histórias estranhas haviam se espalhado a meu respeito, e alguns murmuravam que eu tinha vendido minha alma ao Demônio em troca da herança do meu primo. Sempre tive pele bronzeada e maneiras rígidas; e, talvez por isso, nunca fora amado por uma mulher. Eu me lembrava do rosto de minha mãe com todas as suas mudanças de expressão, mas não me recordo de nenhum olhar afetuoso que ela tenha lançado em minha direção. Aquela outra mulher, sob cujos pés coloquei meu coração, ficou feliz em aceitar meu afeto, mas nunca me amou, e o caso acabou em traição.

Eu passei a detestar a mim mesmo e estava bem perto de odiar os meus semelhantes quando um desejo febril se apossou de mim, e eu ansiei por retornar ao burburinho e às multidões do mundo agitado mais uma vez. Retornei a Paris, mantendo-me distante da corte, e um anjo se apiedou de mim.

Ela era a filha de um antigo camarada, um homem cujos méritos tinham sido esquecidos, cujas realizações tinham sido ignoradas e que, como um rato em uma toca, se isolou, ressentido, em sua moradia decadente. Na ocasião, Paris enlouquecia com o banqueiro escocês, e cavalheiros e lacaios quase pisoteavam uns aos outros na rua Quincampoix.[3] A filha única desse homem, um velho teimoso, capitão da cavalaria, era um raio de sol encarnado, cujo nome era Eveline Duchalet.

Ela me amava. As bênçãos mais preciosas de nossas vidas muitas vezes são aquelas que menos nos custam. Eu desperdiçara os melhores anos da minha juventude adorando uma mulher perversa, que me abandonou e me enganou. Eu troquei algumas palavras educadas com esse anjo meigo — uma simples ternura fraternal — e bastou: ela se apaixonou por mim. Minha vida, que havia sido tão sombria e inconsolável, abrilhantou-se com a influência dela, e eu voltei a Puy Verdun com uma bela e jovem esposa em minha companhia.

Ah, que mudança adorável aconteceu na minha vida e na minha casa! As crianças do povoado já não se encolhiam de medo quando o cavalheiro bronzeado passava por elas, as senhoras não mais se persignavam, pois uma jovem cavalgava ao lado dele — uma jovem cuja caridade tinha conquistado o amor de todas essas criaturas ignorantes e cuja companhia transformara o soturno senhor do castelo em um marido amoroso e um patrão gentil. Os antigos serviçais esqueceram o destino prematuro de meu primo e passaram a me servir com disposição cordial, por amor à jovem senhora.

Não há palavras que possam exprimir a felicidade pura e perfeita daquele momento. Eu me sentia como um viajante que atravessara os

---

3 Antes da crise financeira atingir a França, os preços das ações dispararam, deixando as pessoas em um frenesi de investimentos e lotando o centro financeiro de Paris. [N. da P.]

mares gelados de uma região ártica, afastado do amor ou do convívio humano, para se deparar com um vale verdejante no doce entorno do lar. A mudança parecia radiante demais para ser verdade, e em vão eu me esforcei para afastar da minha mente a vaga suspeita de que minha nova vida não passava de um sonho fantástico.

Tão breve foi esse momento de paz que, olhando para ele em retrospecto, quase não me parece estranho que eu ainda me sinta um pouco inclinado a imaginar que os primeiros dias da minha vida de casado foram um sonho.

Nem nos meus dias de tristeza, nem nos meus dias de felicidade, eu tinha sido incomodado pela recordação do juramento blasfemo de André. As palavras que, em seu último suspiro, ele murmurara no meu ouvido eram vãs e sem sentido. Ele dera vazão à sua raiva naquelas ameaças vazias e poderia muito bem tê-la exprimido em insultos vãos. Assombrar o inimigo depois da morte é a única vingança que um moribundo pode prometer a si mesmo; e se os homens tivessem poder para assim se vingarem, o mundo seria povoado por fantasmas.

Eu vivera três anos em Puy Verdun, sentando-me sozinho, na solene meia-noite, junto à lareira ao lado da qual ele havia se sentado, percorrendo os corredores que tinham ecoado seus passos. E, durante todo esse tempo, minha imaginação nunca me enganara a ponto de dar forma à sombra dos mortos. Quão estranho seria dizer que eu tinha esquecido a promessa terrível de André?

Não havia nenhum retrato de meu primo em Puy Verdun. Estávamos na época da *boudoir art*, e uma miniatura na tampa de uma *bonbonnière*[4] de ouro ou um retrato artisticamente oculto em um grande bracelete estava mais em voga do que uma imagem desajeitada em tamanho natural, que só era apropriada para ser pendurada nas paredes deprimentes de um castelo provincial quase nunca visitado

---

4 Um recipiente luxuoso, geralmente de vidro, cristal ou de ouro, específico para guardar bombons. [N. R.]

por seu proprietário. O belo rosto do meu primo havia adornado mais de uma *bonbonnière* e fora oculto em mais de um bracelete. No entanto, ele não estava entre os rostos que nos olhavam das paredes adornadas com painéis de Puy Verdun.

Na biblioteca, encontrei um quadro que incitou associações dolorosas. Era o retrato de um De Brissac que vivera na época do rei Francisco I, e fora desse quadro que meu primo André havia copiado o traje antiquado de caça que usara na pândega do Regente. A biblioteca era um aposento no qual eu passava boa parte da minha vida, de modo que encomendei uma cortina para cobrir o quadro.

Estávamos casados havia três meses quando, certo dia, Eveline perguntou:

— Quem é o senhor do castelo mais próximo?

Eu olhei para ela, surpreso.

— Minha querida — respondi —, não sabe que não existe nenhum castelo dentro de um raio de sessenta quilômetros de Puy Verdun?

— É mesmo?! — exclamou ela. — Que estranho.

Eu perguntei por que o fato lhe parecia estranho e, depois de muitas súplicas, consegui saber o motivo da sua surpresa.

Em suas caminhadas pelo parque e pelo bosque durante o mês anterior, ela havia encontrado um homem que, a julgar por suas roupas e atitude, era obviamente nobre. Ela presumiu que ele habitava algum castelo nas proximidades e que as terras dele eram vizinhas às nossas. Eu não conseguia imaginar quem poderia ser esse estranho, pois a propriedade de Puy Verdun ficava no coração de uma área muito isolada e, a não ser quando a carruagem de um viajante passava trovejando e tilintando pelo povoado, a probabilidade que uma pessoa tinha de encontrar um cavalheiro era apenas um pouco maior que a de topar com um semideus.

— Você viu esse homem muitas vezes, Eveline? — perguntei.

Ela respondeu com um quê de tristeza: — Eu o vejo todos os dias.

— Onde, minha querida?

— Algumas vezes no parque, outras vezes no bosque. Sabe aquela pequena cascata, Hector, onde há uma formação rochosa antiga que forma uma espécie de gruta? Eu gosto muito desse lugar e tenho passado muitas manhãs ali, lendo. Ultimamente, tenho visto o estranho nessa região todas as manhãs.

— Ele ousou se dirigir a você?

— Nunca. Eu levantei o olhar do meu livro e o vi de pé, ali perto, me observando em silêncio. Continuei a ler e, quando olhei novamente, ele havia ido embora. Ele deve ter se aproximado e partido bem discretamente, pois nunca ouvi seus passos. Algumas vezes, quase desejei que ele tivesse falado comigo. É tão terrível vê-lo parado em silêncio.

— Ele é um camponês insolente que quer assustar você.

Minha esposa balançou a cabeça.

— Ele não era um camponês — respondeu ela. — Não estou me referindo apenas às roupas dele, pois isso não me é muito familiar. Ele tem um ar inconfundível de nobreza.

— Ele é jovem ou velho?

— Ele é jovem e bonito.

Fiquei muito perturbado com a intrusão desse estranho no momento de solitude da minha esposa e fui ao povoado para investigar se algum desconhecido havia sido visto por lá. Não fiquei sabendo de ninguém. Questionei os serviçais com atenção, mas não obtive nenhum resultado. Então decidi acompanhar minha esposa em suas caminhadas e avaliar com meus próprios olhos a posição social do estranho.

Durante uma semana, dediquei minhas manhãs a passeios campestres com Eveline no parque e no bosque, mas não vimos ninguém a não ser um camponês calçando *sabots*[5] e um dos nossos criados retornando de uma fazenda vizinha.

---

5 Trata-se de um tipo de sapato usado por trabalhadores que pode ser feito totalmente de madeira ou ter sola de madeira e acabamento de couro. [N. da P.]

Eu era um homem aplicado, e aquelas caminhadas de verão perturbavam a constância da minha vida. Minha esposa percebeu isso e pediu para que eu não me preocupasse mais.

— Passarei minhas manhãs no jardim, Hector — disse ela. — O estranho não vai poder me incomodar ali.

— Estou começando a achar que o estranho é uma fantasia sua — respondi, sorrindo para o rosto sincero que me encarava. — Uma castelã que está sempre lendo romances pode muito bem encontrar belos cavalheiros no bosque. Ouso dizer que devo agradecer a mademoiselle Scudéry[6] por esse nobre estranho e afirmo que ele é apenas Ciro, o Grande em trajes modernos.

— Ah, é isso que me intriga, Hector — replicou ela. — As roupas do estranho não são modernas. Ele parece um quadro antigo que saiu da moldura.

As palavras dela me atormentaram, pois, ao ouvi-las, me lembrei daquele quadro escondido na biblioteca e do traje de caça à moda antiga, laranja e roxo, que André de Brissac vestia na pândega do Regente.

Depois disso, minha esposa limitou suas caminhadas ao jardim e, por várias semanas, eu não ouvi falar do estranho. Eliminei todos os pensamentos a respeito dele da minha mente, pois uma preocupação mais séria e opressiva havia surgido. A saúde da minha esposa começou a piorar. A mudança foi tão gradual que foi quase imperceptível para aqueles que conviviam com ela. Foi só quando ela colocou um vestido de gala que não usava havia meses que eu vi como seu corpo havia minguado a ponto de o corpete bordado ficar frouxo, como estavam sem brilho e caídos os olhos que outrora foram tão brilhantes quanto as joias que ela usava no cabelo.

Enviei um mensageiro a Paris para convocar um dos médicos da corte, mas eu sabia que muitos dias se passariam antes que ele

---

[6] Madeleine de Scudéry (1607-1691), escritora francesa e autora de *Artamène ou Le Grand Cyrus*, um dos livros mais longos já publicados. [N. da P.]

chegasse a Puy Verdun. Nesse intervalo, observei minha esposa com um medo inexprimível.

Não fora apenas a saúde dela que se deteriorara. A mudança em seu jeito era mais dolorosa de contemplar do que qualquer alteração física. O espírito jubiloso e radiante havia desaparecido, e no lugar da minha jovem e alegre esposa, eu contemplava uma mulher abalada por uma melancolia arraigada. Em vão, tentei desvendar o motivo da tristeza da minha querida. Ela me garantia que não tinha razão para tristeza nem descontentamento e que, se parecia triste sem motivo, eu devia perdoar sua tristeza e encará-la como um infortúnio, e não uma falha.

Eu lhe disse que o médico da corte rapidamente encontraria uma cura para seu abatimento, que devia ter surgido de causas físicas, pois seu pesar não tinha fundamento. Embora ela nada dissesse, eu podia ver que não tinha muita esperança, e tampouco acreditava, nos poderes de cura da medicina.

Um dia, quando eu queria distrai-la do silêncio pensativo em que ela permanecia por horas a fio, eu lhe disse, rindo, que ela parecia ter esquecido o misterioso cavalheiro do bosque, e parecia também que ele não se lembrava mais dela.

Para meu espanto, seu rosto pálido ficou subitamente rubro e, em um piscar de olhos, de rubro mudou para pálido de novo.

— Você nunca mais o viu desde que deixou de frequentar a gruta no bosque? — indaguei.

Ela se virou para mim com um olhar de partir o coração.

— Hector, eu o vejo todos os dias, e é isso que está me matando! — exclamou ela.

Ela debulhou-se em pranto ao dizer isso. Eu a tomei em meus braços, como se ela fosse uma criança assustada, e tentei confortá-la.

— Minha querida, isso é loucura. Você sabe que nenhum estranho pode importuná-la no jardim. O fosso tem três metros de largura e está sempre cheio de água, e os portões são mantidos trancados dia e noite pelo velho Massou. A castelã de uma fortaleza medieval não precisa temer nenhum intruso em seu antigo jardim.

Minha esposa balançou a cabeça tristemente.

— Eu o vejo todos os dias — revelou ela.

Ao ouvir isso, achei que minha esposa estivesse louca. Evitei questioná-la mais detalhadamente em relação ao visitante misterioso. Não faria bem, pensei, dar forma e conteúdo à sombra que a atormentava ao perguntar demais sobre sua aparência e maneiras, suas idas e vindas.

Tomei o cuidado de me certificar que nenhum estranho pudesse adentrar o jardim. Depois, aguardei o médico.

Por fim, ele chegou. Revelei a ele o meu tormento. Eu lhe disse que acreditava que minha esposa estivesse louca. Ele a examinou. Passou uma hora sozinho com ela e, em seguida, veio falar comigo. Para meu indescritível alívio, ele me garantiu que ela estava sã.

— É possível que ela esteja alucinando — informou ele —, mas ela é tão razoável em relação a todos os outros assuntos que mal posso acreditar que ela sofra de monomania. Estou mais propenso a pensar que ela realmente vê a pessoa de quem fala. Ela o descreveu nos mínimos detalhes. As descrições de cenas ou pessoas feitas por pacientes com monomania são sempre mais ou menos desarticuladas, mas sua esposa falou comigo tão clara e calmamente quanto estou falando com você agora. Tem certeza de que ninguém pode se aproximar dela no jardim em que ela costuma caminhar?

— Tenho.

— Há algum parente do seu mordomo ou um agregado dos serviçais? Um jovem de rosto belo e delicado, muito pálido e com uma cicatriz vermelha bastante visível, que se parece com a marca de um golpe?

— Meu Deus! — gritei, e um lampejo iluminou minha mente de repente. — E as roupas, a vestimenta é estranha e antiga?

— O homem veste um traje de caça roxo e laranja — respondeu o médico.

Eu soube então que André de Brissac cumprira sua promessa e que, bem quando minha vida estava sublime, a sombra dele havia se interposto entre mim e a felicidade.

Mostrei o quadro na biblioteca para minha esposa, pois eu adoraria descobrir que estava enganado em relação a meu primo. Ela ficou de cabelo em pé quando o viu e agarrou-se a mim.

— Isso é bruxaria, Hector — murmurou ela. — A roupa nesse quadro é igual à do homem que vejo no jardim, mas o rosto não é o dele.

Ela descreveu o rosto do estranho, e era o rosto do meu primo André de Brissac em todos os detalhes, mesmo que ela nunca o tivesse conhecido. Minha esposa descreveu com mais clareza ainda o vergão cruel no rosto dele, o vestígio de um golpe violento recebido de minha mão aberta.

Depois disso, afastei minha esposa de Puy Verdun. Nós viajamos para longe, pelas províncias do sul, até o coração da Suíça. Quis que nos distanciássemos do medonho fantasma e esperava que a mudança de ares pudesse acalmar minha esposa.

Não foi bem assim. Aonde quer que fôssemos, o fantasma de André de Brissac nos seguia. Aquela sombra fatal nunca se revelou para mim. Essa teria sido uma vingança simplória demais. André transformara o coração inocente da minha esposa no instrumento da sua vingança. Essa presença ímpia destruiu a vida dela. Minha companhia constante não era capaz de protegê-la do horrível intruso. Tentei vigiá-la e me esforcei para confortá-la, mas foi tudo em vão.

— Ele não vai me deixar em paz — disse ela. — Ele está entre nós dois, Hector. Está em pé entre nós dois agora mesmo. Posso ver o rosto dele com a marca vermelha mais claramente do que vejo o seu.

Em uma bela noite enluarada, quando estávamos juntos em uma aldeia nas montanhas do Tirol, minha esposa se ajoelhou diante de mim e disse que ela era a pior mulher, e a mais vil, de todas.

— Contei tudo no confessionário — disse ela. — Desde a primeira vez, não escondi meu pecado dos céus. Mas sinto que a morte está se aproximando de mim e, antes de morrer, quero revelar meu pecado a você.

— Qual pecado, minha querida?

— Quando o estranho começou a aparecer para mim no bosque, a presença dele me desnorteou e perturbou, e eu me afastei dele como se repelisse algo estranho e terrível. Ele continuou a aparecer e, aos poucos, eu percebi que ficava pensando nele e aguardando sua chegada. A imagem dele me assombrava perpetuamente, e em vão eu me esforcei para banir o rosto dele da minha mente. Depois, seguiu-se um intervalo em que eu não o via e, para minha vergonha e angústia, descobri que a vida parecia triste e desolada sem ele. Depois disso, o estranho começou a assombrar o jardim. Ai, Hector, mate-me se quiser, pois eu não mereço misericórdia! Naqueles dias eu comecei a contar as horas até a chegada dele, a não sentir felicidade exceto ao ver aquele rosto pálido com o vergão vermelho. Ele arrancou do meu coração todas as alegrias antigas e só deixou um prazer estranho e impuro: a delícia da presença dele. Por um ano, eu vivi apenas para vê-lo. Agora me amaldiçoe, Hector, pois esse é o meu pecado. Se foi por causa da inferioridade moral do meu próprio coração ou fruto de bruxaria, eu não sei. Só sei que me esforcei contra essa perversidade em vão.

Abracei minha esposa e a perdoei. Na verdade, o que eu tinha a perdoar? Por um acaso o destino terrível que nos acometera havia sido criado por ela? Minha amada morreu na noite seguinte, segurando minha mão, e, em seu último suspiro, me disse, soluçando e assustada, que *ele* estava ao lado dela.

MARY ELIZABETH BRADDON

A ILHA DOS ROSTOS PERDIDOS

1892

O excesso de trabalho abala os nervos de um ambicioso advogado, e o médico lhe receita uma temporada de repouso. O que seria melhor do que uma viagem de seis meses pelos Mares do Sul? No entanto, uma ilha desabitada mudará o rumo de sua vida para sempre.

*"Os pranteados, os amados, os perdidos,
Tantos e, no entanto, tão poucos!"*

Sempre pensei que existe uma fagulha mística e sobrenatural na luz de um amanhecer de verão — a luz do romper do dia, o dia misterioso dentro da noite que ilumina o mundo enquanto quase todos os seus habitantes estão adormecidos —, uma glória e um encanto que tão poucos de nós percebem; um banquete colorido espalhado pela mão generosa da Natureza enquanto seus filhos ingratos estão inconscientes ou vagueiam pelos escuros labirintos da terra dos sonhos. É triste pensar em quantas pessoas perturbadas pegam no sono, aprisionadas em sonhos horríveis, enquanto o orvalho dos prados é borrifado sob o dossel divino em tons de opala e cor-de-rosa, e todas as clareiras e regatos da mata são iluminados com a magia do raiar do sol.

Nunca senti tão intensamente a beleza dessas nuances suaves da escuridão para o alvorecer — as mudanças imperceptíveis que tornam o novo dia sempre uma surpresa — do que quando estava no deck do *Zouave*[7], esperando enquanto alguns marinheiros baixavam o bote que me levaria para uma ilhota que o amanhecer havia me mostrado: um palmeiral em meio ao plácido seio do mar, um tufo esverdeado no meio ao oceano. Não parecia ser mais do que isso.

Três meses antes dessa aurora de verão, meu médico me dissera que eu estava trabalhando demais e que eu sofria dos nervos; então, como eu realmente me sentia um pouco abalado, coloquei-me nas mãos do meu amigo mais próximo e permiti que ele me ajudasse.

Meu amigo alugou um iate que me custaria quatrocentas libras por mês, contratou um cirurgião da marinha jovem e inteligente como meu *companheiro de viagem* e médico de bordo, para o caso de alguém precisar de cuidados, e me enviou para os Mares do Sul, pois queria que eu tirasse seis meses de férias. Eu não deveria fazer nada, tampouco pensar em nada. Também deveria esquecer que recentemente havia me comprometido com uma moça bonita e de berço que, acredito eu, havia se apaixonado pela minha fama nos tribunais e não por quem eu realmente era. Havia muitos anos, alguém me amara por quem eu era de verdade, mas quando um homem se aproxima cada vez

---

[7] Os Zouaves, ou "zuavos", eram uma classe de soldados de regimentos de infantaria leve do exército francês entre 1830 e 1962 e ligados ao norte da África francesa; bem como algumas unidades de outros países modeladas sobre eles. Os Zouaves estavam entre as unidades mais condecoradas do exército francês. [N. R.]

mais da posição de chanceler, ele não pode alimentar esperanças de ser genuinamente amado.

O *Zouave* estava lançando âncora. Meu médico jovem e inteligente dormia profundamente em sua cabine quando eu desci suavemente a escada para o bote e ordenei aos homens que remassem o mais rápido possível até a ilhota verdejante ao longe. Será que eles sabiam o nome dela?

Não. Até onde sabiam, ela não tinha nome. Era só uma manchinha no mapa, uma ilha desabitada.

O bote foi aportado em uma pequena enseada à sombra de um hibisco, cujas flores douradas e alaranjadas derramavam-se na água verde e resplandecente. Eu desci e despachei os homens de volta para o iate.

— Voltem à tarde para me buscar.

— Em que horário, senhor?

— Por volta das três horas, bem aqui.

Eu me afastei depressa e deixei o homem falando alguma coisa que não ouvi.

Ah, a beleza daquela ilhota verdejante na luz perolada e na sombra profunda, onde as árvores se espalham e misturam suas folhagens, criando um dossel acima da minha cabeça, um telhado folhoso de textura tão leve que balançava a cada sopro do vento estival, deixando que nesgas do sol da manhã passassem de repente, escurecendo um instante depois — um piscar constante de luzes que iam e vinham em meio à calidez verde da escuridão!

Os musgos sob meus pés eram tão espessos e macios que a terra parecia perder sua consistência e adquirir o movimento e a flutuação da água. O ar exalava a fragrância de íris, jasmim e capim-limão silvestres, e as flores que iam de uma árvore para a outra ou cintilavam em tons de vermelho, laranja, azul, roxo e rosa com cada clarão de sol, ou tinham sua cor escurecida a cada intervalo de sombra. Como minhas pobres palavras poderiam descrever esse esplêndido encanto de flores que eram como seres vivos e pareciam passar voando por mim em asas translúcidas, flores que brilhavam como joias e pareciam irradiar luz? Entre algumas dessas flores brilhantes, vi uma porção de frutinhas roxas. Provei algumas delas, com muita cautela, pois poderiam ser venenosas, mas tinham apenas um sabor doce e sem graça que não podia pertencer a nenhum suco mortal. Comi um punhado delas devagar, enquanto caminhava um pouco.

Eu pensava que a ilha era desabitada, mas subitamente uma silhueta que eu conhecia despontou na vista esmeralda e, depois de andarmos um na direção do outro, Lionel Haverfield e eu nos encontramos cara a cara, depois de muitos anos de separação.

Até esse momento, eu achava que ele estivesse morto. Nós apertamos as mãos, e ele se virou e começou a caminhar ao meu lado.

— Meu querido e velho amigo, é mesmo você?

— Sim, caro Hal.

Isso foi tudo que dissemos um ao outro a princípio. Eu e Lionel tínhamos uma sintonia perfeita que dispensava longas conversas. Estudáramos juntos em uma escola particular famosa em Oxford e, depois, nos reencontramos em Londres, no início do grande esforço da vida: a luta de um jovem por fama e fortuna. Tínhamos sido amigos tão próximos que nos entendíamos completamente. E eu o tivera como morto. Era estranho que lágrimas enchessem meus olhos e me cegassem por um instante? Ou que eu o envolvesse em um abraço quase como uma mulher teria feito?

— Lionel, estou tão feliz, tão feliz que meu capricho me trouxe até aqui. Eu não sabia da existência desta ilha até que vi um palmeiral no horizonte, na luz fraca do amanhecer. Mandei colocarem o bote na água e me vi a caminho daqui, com uma pressa selvagem, para ver como era a ilhota. Estou tão feliz.

— E eu também, Hal. Por mim mesmo, estou muito feliz.

— Por você e por mim. Sem dúvida minha felicidade não lhe provoca rancor, não é?

— Não, não, não. É a sua felicidade que estou levando em consideração quando digo que não estou plenamente feliz.

— Mas eu estou extremamente feliz por ter encontrado você. Do que mais um homem precisa além de estar feliz?

— É nisso que estou pensando. Quando você voltar ao mundo e se arrepender de...

— De ter visto você?! Ora, Lionel, que tolice! Arrependimento?! Não existe nada que poderia me deixar mais feliz do que ver seu velho rosto querido. Lionel, juro que achava que você tinha morrido.

Ele me olhou, sério, mas não respondeu. Depois de uma pausa, ele continuou.

— O mundo fez bom uso dos seus talentos, ouso dizer, e você ama o mundo.

— Ah, pode-se dizer que fui bem-sucedido. Eu dei o ritmo. Dez anos da minha vida, dos vinte e cinco aos trinta e cinco, foram permeados por uma labuta infindável, até que a recompensa chegou. Depois de trabalhar por tanto tempo no desnível entre as ondas, eu finalmente me vi na crista da onda, flutuando sob a luz do sol sem fazer esforço, sendo apenas levado como uma rolha no mar de um sucesso para o outro. Apesar de tudo, estou muito cansado, e este seu refúgio tranquilo é muito melhor do que a disputa e o burburinho dos tribunais, ou a fila e o tumulto do plenário de Westminster. Gostaria de ficar aqui com você para sempre, em uma ilha que me lembra do repouso encantado que Odisseu e seus companheiros encontraram no Mar Ocidental — uma ilha onde parece ser sempre... não, não à tarde, mas de manhã, com o frescor calmo do dia recém-nascido. O que quer que eu tenha feito, você escolheu a melhor parte: descanso, e um descanso eterno, sem trabalho, sem preocupações, apenas o céu azul e a cantiga de ninar suave e melancólica do mar e...

"Botões de flores de mil tons...
... exóticos olhos esmaltados,
Que na grama esverdeada sugam doces pancadas de chuva."

Eu citei "Lycidas", de John Milton[8], pois me lembrei de como ele gostava desses versos na época em que era um poeta, quando todos nós pensávamos que Milton devia ter vencido o prêmio Newdigate.

— Você não pode ficar aqui — disse ele, naquele tom de voz sério tão diferente da voz de sua juventude. — O mundo chama por você. Existem obrigações que você não pode ignorar. Você precisa viver sua vida.

— Sim, tenho obrigações — admiti, quase relutante.

E então contei a ele sobre meu recente noivado com uma bela jovem; falei sem reservas, como se fôssemos moços e eu estivesse compartilhando meus pensamentos e sentimentos, esperanças e decisões.

Como se fôssemos moços, foi isso que eu disse? Mas ele ainda era jovem. Eu tinha envelhecido com o empenho e o tumulto da grande busca por riqueza e fama, mas ele, tendo vivido na ilha de descanso, não mostrava qualquer vestígio da passagem dos anos. Havia apenas uma linha de expressão no rosto largo e belo, a linha da época em que ele era estudante do Inner Temple, há vinte anos. O rosto era o mesmo que tinha me olhado com gentileza no crepúsculo estival da noite em que parti para a Escócia. Quando voltei das férias, alguém me disse que ele havia morrido. Era por isso que eu tinha sido levado a pensar nele como um homem morto! Eu revisitei o passado, tentando acessar minhas memórias, e consegui me lembrar de uma visita aos seus aposentos vazios e da irmã dele, que passara por mim na rua, seis meses depois, em luto profundo. Eu só a havia visto uma vez antes, na *Commemoration Week* — cerimônias em comemoração aos beneméritos da Universidade de Oxford. Era meu segundo ano na faculdade Balliol, e não tentei fazer com que a moça se recordasse de mim. Ela passou rapidamente ao meu lado e desapareceu como uma sombra na agitada rua londrina.

---

8 John Milton (1608-1674), poeta e intelectual inglês, conhecido por seu poema épico *Paraíso Perdido*. [N. da P.]

Eu me lembrei disso vagamente nessa hora e fiquei um pouco espantado por ele estar ali, radiante e jovem; ele, cuja morte eu tanto lamentara.

Ele me levou ao coração da ilha. Era um vale cheio de árvores, atravessado por um riacho de águas corrediças, profundas e escuras no meio do canal, onde a forte correnteza levava na direção do mar, mas também se dividia em muitas enseadas e lagoas com juncos. Ali, ninfeias brancas e douradas erguiam seus cálices rasos da vastidão plana de folhas largas, e a água calma só aparecia em manchas de luz esmeralda em meio ao verde mais escuro das folhas e flores.

Nós nos sentamos à sombra de um pequeno palmeiral, com uma das lagoas rasas estendendo-se aos nossos pés, entre a margem coberta de grama baixa e o riacho que corria; um jardim plano de ninfeias, sobre o qual pássaros e borboletas pairavam e onde mergulhavam, criaturas de esplendor tropical que cintilavam, ágeis e brilhantes demais para que olhos humanos as seguissem.

Falamos do passado, dos dias alegres que vivêramos e que, em retrospecto, pareciam um período de felicidade pura e simples. Nós só nos recordávamos das horas mais prazerosas; não nos lembrávamos de nada que tivesse sido desgostoso. A risada baixa e suave de Lionel soou na quietude amena enquanto eu me espreguiçava na grama a seus pés, admirando o azul leitoso do céu tropical e me deliciando no calor sonolento do meio-dia.

E agora — não sei como tinha chegado ali — o rosto *dela* estava olhando para mim. O rosto de Lucy Marsden, meu amor, minha noiva de vinte e cinco anos atrás. Ah, que rosto adorável! Feições delicadamente esculpidas, pele de brancura que lembrava o alabastro, pincelada por um rubor intenso nas maçãs do rosto, um rubor que acrescentava profundidade e brilho aos grandes olhos violeta. Lembrei-me de como aqueles olhos apaixonados haviam se tornado mais brilhantes e maiores a cada dia, e de como eu notara aquele brilho crescente com um terror indescritível. Depois, em um sombrio mês de novembro, a família dela a levou para Mentone e me aconselharam a ficar em Londres, trabalhando e torcendo pelo melhor, ansiando pelo regresso dela com os narcisos de março. Então... foi tudo um pesadelo sombrio, e logo veio nossa triste despedida. As cartas e os telegramas, pelos quais eu esperava nos meus sombrios aposentos no Temple, fingindo estudar a lei, com meus pensamentos distantes, acompanhando o agravamento da doença de Lucy. Foi apenas um sonho horrível, do qual me recordei tremendo hoje, enquanto nossas mãos se tocavam novamente e seus olhos me fitavam.

Eu me levantei de um salto, e andamos lado a lado sob as palmeiras. Nós falamos e estávamos felizes; eu, com uma alegria tranquila que dispensava perguntas; ela, suavemente gentil, muito mudada e, ainda assim, a mesma. Gentil como sempre fora, humilde como uma criança alheia aos seus próprios dons mentais e pessoais. Hoje, eu sentia um maravilhamento soberano na presença dela. Eu a adorava como um verdadeiro católico adora um santo, mas não ousava amá-la com o brilho caloroso do amor humano, nem questioná-la, tampouco conversar levianamente sobre o passado e o futuro. Ela estava comigo, e isso bastava.

Minha mente não se perturbou com meu recente noivado com a moça a quem desposaria no início do ano seguinte, que dizia ter me escolhido pela estima que nutria por mim. Ela pertencia àquele mundo distante de cuja existência, naquele dia de doces lembranças, eu mal estava consciente, pois me encontrava envolto pelas cintilações vívidas de luz e cor que fluíam sobre os grandes cálices brancos e pelas folhas rasteiras que oscilavam com o pulsar da água, movendo-se em um embalo lento pela correnteza no meio do riacho, cuja rapidez era acentuada por um grupo de hibiscos que passava apressado enquanto ela se deslocava na direção do mar.

Como eu poderia me lembrar do mundo exterior, com seus desejos obsequiosos, suas ambições, autoconsciência, amor-próprio, inveja, ódio e maldade, sua luta sórdida por libras, xelins e centavos?!

Se pensei nisso por um momento nesse refúgio de plácido deleite, foi apenas com repugnância, para me odiar pelos desejos cuja realização eu chamara de felicidade: a febre do ouro, a fome por terras, casas, honrarias vazias e distinções mesquinhas, a busca incessante pelo sucesso, o esforço para conquistar uma posição apenas um pouco mais alta do que a desse ou daquele homem.

Aqui eu era jovem de novo, e todos os meus pensamentos tinham o frescor dos pensamentos juvenis, antes de a mente se endurecer e a fantasia definhar pelo atrito com o mundo da meia-idade; o período frio e calculista da existência humana, a idade em que o homem pensa que consegue ficar sem afeto caso consiga atingir o sucesso.

Meus pensamentos eram os da juventude, e todas as imagens desses anos passados retornavam em cores vivas. Voltei a viver nas horas nunca esquecidas, apertei as mãos inesquecíveis. Todos os entes queridos que eu perdera estavam reunidos naquela ilha sem nome: pai, mãe, a irmã que desaparecera tão inexplicavelmente sob o sol e durante as brincadeiras antes que eu tivesse aprendido a falar, deixando apenas a lembrança de rostos chorosos e vozes abafadas em uma casa escura. Todos estavam ali: os rostos conhecidos, as mãos gentis, as vozes doces e baixas de outrora.

E se eu me fazia perguntas era apenas com um assombro infantil, tão fácil de satisfazer. E se questionava as coisas que via, eu tinha minha própria resposta pronta para minha própria pergunta.

Eu sempre soubera que a sombra da morte, que engole tudo que mais amamos nos primeiros anos, é apenas uma nuvem passageira. Eu sempre soubera que, em algum lugar, de algum modo, aqueles que amamos ainda vivem, e queremos apenas uma pista para encontrá-los. E a pista me foi dada. A avidez instintiva que me fizera visitar a ilhota encantadora era o espírito do amor que me guiava. Assim, minha pergunta foi respondida, tão facilmente quanto tinha sido feita. A morte não existia. Eu sempre soubera disso. O Deus que nos fez à sua própria imagem e semelhança não iria apagar a imagem que Ele mesmo criara.

E, assim, eu me entreguei à felicidade límpida daquele dia de doces lembranças. O brilhante meio-dia de verão fundiu-se na suave luz vespertina de verão. Meu primeiro dia neste lugar de alegria havia ultrapassado seu apogeu.

"E na tarde inteiramente dourada / Uma amiga, ou irmã feliz, cantava...", uma citação daquele livro que havia sido como um segundo evangelho para Lucy e mim, meu primeiro presente a ela, uma simples lembrança dada de coração. Para meu amor mais recente, dei diamantes da maior pureza, mas meu coração não tinha se entregado a eles tão inquestionavelmente como foi com o pequeno livro de capa verde.

Quem diria! Cedo demais veio o dia em que eu não conseguia ler uma página daquele longo lamento sem ser cegado pelas lágrimas. Era como se eu mesmo tivesse escrito aquela elegia para ela, a quem nenhum navio trouxera para casa, cuja cama de repouso havia sido feita em uma colina nas cercanias de um mar histórico.

— Cante para mim, Lucy — implorei —, uma das suas favoritas: "Eu surjo dos seus sonhos".

Ela não cantou, mas conversamos sobre os velhos tempos, sobre os dias antes de ela ter sido levada a Mentone.

Eu disse algo sobre nunca deixá-la de novo. Eu tinha finalmente encontrado minha âncora, afirmei. Eu renunciei à ambição, a tudo que o mundo externo poderia me dar. Eu não teria nenhum mundo além do recife de coral com seu manto de samambaias e flores, sua população de pássaros e borboletas, e os amigos dos velhos tempos.

Alguns amigos vieram e partiram conforme o dia passava. Algumas vezes um, algumas vezes outro, estava do nosso lado, mas Lucy sempre esteve lá, constante e verdadeira como ela havia sido desde o instante em que seus lábios hesitantes confessaram seu amor — que hora abençoada e inesquecível! — em um jardim de Warwickshire, perto da clássica Avon. Assim como estivera naquele dia nos jardins do presbitério de seu pai, também estava hoje à sombra das palmeiras frondosas, no paraíso das criaturas aladas, igualmente adorável, inocente e jovem.

Porém, quando falei sobre nunca deixá-la, ela balançou a cabeça com seriedade e pousou os dedos levemente sobre meus lábios.

— Meu amor, esta vida não é para você! — disse ela, séria. — Você terá de voltar para o mundo.

— Nunca, Lucy! Este será meu mundo.

— Não pode ser assim. Você nos viu e viveu conosco por um dia de doces lembranças, isso é tudo. Você vai voltar para o mundo e... Ai, meu querido, meu querido, eu sinto tanto por você!

— Querida, por quê? Direi mais uma vez que nada poderá nos separar, nada a não ser a morte! Morte? Eu disse isso? Não, a morte não existe. Nunca mais vamos nos separar. Esta ilha será nosso lar para sempre.

— Ai de mim, não pode ser! É um infortúnio para você ter nos encontrado. Você vai voltar e nunca mais será feliz. Essa é a amargura dessa situação. Você bebeu da fonte da memória, a fonte fatal que faz tudo que existe parecer sem valor em comparação com tudo que já existiu. O mundo será inóspito, enfadonho e vazio, mas você precisa voltar para lá. Ah, meu querido, seu destino é tão difícil! Ter nos visto e se lembrado dos dias de sua juventude fará com que você nunca mais conheça a felicidade mundana!

Eu não acreditava nela, não acreditava nesse duro "precisa" que ela repetia com expressão e voz tristonhos. A vida era minha, e eu podia fazer o que quisesse com ela, foi o que eu disse, e tinha a intenção de passar minha vida ao lado de minha amada.

Depois falamos de coisas mais leves, relembrando com alegria dos gracejos passados, felizes como os pássaros que mergulhavam com asas cintilantes nas águas resplandecentes. O crepúsculo tropical se assomou de repente sobre nós, como um véu cinzento, e a voz de minha querida passou a soar tão suavemente em meus ouvidos quanto o murmúrio de um mar distante — e, depois, tudo se apagou.

Já estava claro novamente quando acordei, e novamente me deparei com a fresca luz perolada do início da manhã. Levantei-me em um pulo, temendo estar em algum outro lugar, ter sido transportado de volta ao iate durante meu longo sono sem sonhos.

Não, eu ainda estava na ilha. Ali estavam as ninfeias sonolentas com seus cálices fechados, suas folhas largas movendo-se com doçura na oscilação lenta do remanso tranquilo; ali estava a ondulação da correnteza, onde o rio se apressava para o mar, e, de vez em quando, conforme eu olhava e ouvia, ressoava o canto de algum pássaro recém-desperto, mas não havia nenhuma presença humana que eu pudesse perceber ali, ao lado do lago de ninfeias. Assim, caminhei apressado em busca dos amigos de ontem.

Vaguei e procurei na clareira aberta e na mata sombria, percorri colinas e ocos, vastas extensões planas e verdejantes, o emaranhado úmido e quente da vegetação tropical, até que o sol meridiano tornasse intoleráveis esses espaços abertos. O fervor da minha busca precisou ceder à fadiga avassaladora, e me afundei à sombra de um grande plátano, cansado até a morte, desiludido e quase desesperado.

Aonde haviam ido? Por que haviam me deixado? Como era cruel terem me abandonado e se escondido de mim! Parecia que eu tinha vasculhado a ilha de uma praia à outra, mas haveria talvez cavernas na mata, santuários secretos em meio à selvagem exuberância das plantas que eu, sendo um completo estranho aos seus domínios, demoraria para descobrir. Apesar do imenso cansaço, eu pretendia continuar minha busca assim que conseguisse andar de novo. Em meu estado presente de exaustão, eu mal conseguia ficar em pé.

Deitei-me no solo musgoso ao pé de uma árvore e contemplei uma paisagem de luz e sombra em que aglomerados de lírios escarlates brilhavam como tochas, fulgurando aqui e ali no meio da folhagem. Nada mudara no aspecto da natureza exterior, mas eu sentia que estava em outra atmosfera, e meus sentimentos haviam mudado, de um dia para o outro, da esperança e alegria para um desespero entorpecido.

Ah! O silêncio de todas as vozes humanas depois das vozes familiares de ontem, a desolação que crescera e aumentara a cada hora que se passara naquela longa manhã desgastante... Meu coração se afundava dentro de mim com a sensação gelada do medo. Eu senti o medo da criança que se vê abandonada e solitária em um lugar em que todas as coisas são estranhas: o medo do desconhecido.

Vozes, vozes humanas, que soavam fracas à distância, ficaram mais próximas, mais fortes, perto o suficiente para serem reconhecidas, antes mesmo que eu pudesse caminhar cerca de cinco metros para ir ao encontro delas.

Ai de mim! Não eram as queridas vozes de ontem. Vozes comuns, grosseiras, a saudação estridente de um dos meus marinheiros e, depois, um forte chamado agudo, penetrando o jardim tropical; vozes familiares e bem-vindas no meu humor atual, mas que pouco trouxeram além da promessa de conforto material, descanso para meus ossos doloridos e bebida para meus lábios febris.

Enquanto eu os saudava debilmente, os marinheiros que me trouxeram do iate ontem vieram correndo na minha direção. Eles nunca teriam ouvido aquele som baixo que eu emitia, disseram-me depois. Foi a visão de minhas roupas brancas brilhando sob o sol que os guiou até mim, fazendo-os atravessar uma longa clareira. Eles estavam me procurando desde o amanhecer e, depois de me procurarem em vão, tinham voltado à ilha no fim da tarde e acampado ali.

— Esperamos no bote, no riacho em que o deixamos, das três da tarde até escurecer — explicou o homem. — Depois, como o senhor não apareceu, voltamos para o iate para receber instruções. O oficial encarregado da navegação nos mandou voltar à ilha, com provisões para a noite, e o doutor veio conosco. Nós passamos a manhã toda procurando o senhor!

Meu jovem amigo e conselheiro médico chegou enquanto o homem falava. Estava muito preocupado comigo, à sua maneira sossegada e agradável, que nunca criava problemas com nada. Eu havia ficado mais de trinta horas na ilha, disse ele, sem comida e sem abrigo. Ele queria me levar de volta ao iate o quanto antes e, enquanto isso, quis acalmar meus ânimos com um frasco de conhaque que carregava.

— Onde estão as pessoas — perguntei—, as pessoas que estiveram comigo durante ontem?

— Meu caro amigo, não havia pessoas. Esta ilha é deserta.

Eu não podia discutir com ele, muito menos lhe contar sobre as pessoas que tinha visto e com quem tinha ficado naquele longo dia de doces lembranças. Eu fiquei de coração partido só de pensar que não os veria mais, que minha Lucy estava certa e que eu devia voltar ao mundo, quisesse ou não. Certas coisas são sagradas demais para serem mencionadas, exceto para as pessoas mais íntimas e queridas, e eu não podia contar a esse jovem doutor de coração leve que eu havia estado entre rostos do passado e que as lembranças da minha juventude haviam sido trazidas para mais perto de mim do que a realidade do presente.

Assim, deixei que me levassem de volta ao iate e que cuidassem de mim quando fiquei com uma febre forte. Saí lentamente do turbilhão de fantasias febris para me lembrar daqueles rostos queridos e entender que eram os rostos daqueles que tinham atravessado o rio desconhecido. Deste lado, a vida não tinha nada com que valesse a pena me preocupar.

O primeiro navio inglês que encontramos depois que me recuperei levou minha carta de renúncia à moça que estava para ser minha esposa. Eu lhe disse que as horas longas e tranquilas de meditação na solitude de minhas longas férias haviam me convencido de que qualquer vínculo firmado entre a beleza e a juventude, como era o caso dela, e uma vida desgastada como a minha seria insensato e resultaria em uma união infeliz, pelo menos para ela, e que por isso eu não iria me aproveitar do entusiasmo que a levara a confundir a admiração pelo famoso advogado de defesa com o amor pelo homem de meia-idade. Minha prometida logo me enviou sua resposta, que eu encontrei esperando por mim há três dias, em Aden. Era apenas um pacote de cartas — minhas para ela — e uma meia aliança de diamantes.

Os átomos que antes formavam essas cartas estão flutuando em algum lugar, e o anel encontra-se em uma pequena bandeja de prata na minha cômoda, ao lado de outros objetos de pouca importância. E, no calor opressivo do Mar Vermelho, eu me sento no deque, ao abrigo de um toldo, e medito sobre a vida que me espera no país. A vida que eu devo chamar de lar.

Ah, como tudo parece desolado e seco como poeira! O trabalho, o sucesso, os grupos de amigos — os camaradas de meia-idade — enredados na poeira e nas disputas da arena, ocupados demais para se importarem se eu caísse e morresse no meio da turba, como um corcel recém-arreado e arrastado na pressa selvagem de uma carruagem nos Pampas. O bruto caiu de novo? Soltem-no e deixem-no para os corvos e os papagaios! E continuem a jornada, chicoteando o resto dos animais com ainda mais força, para que eles mantenham o ritmo.

MARY ELIZABETH BRADDON

O ESPELHO VENEZIANO

1894

Orange Grove é uma bela villa *na Itália, e Violetta Hammond fica muito feliz ao herdá-la com a inesperada morte do avô. A casa não trouxe sorte aos antigos donos, mas Lota não se deixa convencer pela melhor amiga nem pelo noivo a buscar ares mais salutares. Afinal, o que pode dar errado?*

PARTE I

— E a senhorita pretende manter Orange Grove para sua própria ocupação? — perguntou o advogado, muito sério, cujos olhos caídos ficavam completamente ocultos sob as sobrancelhas espessas.

— Sem dúvida — respondeu minha amiga. — Orange Grove é a melhor parte da minha fortuna. Parece quase uma providência especial, não acha, Helen — continuou Lota, voltando-se para mim —, que meu querido avô tenha mandado construir uma casa de inverno no sul? Os médicos estão sempre me importunando por causa do meu peito fraco, e agora temos uma casa isolada com jardins e laranjais à minha espera em um lugar de clima perfeito para pulmões fracos. Passarei todos os invernos da minha vida lá, sr. Dean.

O respeitável advogado ficou em silêncio antes de responder.

— Essa não é uma casa de sorte, srta. Hammond.

— Por que diz isso?

— Seu avô só passou um inverno nela. Ele estava com excelente saúde em dezembro, quando foi para lá. Era um senhor forte e robusto e, quando me chamou em fevereiro para preparar o testamento que tornou a senhorita a única herdeira dele, eu fiquei perplexo com o estado dele: estava frágil, desmazelado, com os nervos em frangalhos... Um desastre.

— Isso foi mesmo muito triste, mas com certeza o senhor não está querendo uma bela *villa* na Itália — disse ela, sorrindo para a fotografia no seu colo, que mostrava uma *villa* típica do sul com portas francesas, varanda, sacadas, torre, terraços, jardim e fonte — pela súbita piora na aparência de um idoso. Ouvi dizer que até mesmo os homens mais velhos e ativos, com um estilo de vida exigente, como era o caso de meu querido avô, podem definhar de repente.

— Não se trata apenas do envelhecimento. Seu avô estava mentalmente mudado: nervoso, inquieto e, ao que tudo indicava, infeliz.

— Bem, por que o senhor não perguntou o motivo? — inquiriu Lota, cujo temperamento impetuoso começava a se indignar com a formalidade do advogado.

— Meu ofício jamais justificaria um questionamento ao sr. Hammond sobre um assunto tão pessoal. Eu observei a mudança e a lamentei. E, seis semanas depois, ele faleceu.

— Pobre vovô. Éramos tão amigos quando eu era criança. Depois fui mandada para a Alemanha com uma governanta, e eu era só uma criaturinha sem mãe, e em seguida me enviaram a Pequim, onde meu pai era cônsul. Ele morreu lá. Logo depois, me mandaram de volta para casa, e eu fui acolhida por minha tia mais inteligente. Frequentei um pouco a sociedade e sempre gastei mais do que deveria. Fiquei endividada até o pescoço, pois era uma garota. Imagino que um homem dificilmente teria tantas contas a pagar como eu costumava ter. E, então, o vovô decidiu que estava satisfeito comigo, e aqui estou eu, como sua única legatária. Acho que é assim que se diz, não é? — perguntou ela, lançando um olhar interrogativo para o advogado, que balançou a cabeça em confirmação. — E vou passar o inverno na minha *villa* perto de Taggia. Imagine só, Helen. Taggia, Tag-gi-a! — Ela pronunciou a palavra lentamente e estalou seus belos lábios, como se o nome fosse algo saboroso, e olhou para mim, pois queria que eu concordasse.

— Não faço a menor ideia do que você quer dizer com Tag-gi-a — respondi. — Parece uma palavra vinda de algum idioma africano.

— Você leu "Doutor Antonio"[9]?

— Não li.

— Que ultraje! Existe um abismo entre nós. Tudo que eu sei sobre a Ligúria vem daquele livro encantador. Ele me fez sonhar com as praias do mediterrâneo quando eu era bem pequena. E eles mostram a casa do autor, Giovanni Ruffini, em Taggia. A casa de verdade dele, onde ele realmente morou.

— É preciso levar em consideração, srta. Hammond, que a Riviera mudou bastante desde a época de Ruffini — disse o advogado. — Não que eu tenha alguma coisa a dizer contra a Riviera. Eu só aconselharia a senhorita a passar o inverno em um lugar mais conveniente do que um desfiladeiro romântico entre Sanremo e Alassio. Que tal Nice?

---

9 Romance do escritor italiano Giovanni Ruffini, que foi publicado pela primeira vez em 1855. Este livro serviu de inspiração para várias adaptações, como dois filmes mudos lançados em 1910 e 1914, respectivamente, e uma versão sonora de 1937 dirigida por Enrico Guazzoni nos Estúdios Cinecittà. Em 1949, a história serviu de base para o livreto da última ópera homônima de Franco Alfano. [N. R.]

— Nice. Ora, alguém estava dizendo outro dia que Nice é o ponto de encontro favorito dos piores sujeitos da Europa e dos Estados Unidos.

— Talvez seja isso que torne o lugar tão agradável — respondeu o advogado. — Há vários círculos sociais em Nice. A senhorita não precisa frequentar os mesmos lugares que esses sujeitos.

— É uma cidade imensa! — exclamou Lota. — Vovô disse que não era melhor do que Brighton.

— Alguma coisa poderia ser melhor do que Brighton? — perguntei.

— Helen, você sempre foi muito materialista. Foi por causa do horror de Nice e Cannes que o vovô comprou uma *villa* quatro vezes maior do que precisava nesse lugar romântico.

Ela beijou a casa branca na fotografia e se vangloriou da paisagem silvestre. Ali, a *villa* se destacava, solitária e majestosa. Palmeiras, azeitonas, ciprestes, um desfiladeiro profundo que cortava a imagem, montanhas remotas e românticas, um cume branco ao longe e um primeiro plano permeado por rochedos e fios de água corrente.

— Isso é mesmo real? — perguntou ela, de repente. — Não é o fundo pintado de um fotógrafo? Esses fotógrafos têm truques abomináveis. A pessoa se senta para ser fotografada em um minúsculo estúdio em South Kensington e eles a mandam para casa sorrindo em uma floresta intocada ou na frente de um oceano bravio. Isso é real?

— Totalmente real.

— Muito bem, sr. Dean. Então me instalarei lá na primeira semana de dezembro. Se estiver muito preocupado comigo por causa do vovô, tudo que tem de fazer é encontrar um mordomo incrível, totalmente respeitável, que não beba meu vinho nem fuja com a prataria. Minha tia vai contratar o resto da criadagem.

— Minha querida jovem, você pode solicitar qualquer um dos meus serviços, mas neste momento não seria pura teimosia da senhorita escolher uma casa perdida em uma parte selvagem do país quando seus meios de vida permitiriam que alugasse a *villa* mais preciosa e bonita da Riviera?

— Detesto casas preciosas. Elas sempre são pequenas demais para qualquer pessoa, exceto para uma velha senhora azeda que deseje ouvir tudo que seus criados dizem a seu respeito. A casa isolada espaçosa, a paisagem silvestre e solitária, é isso que eu desejo, sr. Dean. Contrate um mordomo que não vá cortar minha garganta e não lhe pedirei mais nada.

— Então, senhorita, considere feito. Uma mulher determinada sempre consegue o que quer, mesmo que seja algo tolo.

— Tudo na vida é uma tolice — gracejou Lota. — No fim das contas, as pessoas que vivem caoticamente se saem tão bem quanto seus inefáveis sabichões. E agora que o senhor sabe que sou tão obstinada quanto o Destino e que nada que disser me fará mudar de ideia, me diga, como o querido antigo advogado de família a quem conheço desde a infância, por que é contra Orange Grove. É a drenagem?

— Não tem drenagem.

— Então está tudo certo — respondeu ela. — São os vizinhos?

— Preciso mesmo dizer que não há vizinhos? — Ele apontou para a fotografia.

— Que satisfação!

— É a atmosfera? A *villa* não é baixa, então dificilmente será úmida, sendo situada na encosta de uma colina.

— Acho que os cômodos dos fundos são úmidos, pois a encosta da colina fica muito perto das janelas. Os cômodos de trás são com certeza muito escuros, e acredito que sejam úmidos.

— Quantos aposentos são ao todo?

— Mais que vinte. Talvez trinta, ou quase isso. Repito que essa é uma casa muito grande e isolada, grande demais para você ou para qualquer moça sensata.

— Para uma moça sensata, sem dúvida — concordou Lota, acenando com impertinência para mim. — Ela gosta de uma residência no primeiro andar em Regency Square, em Brighton, com um quartinho no porão para a criada. Eu não sou sensata e gosto de ter vários aposentos ao meu dispor. Aposentos para perambular, mobiliar e esvaziar, arrumar e desarrumar. Aposentos para ver fantasmas. E agora, caro sr. Dean, vou chegar ao âmago do mistério. Que tipo de fantasma assombra Orange Grove? Eu sei que tem um fantasma lá.

— Quem lhe disse isso?

— O senhor. O senhor está me dizendo isso há meia hora — respondeu Lotta. — É por causa do fantasma que o senhor não quer que eu vá para Orange Grove. O senhor poderia muito bem ser sincero e me contar a história de uma vez por todas. Não tenho medo de fantasmas. Na verdade, até gosto da ideia de ter um fantasma na minha propriedade. Você não gostaria disso, Helen, se tivesse uma propriedade?

— Não — respondi, decidida. — Detesto fantasmas. Eles sempre aparecem em casas úmidas e com drenagem ruim. É impossível encontrar um fantasma em Brighton, mesmo se alguém publicar um anúncio procurando um.

— Conte-me sobre o fantasma — insistiu Lota.

— Não há nada a dizer. Nem as pessoas nas cercanias, nem os criados da casa diriam que Orange Grove foi assombrada. O máximo que pode ser dito é que, desde tempos imemoriais, os senhores ou as senhoras da casa foram sempre muito infelizes.

— Tempos imemoriais? Eu pensei que meu avô tivesse construído a casa há vinte anos.

— Ele só acrescentou a parte da frente, que você viu na fotografia. A parte dos fundos da casa, a parte mais ampla, tem trezentos anos. O lugar era um hospital religioso. A enfermaria pertencia a um mosteiro beneditino das redondezas e era para onde os doentes, de outras instituições beneditinas, eram enviados.

— Ah, isso foi há muito tempo. Você não acha que os fantasmas dos monges doentes, que foram tão insensíveis a ponto de morrerem na minha casa, assombram os cômodos dos fundos?

— Repito, srta. Hammond, que eu saiba, ninguém disse que a casa é assombrada.

— Então ela não pode ser assombrada. Se fosse, os criados teriam visto alguma coisa. Eles são ótimos para ver fantasmas.

— Eu não acredito em fantasmas, srta. Hammond — respondeu o velho advogado amigável —, mas sou um pouco supersticioso e acredito que há uma coisa chamada "sorte". Já vi diferenças significativas entre pessoas sortudas e pessoas azaradas que encontrei durante minha carreira. Orange Grove tem sido uma casa azarada durante os últimos cem anos. O infortúnio dessa casa é tão antigo quanto sua história. E por que uma bela jovem, com todo o mundo ao seu dispor, insiste em morar em Orange Grove?

— Primeiro, porque a casa é minha. Segundo, porque eu me apaixonei por ela assim que vi essa fotografia. E, em terceiro lugar, talvez porque sua resistência tenha tornado tudo ainda mais atraente. Eu me instalarei lá em dezembro, e você precisa me encontrar depois do Natal, Helen. Sua tão amada Brighton é horrenda em fevereiro e em março.

— Brighton é sempre deliciosa — respondi —, mas é claro que adorarei ir ao seu encontro.

PARTE II - UM PARAÍSO NA TERRA

Eu era a melhor amiga de Lota, e ela era a minha. Eu nunca vira alguém tão bonita e fascinante. E, desde então, nunca mais vi alguém como ela. Ela não era nenhuma Helena, nenhuma Cleópatra, nenhum espécime soberbo de beleza típica. Ela era apenas ela mesma. Como ninguém mais era e, na minha opinião, Lota era melhor do que todas as outras pessoas, uma criatura etérea delicadamente trabalhada, feita de ânimo e fogosidade e impulso e afeto, atirando-se com ardor em cada empreitada, vivendo o presente com intensidade e sendo curiosamente imprudente em relação ao futuro e curiosamente esquecida do passado.

Quando me separei dela na estação Charing Cross em 1º de dezembro, deixamos combinado que eu iria me juntar a ela em meados de janeiro. Um dos meus tios ia para a Itália bem nessa época e me acompanharia até Taggia, onde eu seria recebida pela minha anfitriã. Portanto fui pega de surpresa quando, antes do Natal, recebi um telegrama de Lota pedindo para que eu fosse me encontrar com ela o quanto antes. Eu enviei um telegrama na hora: "Você está doente?"

Resposta: "Não doente, mas quero você."

Minha resposta: "Impossível. Irei como combinamos."

Eu teria gostado muito de fazer o que Lota desejava, como disse a ela na carta que se seguiu à minha última mensagem, mas eu tinha compromissos a honrar para com minha família. Um irmão se casaria no início do ano, e eu seria tida como insensível se não comparecesse à cerimônia. Além disso, havia a tradição do Natal como uma época de reuniões familiares. Se ela estivesse doente ou infeliz, eu teria cancelado os outros compromissos e ido ao encontro dela sem demora. Foi o que eu lhe disse, mas eu sabia que Lota era uma criatura caprichosa e que esse sem dúvida era apenas um capricho entre tantos.

Eu sabia que ela estava sendo bem cuidada. Estavam com ela uma tia solteirona, a mais gentil e doce de todas, que a adorava, além de sua antiga ama escravizada, de uma casta mista das Índias, que a acompanhava desde Pequim, e ela tinha... "outro alguém, ainda mais querido".

O capitão Holbrook, do regimento Stonyshere, estava em Sanremo. Eu havia visto o nome dele em uma nota de viagem no *World* e sorri ao lê-la, pensando em como poucos dos conhecidos dele saberiam tão bem quanto eu qual era o ímã que o mantinha em Sanremo em vez de ir para Monte Carlo ou Nice. Eu sabia que ele amava Violetta Hammond e que ela fora leviana com ele, deleitando-se com a afabilidade que recebia e aceitando as atenções dele com seu jeito leve e feliz, porém sem dar qualquer importância ao futuro.

Sim, minha bela e despreocupada Lota estava sendo bem cuidada e amada, protegida tão fielmente quanto um deus em um templo indiano. Eu não me sentia mal por ela e estava em um estado de espírito muito feliz quando cheguei à pequena e tranquila estação de Taggia, perto do mar calmo, no crepúsculo de uma noite de janeiro.

Vestida com pele de foca da cabeça aos pés, Lota estava na plataforma para me receber, junto da srta. Elderson, sua tia maternal, que cuidava dela.

— Lota, por que está agasalhada como se estivéssemos na Rússia, sendo que o ar parece mais ameno do que abril na Inglaterra? — perguntei quando nos cumprimentamos com um beijo e, com os olhos marejados, rimos um pouco.

— Ah, quando se tem um casaco caro é preciso aproveitar todas as oportunidades de vesti-lo — respondeu ela, casualmente. — Comprei esta pele de foca quando estava de luto.

— Lota está mais friorenta do que costumava ser — comentou a srta. Elderson, tristonha.

Havia um landau[10] com um par de cavalos belos e fortes à nossa espera para nos levar até a *villa*. A estrada subia suavemente, passando por pomares de laranjas e limões, riachos prateados e bosques suspensos, onde ciprestes escuros, que pareciam feitos de veludo, se erguiam como torres em meio à sombra prateada das oliveiras, seguindo assim pela metade do caminho até o vale, onde os palácios antigos de Taggia, os campanários da igreja e o cume da colina, pontilhado pelas casas brancas do povoado, brilhavam, pálidos, ao anoitecer. Eu admirava o resplendor róseo do céu quando uma curva da estrada colocou nossos rostos na direção do mar, o que sempre parecia ter águas de verão, e nessa luz encantadora cada linha do rosto de Lota

---

10 Antigo tipo de carruagem de dois bancos situados frente a frente. [N.R.]

ficava visível. Visível demais, pois vi a mudança cruel que três meses haviam causado em sua doce beleza jovial. Ela tinha me deixado no vigor da adolescência, alegre, desatenta, transbordando a alegria de viver e o novo deleite proporcionado pela liberdade de escolha que a riqueza dá a uma jovem órfã. Ir aonde quisesse, fazer o que desejasse, vagar pelo mundo, escolher sempre as companhias que amava... Esse tinha sido o sonho de felicidade de Lota, e assim como havia certa pincelada de amor-próprio no que ela considerava felicidade, também havia um coração generoso e afetuoso, e uma bondade inesgotável com os mais desafortunados.

Agora eu via uma mulher angustiada e cansada, com traços evidentes de preocupação no rosto tenso, os lindos olhos parecendo maiores, mas menos brilhantes do que antes, e as marcas de depressão nervosa visíveis nos lábios, agora caídos, mas que já haviam tido um arco do cupido delicado.

Lembrei-me das tentativas do sr. Dean de dissuadi-la de ocupar a *villa* de seu avô nesta linda colina e comecei a detestar Orange Grove antes mesmo de tê-la visto. Estava preparada para me deparar com uma morada melancólica, uma casa em que o miasma fétido de algum pântano vizinho se infiltrava nas janelas abertas e se pendurava, cinzento e frio, nas passagens; uma casa cuja maldade demasiado óbvia evocara imagens terríveis, as formas espectrais engendradas por nervos fracos e noites insones. Decidi que, se fosse possível para uma mulher corajosa e enérgica influenciar Lota Hammond, eu seria essa mulher e a levaria para Nice ou Monte Carlo antes que ela tivesse tempo de pensar duas vezes.

Haveria um ótimo pretexto no Carnaval. Eu diria que fazia questão de ver um Carnaval em Nice e, chegando lá, me certificaria de que Lota nunca mais voltasse ao lugar que a estava matando. Com raiva, olhei para a tia de rosto gentil e obediente. Como ela podia ser tão cega a ponto de não perceber a mudança da sobrinha? E o capitão Holbrook?! Que criatura desalmada era ele, dizendo que estava apaixonado, mas deixando que a moça a quem amava perecesse diante de seus olhos!

Tive tempo para pensar enquanto os cavalos subiam lentamente a colina, pois nenhuma das duas tinha muito a dizer. Cada uma foi apontando algum aspecto diferente na vista. Lota me disse que amava Taggia e que adorava sua *villa* e jardim. E essa foi toda a conversa que tivemos durante a viagem de mais de uma hora.

Por fim, fizemos uma curva acentuada. Na encosta da colina, com um terraço de mármore voltado em nossa direção, vi a casa mais linda do mundo; era um palácio de contos de fada, com janelas iluminadas que brilhavam contra o fundo arborizado. Eu não conseguia ver as cores das flores na escuridão espessa da noite, mas podia sentir o perfume das rosas e dos gerânios que enchiam os vasos do terraço.

Por dentro e por fora, tudo era cintilante e luminoso, e, até onde pude ver, não havia canto nenhum em que um fantasma pudesse se esconder. Lota me disse que uma de suas primeiras melhorias fora a instalação da luz elétrica.

— Gosto de pensar que esta casa brilha como uma estrela quando as pessoas de Taggia olham para ela do vale — disse ela.

Eu disse a ela que tinha visto o nome do capitão Holbrook entre os visitantes de Sanremo.

— Ele está ficando em Taggia agora — explicou ela. — Ele se cansou de Sanremo.

— O desejo de estar mais perto de você não teve nada a ver com essa mudança?

— Pode perguntar a ele, se quiser — respondeu ela, reavivando sua antiga indiferença. — Ele vem jantar conosco hoje à noite.

— Ele fica o tempo todo subindo e descendo a colina? — perguntei.

— Você logo vai entender. Não há muito o que fazer em Taggia.

Quando o capitão Holbrook chegou, eu estava sozinha no salão, pois, apesar das inconveniências da longa viagem, eu havia me vestido antes de Lota. Ele foi muito amigável e pareceu genuinamente feliz em me ver. Na verdade, foi algo que ele mesmo me disse, de maneira muito direta, mais amigável do que lisonjeadora.

— Estou muito feliz que a senhorita veio — disse ele. — Espero que agora sejamos capazes de afastar a srta. Hammond deste lugar deprimente.

Lembrando que a casa de beleza insuperável estava situada em uma colina romântica e olhando para as cores brilhantes da sala de estar italiana, mergulhada em luz suave e clara, repleta de rosas e cravos, parecia bem difícil pensar na propriedade herdada por Lota como "um lugar deprimente", mas a mudança cruel na própria Lota justificava a antipatia incondicional pela casa onde tal mudança acontecera.

A srta. Elderson e sua sobrinha apareceram antes que eu pudesse responder, e fomos jantar. A sala de jantar era tão alumiada e graciosa quanto as outras salas que eu tinha visto, e tudo tinha sido alterado e aprimorado para ficar à altura do gosto refinado de Lota.

— A *villa* tem de ser bonita — suspirou a srta. Elderson —, pois as melhorias de Lota custaram uma fortuna.

— A vida é curta demais. Devemos extrair o melhor dela — respondeu Lota, contente.

Estávamos cheios de alegria, e foram ouvidos o som de conversa e de risos despreocupados durante todo o jantar, mas eu senti que nossa alegria era forjada e senti meu coração pesado como chumbo. Voltamos juntos para a sala de estar. As janelas estavam abertas, recebendo o luar e o leve suspiro do vento noturno entre as oliveiras. Lota e seu amado se colocaram na frente da lenha de pinheiro na lareira, e a srta. Elderson me perguntou se eu gostaria de dar um passeio no terraço. Havia xales brancos e macios separados para esse tipo de passeio, e a boa senhora envolveu meus ombros em um deles com um cuidado maternal. Eu a segui rapidamente, imaginando que ela desejava ter uma conversa sigilosa comigo, assim como eu queria conversar a sós com ela.

Meu afã antecipou sua fala comedida.

— A senhora está preocupada com Lota? — perguntei.

— Muito, muito preocupada.

— Mas por que não a tirou daqui? A senhora deve estar vendo que este lugar a está matando. Mas talvez a terrível mudança não a choque, pois a senhora a vê todos os dias.

— A mudança me choca. É palpável demais. Eu acompanho a transformação todas as manhãs, quando a vejo piorando a cada dia, como se alguma doença horrenda estivesse consumindo a vida de Lota. E, no entanto, nosso bom médico inglês em Sanremodiz que, exceto por um leve problema nos pulmões, ela não tem nada e que este ar é o melhor. Ele diz também que a posição da casa é perfeita para o caso dela, alta o bastante para ser revigorante, mas abrigada de todos os ventos frios. Segundo ele, este é o melhor lugar entre Gênova e Marselha.

— Então ela deve ficar aqui, definhar e morrer? Há alguma má influência nesta casa. Foi o que o sr. Dean disse: algo horrível, estranho, misterioso.

— Minha querida, minha querida! — retrucou a amável criatura, balançando a cabeça em reprovação solene. — Como é que você, uma boa mulher religiosa, pode acreditar nesse tipo de bobagem?

— Não sei em que acreditar, mas posso ver que minha querida amiga está definhando, física e mentalmente. Os três meses que passamos longe uma da outra parecem ter sido anos de saúde se deteriorando. E ela foi alertada contra a casa. Ela foi avisada.

— Não há nada de errado com a casa — disse a solteirona de miolo mole, com muita calma. — O engenheiro sanitário de Cannes examinou tudo. A drenagem é perfeita e...

— E sua sobrinha está morrendo! — atalhei rispidamente, dando as costas para a srta. Elderson.

Mirei os bosques desbotados e o mar azul-safira com olhos que não viam beleza alguma. Meu coração estava indignado com o afeto leviano que via a pessoa amada esmorecendo e pouco fazia para evitar a situação.

PARTE III – "ÀS VEZES, ELES DEFINHAM E MORREM"

No dia seguinte, testei minhas habilidades de persuasão — e fiquei inclinada a ser menos severa ao julgar a solteirona tímida — depois de uma longa manhã nos bosques com Lota e o capitão Holbrook, em que todos os meus argumentos e pedidos, apoiados entusiasticamente pelo homem apaixonado que a adorava, se mostraram inúteis.

— Tenho certeza de que nenhum lugar faria tão bem para minha saúde quanto este — disse Lota, decidida. — Pretendo ficar aqui até que meu médico recomende que eu vá para Varese ou volte para a Inglaterra. Vocês acham que eu gastei a renda de um ano na *villa* pensando em fugir dela? Estou exausta de ser importunada por causa deste lugar. Primeiro foi a minha tia, depois o capitão Holbrook e agora é a jovem Helen. A *villa*, os jardins e os bosques são adoráveis, e eu pretendo ficar.

— Mesmo não estando feliz aqui?

— Quem é que disse que eu não estou feliz?

— Seu rosto diz isso, Lota.

— Eu estou tão feliz aqui como estaria em qualquer outro lugar — teimou ela. — Pretendo ficar.

Ela rangeu os dentes quando terminou de falar, e seu rosto tinha uma expressão determinada e raivosa que eu nunca vira antes. Parecia que ela estava lutando contra alguma coisa, desafiando alguma coisa. Ela se levantou abruptamente do banco em que estava sentada, em um decline coberto, perto da fenda rochosa onde um moinho de óleo em ruínas apodrecia à beira de uma cachoeira. Então começou a andar de um lado para o outro, muito depressa, resmungando para si mesma com as sobrancelhas franzidas:

— Eu vou ficar! Eu vou ficar! — repetia ela, passando por mim.

Depois dessa manhã desolada — mesmo em um clima e uma paisagem tão belos que tornariam a mera existência em êxtase —, tive muitas conversas sérias com o capitão Holbrook, que estava na *villa* todos os dias, como o homem apaixonado mais maravilhoso e devotado do mundo. Ele me contou tudo sobre a casa em que eu estava morando. Ele se esforçara muito para descobrir qualquer explicação, na casa ou nos arredores, para a lamentável mudança em Lota, mas fora em vão. Nenhuma história sobrenatural estava associada a Orange Grove, mas, ao ser questionado, um velho médico italiano, que vivera em Taggia e conhecera Ruffini, confessou que, até onde ele se lembrava, havia alguma coisa misteriosa na *villa* que parecia ter afetado todos que moraram nela, proprietário ou senhor.

— As pessoas não são felizes ali. Não, elas não são felizes e, às vezes, definham e morrem.

— São inválidos que vieram para o sul para morrer?

— Nem sempre. O avô da *signorina* era um homem idoso, mas parecia ter uma saúde de ferro. Porém, nessa idade, uma queda brusca não é algo surpreendente. Houve casos anteriores de definhamento e morte ainda mais chocantes e misteriosos. Lamento muito que a bela jovem tenha gastado todo esse dinheiro na *villa*.

— Se ao menos ela fosse para outro lugar, o dinheiro não importaria tanto...

Mas ela não queria ir. Essa foi a dificuldade. Nenhum argumento de seu amado conseguiu convencê-la. Ela partiria em abril, como disse a ele, mas nem mesmo a persuasão e as súplicas urgentes dele conseguiram convencê-la a ir embora uma semana ou um dia antes do que o médico havia recomendado.

— Eu me odiaria se fosse tão fraca a ponto de fugir deste lugar — disse ela, e me pareceu que essas palavras eram uma pista do comportamento dela e que preferiria ser uma mártir em vez de sucumbir ao horror que a estava assombrando e matando.

O casamento de Lota tinha sido marcado para junho, e George Holbrook era muito firme em seus direitos como futuro marido, mas submisso a ela em todos os outros aspectos. Neste ponto ela era teimosa, e as súplicas fervorosas de seu amado não a dissuadiram, assim como os rogos piedosos da tia solteirona também foram em vão.

Comecei a perceber que, enquanto o bem-estar de Lota dependesse de sua remoção rápida de Orange Grove, não havia mais esperança. Tudo que podíamos fazer era esperar pelo mês de abril e sua partida. Aproveitei a primeira oportunidade para dividir meus receios com o médico inglês, mas, por mais inteligente e amigável que fosse, ele riu de como eu desconfiava da atuação de forças ocultas.

— Desde o instante em que o engenheiro sanitário, um verdadeiro cientista, garantiu que essa casa é íntegra, nada mais foi dito sobre a adequação dela para a srta. Hammond. A localização é perfeita, o clima é tudo que qualquer um poderia desejar. Seria loucura tirá-la dali e levá-la para Varese ou para a Inglaterra antes de a primavera avançar o suficiente.

Como eu poderia contrapor esse veredito de experiência local? Lota não era um daqueles casos interessantes e lucrativos que médicos gostam de manter sob seus cuidados. Como paciente, seu médico a vira apenas uma vez, mas ele frequentava a *villa* como amigo e tinha sido útil para aproximá-la de pessoas agradáveis.

Perguntei a ele sobre os cômodos nos fundos da casa, os antigos aposentos dos monges que tinham funcionado como enfermaria nos séculos XVII e XVIII.

— Esses cômodos devem ser frios e úmidos, não é?

— Úmidos, não. Frios, sim. Todos os cômodos voltados para o norte são frios na Riviera, e a mudança do sul para o norte é perigosa. Mas como ninguém usa os antigos aposentos dos monges, o aspecto deles não faz muita diferença.

— A srta. Hammond não usa esses aposentos de vez em quando?

— Acho que nunca usou. Na verdade, ouvi a srta. Elderson dizer que o corredor que leva até a parte antiga da casa fica trancado e que ela tem a chave. Acredito que a boa senhora pensa que, se os aposentos são assombrados, é obrigação dela manter os fantasmas em custódia segura, como faz com a despensa.

— Ninguém chegou a usar esses cômodos desde que a nova *villa* foi construída? — perguntei.

— O sr. Hammond os usava e gostava muito daquela parte da casa. A biblioteca dele ainda está ali, acredito, onde antes era um refeitório.

— Seria um prazer vê-la.

— Peça para a srta. Elderson.

Menos de uma hora depois, fiz o pedido à srta. Elderson, assim que ficamos a sós. Ela ficou ruborizada, hesitou, me garantiu que os aposentos não continham nada que valesse a pena explorar e acabou confessando que a chave tinha sido extraviada.

— Eu não a perdi — frisou ela. — Ela só está no lugar errado. Mas ela vai aparecer quando eu estiver procurando alguma outra coisa. Eu a coloquei em um lugar seguro.

Os tais lugares seguros da srta. Elderson tinham virado uma de nossas piadas preferidas desde que eu conhecera Lota e sua tia, de modo que eu quase perdi a esperança de ver aqueles aposentos misteriosos em que os monges haviam vivido. No entanto, depois de refletir sobre o assunto em uma longa caminhada na colina acima da *villa*, comecei a pensar que Lota poderia saber mais sobre essa chave do que a boa alma que a colocara no lugar errado. Havia horas todos os dias em que minha amiga desaparecia do círculo familiar, horas em que ela supostamente estava descansando rodeada pelos mosquiteiros em seu próprio quarto. Eu tinha batido à porta dela algumas vezes durante esse período de suposto descanso, mas não houve resposta. Com suavidade, tentei abrir a porta e descobri que estava trancada, e fui embora achando que minha amiga dormia profundamente, mas agora eu me perguntava se Lota estava com a chave desses aposentos desabitados e, por algum motivo caprichoso e estranho, passava algumas de suas horas solitárias entre essas paredes. Investiguei os fundos da *villa* no dia seguinte, antes do café e dos pães logo cedo, que nós, três solteironas, geralmente tomávamos na varanda nas manhãs ensolaradas — e boa parte de nossas manhãs eram quentes. Encontrei as pesadas venezianas firmemente fechadas por dentro, sem permitir nenhum vislumbre dos aposentos. As janelas davam direto para a colina íngreme, e esses aposentos voltados para o norte provavelmente eram escuros e frios mesmo quando o clima estava bom. Minha curiosidade foi completamente frustrada. Mesmo que eu estivesse disposta a realizar uma pequena invasão, não era possível abrir essas venezianas de aparência tão sólida. Puxei os fechos com força, mas foi em vão.

PARTE IV – SOL LÁ FORA, GELO AQUI DENTRO

Durante os quatro dias seguintes, eu observei os movimentos de Lota.

Depois de nossa caminhada matutina — ela estava fraca demais para ir muito além dos caminhos planos próximos à *villa*, e nosso andar era bem lento —, minha pobre amiga se retirava para seus aposentos, para o que chamava de descanso vespertino, enquanto a carruagem, raramente usada por ela, levava a tia e eu para um passeio que nosso desânimo tornava melancólico. Em vão, aquele belo panorama se espalhava diante dos meus olhos. Eu não me divertia com nada, pois entre eu e aquela paisagem romântica estava a imagem de minha amiga em perigo, perecendo pouco a pouco, determinada a morrer.

Questionei a criada de Lota sobre aquelas longas tardes que sua senhora passava em seu cômodo escurecido, e as respostas da jovem confirmaram minhas suspeitas.

A srta. Hammond não gostava de ser perturbada. Ela dormia muito pesado.

— Ela quer que eu vá até ela às quatro, todas as tardes, para arrumar seu cabelo e ajudá-la a se vestir para o chá. Em geral, ela está dormindo quando eu chego.

— E a porta está trancada?

— Não, a porta raramente está trancada às quatro da tarde. Um dia, fui uma hora mais cedo por causa de um telegrama e, nessa hora, a porta estava trancada, e a srta. Hammond estava dormindo tão profundamente que nem me ouviu bater. Tive de esperar até o horário de sempre.

No quarto dia após minha inspeção das venezianas, comecei o passeio diário no horário habitual, mas quando havíamos descido um pouco a colina, fingi me lembrar de uma carta importante que precisava escrever e, pedindo desculpas por abandoná-la, pedi à srta. Elderson para parar a carruagem, pois eu queria retornar à *villa*. A pobre senhora, que estava tão desanimada quanto eu, declarou que ia sentir muito a minha falta. A carruagem continuou, e eu subi a colina por aqueles atalhos íngremes que encurtavam a jornada para uma caminhada de cinco minutos.

O silêncio da *villa*, que ouvi quando entrei suavemente pela porta aberta do átrio, sugeria uma sesta geral. Havia um toldo na frente da porta; a sala estava envolta em sombras, o corredor estava ainda mais escuro e, no final desse corredor, vi uma silhueta vestida em tons de cinza-claro — o *cashmere* indiano da túnica que Lota usava de manhã. Ouvi uma chave girando e, depois, o rangido de uma porta pesada. Então a escuridão engoliu a figura.

Esperei alguns instantes e segui com suavidade pelo corredor. A porta estava entreaberta, e eu espiei a sala. Não havia ninguém em vista, mas uma porta aberta no lado oposto ao da lareira me revelava outro aposento, cheio de estantes. Pude ouvir passos lentos ali dentro, indo de um lado para o outro, muito lentamente, com o andar frágil que eu conhecia tão bem.

Ela se virou, pôs a mão na testa como se lembrasse de algo e correu na direção da porta onde eu estava.

— Sou eu, Lota! — falei enquanto ela se aproximava, para que não se assustasse com a minha presença inesperada.

Eu tinha sido maldosa o bastante para me aproveitar dela, mas não era maldosa o bastante para me esconder.

— Você está aqui! — exclamou ela.

Eu lhe contei como desconfiava que ela frequentava esses aposentos desertos e como temia o efeito melancólico que a monotonia deles exercia na mente e na saúde dela.

— Você os acha monótonos? — perguntou ela, com um risinho curioso. — Eu os acho encantadores. Eles são os únicos aposentos que me interessam. E era a mesma coisa com o meu avô. Ele passou os dias em que definhou nesses cômodos antigos e estranhos, rodeados por esses objetos antigos e estranhos.

Ela lançou olhares furtivos e distraídos para as estantes pesadas e antigas, os armários pretos e brancos, a lúgubre tapeçaria italiana e, por fim, um espelho veneziano que ocupava um nicho estreito na outra extremidade do cômodo. O espelho ia do chão ao teto e estava instalado em uma moldura esculpida com flores, cuja pintura dourada havia desbotado.

Ela pousou o olhar no espelho veneziano, que, para meus olhos desinformados, parecia ser o móvel mais antigo da sala. A superfície estava tão turva e manchada que, embora Lota e eu estivéssemos posicionadas na frente dele, bem de perto, eu não consegui ver nosso reflexo, tampouco o da sala.

— Não vai me dizer que acha que esse curioso espelho antigo encoraja sua vaidade — falei, tentando soar vivaz e despreocupada, observando o semblante cansado e rubicundo, os olhos que brilhavam demais.

— Não, ele não encoraja, mas gosto dele — respondeu ela, chegando um pouco mais perto do espelho e de repente puxando uma cortina escura de veludo pelo espaço estreito entre as duas estantes.

Eu não tinha reparado na cortina até então, pois esse extremo da longa sala estava oculto nas sombras. As pesadas venezianas que eu vira do lado de fora estavam fechadas sobre duas das janelas, mas as venezianas da terceira janela haviam sido abertas, e as vidraças abertas abraçavam o ar macio e parado.

Havia um sofá no lado oposto ao vão coberto com a cortina. Lota afundou nele, cruzou os braços e olhou para mim com um sorriso desafiador.

— O que acha do meu refúgio? — indagou ela.

— Você sem dúvida escolheu a pior opção.

— Meu avô gostava mais desses aposentos do que de todo o resto da casa. Ele praticamente morava neles. O criado antigo me contou isso.

— Um capricho de idoso que, sem dúvida, prejudicou a saúde dele.

— As pessoas dizem isso porque ele morreu precocemente. A morte dele aconteceu na hora certa. O dia e a hora estavam escritos no Livro do Destino antes de ele chegar aqui. A casa não teve nada a ver com isso. Foi só nesta sala sossegada e antiga que ele teve tempo para pensar no que estava para acontecer.

— Ele era velho e tinha aproveitado a vida. Você, por outro lado, é jovem e tem a vida toda pela frente.

— Toda! — repetiu ela, com uma risada que gelou meu coração.

Eu tentei ser agradável, direta e prática. Pedi a ela que abandonasse essa biblioteca deprimente, com seus livros antigos e secos, a melancolia sufocante e aparência gélida. Eu lhe disse que ela era culpada de enganar os outros, passando muitas horas em aposentos proibidos. Ela interrompeu minha súplica com uma brusquidão cruel.

— Não diga bobagens, Helen. Você sabe que eu estou fadada a morrer antes do fim do verão. Sei que você sabe disso.

— Você estava bem quando chegou aqui, mas está piorando a cada dia que passa.

— Minha boa saúde era só aparência. As sementes da doença estavam aqui o tempo todo — disse ela, tocando o peito contraído. — Elas só se desenvolveram. Não fale comigo, Helen. Quero passar minhas horas tranquilas nestas salas até meu tempo acabar, como fez meu pobre vovô. Não é preciso mais enganar ninguém. Esta casa é minha e eu vou ocupar os aposentos que quiser.

Com desdém, ela se aprumou e se levantou do sofá, mas a tentativa de aparentar certa dignidade foi arruinada por um acesso de tosse que fez com que ela se alegrasse ao descansar nos meus braços, enquanto eu a deitava gentilmente no sofá.

O ESPELHO VENEZIANO

A escuridão nos envolveu enquanto ela ainda estava ali, prostrada e exausta. Essa tarde nas sombras da colina íngreme foi a primeira de muitas tardes iguais.

Desde esse dia, ela permitiu que eu a acompanhasse em sua solidão, desde que não perturbasse seus devaneios, seus longos silêncios ou breves cochilos. Eu me sentava ao lado da janela aberta e, enquanto ela ficava deitada no sofá ou caminhava pela sala, olhando os livros nas estantes e, com frequência, parando diante daquele espelho veneziano escuro para contemplar sua própria imagem sombria, eu bordava ou lia.

Nesses dias, eu me perguntava como é que analisar aquela sombra baça de sua beleza desvanecida lhe deixava feliz ou satisfeita. Era com amargura que ela olhava para a forma alterada, para as feições murchas? Ou era apenas uma surpresa filosófica como a sentida pelo Duque de Marlborough, quando ele apontou para seu velho reflexo mirrado no espelho, os pobres restos da masculinidade sem par, e lamentou: "Ele já foi um grande homem"?

Eu não tinha como afastá-la daquela sombria solidão. Estava apenas grata pelo privilégio de estar com ela e por ser capaz de confortá-la nos momentos de sofrimento físico.

O capitão Holbrook partiu alguns dias depois de minha descoberta, pois sua licença estava quase no fim e ele mal tinha tempo para voltar a Portsmouth, onde seu regimento estava alocado. Ele partiu cheio de tristeza e de medo, e se despediu de mim dizendo palavras aflitas na pequena estação à beira-mar.

— Faça tudo que puder para levá-la para casa assim que o médico permitir que ela viaje — aconselhou ele. — Eu a deixo com peso no coração, mas não ajudarei em nada ficando aqui. Vou contar os segundos até abril chegar. Ela prometeu ficar em Southsea até nos casarmos, para podermos ficar próximos um do outro. Devo encontrar uma bela *villa* para ela e a tia. Será bom para me manter ocupado.

Meu coração afundou no peito ao vê-lo em tamanho desamparo, feliz por realizar qualquer tarefa que o aproximasse de sua amada.

Eu sabia que ele amava muito sua profissão e que ele se oferecera para deixar o exército se fosse da vontade de Lota, alterando seu plano de vida em vez de se afastar dela, mesmo que fosse apenas por algumas semanas. Ela proibiu esse sacrifício e, teimosamente, se recusou a antecipar a data do casamento e a casar-se com ele em Sanremo, como ele havia pedido que ela fizesse, para que ele pudesse levá-la de volta para a Inglaterra e acomodá-la em Ventnor, onde ele acreditava que ela viveria em melhores condições do que no paraíso italiano.

Após a partida dele, me senti desamparada e sozinha, solitária mesmo na companhia de Lota, pois entre nós havia sombras e mistérios que enchiam meu coração de medo. Sentada na mesma sala com ela, como a companheira fiel na qual tinha me tornado, eu continuava sentindo que Lota tinha segredos. Seu rosto eloquente me contava alguma história triste que eu não conseguia ler e, às vezes, parecia que entre eu e ela havia uma terceira presença, e que o nome dessa presença era Morte.

Ela permitia que passássemos tardes tranquilas nos velhos aposentos, mas embora o fato de ela ocupar esses cômodos não fosse mais um segredo, Lota fazia questão de preservar sua solidão com muito zelo. A tia, que ainda acreditava na sesta entre o almoço e o jantar, saía para seus passeios solitários com uma submissão plácida ao desejo de Lota de que a carruagem e os cavalos fossem usados por alguém. A pobre criatura era tão infeliz quando eu e gostava muito de Lota, mas seu espírito frágil não tinha forças para contrariar a força de vontade da sobrinha. Entre elas, a mais jovem sempre dominara a mais velha. Depois da partida do capitão Holbrook, o médico começou a levar sua paciente a sério, e eu logo percebi uma clara mudança na maneira com que ele a examinava, e o estetoscópio passou a ser usado com frequência. As consultas semanais transformaram-se em consultas diárias e, em resposta às perguntas apreensivas que eu fazia, ele disse que o estado dela tinha repentinamente se tornado grave.

— Temos algo contra que lutar agora — disse o médico. — Antes não tínhamos nada a não ser nervos e caprichos.

— E agora?

— Os pulmões foram afetados.

E assim começou uma nova tristeza. Em vez de medos vagos, agora tínhamos a certeza do mal, e eu penso nos dias e semanas horríveis que se seguiram. A pobre tia e eu não pensávamos, desejávamos ou temíamos nada que não fosse sobre a bela criatura cuja vida definhava diante de nossos olhos. Duas enfermeiras inglesas vindas de Cannes ajudavam nos cuidados de enfermagem para os quais eram necessárias habilidades treinadas, mas todas as tarefas menores, que poderiam ser desempenhadas pelo amor, ficavam a cargo da srta. Elderson e de mim, as fiéis escravizadas de Lota.

Eu conversei com o médico sobre as tardes que ela passava na biblioteca do avô e lhe disse que duvidava que meus argumentos, ou os dele, pudessem fazer com que ela abandonasse aquela sala.

— Ela tem um apego ao lugar, e você sabe como os caprichos de um doente são difíceis de vencer.

— É muito curioso — comentou o médico — que, em todos os casos graves dos quais cuidei nesta casa, meu paciente tivesse uma preferência obstinada por esse aposento abafado e frio.

— Quando o senhor fala em todos os casos graves, acho que deve estar se referindo a todos os casos fatais — respondi.

— Sim. Infelizmente, os três ou quatro casos em que estou pensando tiveram um desfecho fatal, mas esse fato não precisa deixar você infeliz. As pessoas idosas e frágeis vêm para esta praia ao sul para prolongar o tênue fio da vida que estava em um ponto de ruptura no momento em que elas saíram da Inglaterra. No caso de sua jovem amiga, o sol e o ar ameno devem ajudar muito. Ela deveria viver no lado ensolarado da casa, mas seu apego pela biblioteca do avô pode ser permitido. Ela pode passar as noites naquela sala, que pode ser aquecida até ficar confortável antes de ela entrar ali. O cômodo é bem construído e seco. Com as venezianas fechadas e as cortinas puxadas, e com a temperatura cuidadosamente regulada, será uma sala tão boa quanto qualquer outra para as horas com iluminação artificial. Mas, durante o dia, faça com que ela pegue todo o sol que puder.

Eu repeti essa pequena palestra para Lota, que prometeu obedecer.

— Eu gosto da sala estranha e antiga — disse ela. — E Helen, não pense em mim como um aborrecimento se eu disser que gostaria de ficar sozinha ali de vez em quando, como eu costumava fazer antes de você me seguir. A companhia é muito agradável para as pessoas que estão bem o bastante para desfrutá-la, mas não estou disposta a ter companhia, nem mesmo a sua e a da minha tia. Sim, eu sei o que você vai dizer. Você fica sentada como se um gato tivesse comido sua língua e não fala com ninguém até que falem com você, mas só de saber que você está ali, me observando e pensando em mim, me deixa angustiada. E, no que diz respeito à minha tia, que vive tamborilando os dedos e fica esperando para arrumar meu apoio de pés e ajeitar meus travesseiros, e que faz questão de virar as páginas dos meus livros e sempre me deixa desconfortável da maneira mais gentil, como a alma querida que é... Bem, não me incomodo em dizer que ela me dá nos nervos e faz com que eu tenha vontade de gritar. Deixe que eu tenha uma ou duas horas de completa solidão de vez em quando, Helen. A enfermeira não conta. Ela pode ficar sentada na sala, e assim você saberá que eu não vou morrer de repente sem que ninguém testemunhe minha pobre e pequena tragédia.

Ela tinha falado por mais tempo e de modo mais sincero do que o de costume, e a conversa terminou em um ataque de tosse que sacudiu seu corpo frágil. Eu prometi que tudo seria como ela desejava. Se a solidão a repousasse mais do que nossa companhia tranquila, ela ficaria sozinha de vez em quando. Eu responderia pela tia dela e também por mim mesma.

As enfermeiras eram duas jovens inteligentes e capazes que estavam acostumadas aos caprichos dos doentes. Eu disse a elas exatamente do que precisávamos: uma presença silenciosa e discreta, um cuidado atento ao conforto físico da paciente, de dia e de noite. Dali em diante, as noites de Lota foram passadas quase sempre em solidão. Lota tinha seus livros e seu bloco de desenho no qual, com mão leve e fraca, esboçava vagas lembranças dos locais que tinham nos encantado em nossos passeios e caminhadas. Seu cesto de lixo estava transbordando de rabiscos, de coisas começadas e nunca terminadas.

— Ela não passa muito tempo lendo, nem desenha por mais de dez minutos — contou-me a enfermeira. — Ela cochila durante boa parte da noite, ou anda pela sala de vez em quando, e fica parada olhando para si mesma naquele sombrio espelho antigo. É estranho que ela goste tanto de se olhar no espelho, pobre querida, tendo mudado tanto.

— É verdade, e isso está partindo o coração dela. Queria que pudéssemos nos livrar de todos os espelhos na casa — falei, me lembrando de como ela era bonita, no florescer de sua feminilidade, apenas seis meses antes desses momentos tão infelizes.

— Ela gosta muito de examinar os papéis do avô — disse a enfermeira. — Tem um livro que eu a vejo ler com frequência, um livro manuscrito.

— O diário dele, quem sabe? — sugeri.

— Pode ser, mas é estranho que ela leia tão atentamente o diário de um senhor idoso.

Era estranho, sim, mas todos os caprichos e gostos dela estavam estranhos desde quando eu entrara nessa casa azarada. Quando pensava em seu amado, ela não se enxergava como as outras moças. Lota ficou com raiva quando sugeri que nós devíamos falar com ele sobre sua doença, a fim de que ele pudesse obter uma licença para ficar com ela, mesmo que só por alguns dias.

— Não, não, nunca deixe que ele veja meu rosto de novo — pediu Lota. — Já é terrível que ele se lembre de mim como eu estava quando nos despedimos na estação. Está tudo muito pior agora, e vai ficar... Ah, Helen, só de pensar no que deve acontecer quando tudo acabar!

Ela escondeu o rosto nas mãos, e seu corpo frágil foi sacudido por fortes soluços. Demorou bastante até que eu conseguisse acalmá-la, e esse pesar intenso parecia ainda mais terrível por causa da alegria forçada de seus hábitos.

PARTE V – "NÃO BUSQUE SABER"

Nós fazíamos tudo cedo na *villa*. Jantávamos às sete, e, às oito, Lota se retirava para a sala que ela gostava de chamar de refúgio. Às dez da noite havia uma procissão da inválida, enfermeira, tia e amiga para os aposentos de Lota, onde a enfermeira da noite, vestida com seu avental estampado e touca branca, estava pronta para recebê-la. Havia muitos abraços e ternos boa-noites, e uma grande demonstração de alegria por todas. Em seguida, a srta. Elderson e eu íamos lentamente para nossos quartos, trocando palavras tristes e suspiros empáticos para nos ajudar a dormir, e despertávamos de manhã pensando na morte que flutuava sobre nós.

Eu costumava interromper a solidão de Lota um pouco antes de dormir, às vezes com a tia dela, outras vezes sozinha. Pega de surpresa ou acordando de repente, ela tirava os olhos do livro.

— Já é hora de dormir?

Às vezes, quando ela estava dormindo, eu me sentava ao lado de Lota no sofá e esperava em silêncio que ela acordasse. Como o antigo aposento parecia pitoresco e luxuoso sob a luz ofuscante refletida na madeira! A luz iluminava até mesmo a tapeçaria horrenda e tornava gloriosos os vasos de anêmonas vermelhas e roxas e de outras flores sem perfume, a longa parede de livros, as janelas com cortinas de veludo e o piso marrom brilhante! Era um cômodo que eu também teria amado se não fosse pela sombra amedrontadora que pairava sobre Orange Grove.

Certa noite, fui até a biblioteca um pouco mais cedo. Ainda não eram nem nove da noite quando eu saí da sala de estar. No jantar, eu tinha visto que Lota piorara, embora ela tentasse fingir alegria e tivesse se recusado a ser tratada como uma inválida, insistindo em jantar conosco, mal tocando em alguns alimentos, comendo vorazmente outros pratos, os menos saudáveis, rindo e zombando das recomendações de seu médico sobre alimentação. Eu suportei o intervalo entre às oito e às nove horas, abafando minhas aflições e acompanhando a velha senhora em um carteado de besigue, em que minha falta de habilidades permitiu que ela ganhasse facilmente. Como ocorre com a maioria das pessoas idosas, sua tristeza era moderada e calma, e ela estava, acredito, resignada. O médico cuidadoso e as enfermeiras louváveis haviam acalmado sua mente no que dizia respeito a Lota. Ela sentia que estava sendo feito tudo que o amor e o cuidado podiam fazer e, quanto ao resto, bem, ela contava com os cultos religiosos, preces, leituras matinais e noturnas do Novo Testamento. Ela parecia quase feliz.

— Todos vamos morrer, minha querida Helen — disse ela, melancólica.

Morrer, sim. Morrer quando a pessoa chegou ao estágio enfadonho na estrada da vida em que se arrastava por campos vazios e cercas-vivas sem flores. O estágio de cabelos grisalhos, perda de dentes, visão falha, audição precária e um intelecto antigo fixado em uma só ideia. Mas morrer como Lota, no auge da juventude, com tanta beleza, riqueza e amor! Estirar tudo isso em um túmulo! Era difícil, difícil demais para minha compreensão ou paciência.

Eu a encontrei adormecida no sofá, diante da lareira. A enfermeira estava sentada calmamente na poltrona, de vigília, tricotando as meias que sempre estavam em suas mãos, a menos que estivesse ocupada com a paciente. O sono dessa noite era mais pesado do que o de costume, pois a adormecida nem se mexeu quando me aproximei. Sem acordá-la, eu me sentei na cadeira baixa que ficava perto do sofá.

Um livro escorregara da mão dela e estava aberto sobre a manta de seda. As páginas chamaram a minha atenção, pois eram manuscritas, e eu me lembrei do que a enfermeira havia dito sobre o apego de Lota por esse volume. Escorreguei a mão sobre a manta e me apoderei do livro com tanta suavidade que a adormecida nem percebeu.

Era um livro com cerca de duzentas páginas, escrito em uma caligrafia muito firme, muito pequena e, ainda assim, muito fácil de ler, pois as letras eram delineadas à perfeição e as linhas eram espaçadas de forma regular.

Virei as páginas com avidez. Um diário. Um diário de um homem de negócios, registrando em frases comuns as transações de cada dia, bolsa de valores, mercado de ações, ferrovias, minas, empréstimos, bancos, dinheiro, dinheiro, dinheiro, ganhos e perdas. Isso era tudo que a caligrafia me contava, conforme eu virava e lia as páginas.

A vida social do escritor era descortinada em poucas e curtas frases: "Jantei com os Parker. Comida execrável. Companhia ignorante. Falei com Lendon, que ganhou meio milhão com cobre mexicano. Um homem tedioso".

"Vim para Brighton para a Páscoa. Boa sopa de tartaruga no Ship. Eles me deram meus antigos aposentos. Convidei Smith (Smith de Suez, não o Smith turco) para jantar."

Que interesse Lota tinha nesse diário: um registro comum e prosaico de perdas e ganhos, repleto de números?

Era isso que eu me perguntava enquanto virava as páginas e via apenas a repetição infindável de anotações financeiras, nomes estranhos de empréstimos, minas e ferrovias, com contrações que os reduziam a siglas. Lentamente, enquanto minha mão virava as páginas do grosso volume, eu tinha avançado por cerca de três quartos do livro quando me deparei com o cabeçalho "Orange Grove" e as breves entradas financeiras deram lugar às ideias e experiências detalhadas de um homem abastado, um exílio das paisagens familiares e rostos antigos, e um retorno à própria companhia para se manter entretido quando ficava sozinho.

Sem dúvida, foi ali que começou o interesse de Lota pelo livro, e eu também comecei a ler cada palavra do diário com muita atenção. Não parei para pensar se havia justificativa para ler as páginas que o falecido escrevera em sua aposentadoria, se a licença que a neta dele havia dado a si mesma também serviria para mim. Meu único interesse era entender o interesse de Lota pelo livro e se a influência dele sobre a mente e o estado de espírito dela era tão prejudicial quanto eu temia que fosse.

Escorreguei da cadeira para o tapete sob o sofá e, sentada ali no chão, com o abajur iluminando o livro, esqueci tudo a não ser as páginas diante de mim.

As primeiras páginas depois de o idoso ter se instalado na *villa* eram cheias de alegria. Ele descreveu as terras no sul, novas para ele, como um paraíso na Terra. Seu entusiasmo quase era tão sentimental quanto o de uma menina e, se não fosse pelo estilo antiquado em que seu júbilo era registrado, as páginas poderiam ter sido escritas por alguém muito mais jovem.

Ele estava particularmente interessado nos aposentos antigos dos monges nos fundos da *villa*, mas sabia o perigo de ocupá-los.

"Coloquei meus livros na longa sala que era usada como um refeitório", escreveu ele, "mas como agora raramente olho para eles, não acho que serei tentado a passar mais do que uma hora esporádica nessa sala."

Então, depois de um intervalo de quase um mês: "Arrumei meus livros, pois acho que a biblioteca é a sala mais interessante da casa. Meu médico tem algumas objeções ao aspecto sombrio do lugar, mas eu acho a melancolia que vem da sombra da colina íngreme e coberta por oliveiras um tanto agradável. Começo a pensar que esta vida de aposentadoria, tendo meus livros como únicos companheiros, é mais apropriada para mim do que as tentativas de ganhar dinheiro, que ocuparam uma parte tão significativa de meus últimos anos".

Depois se seguiam páginas e mais páginas de comentários em relação aos livros que ele lia — história, viagens, poesias —, livros que ele colecionara durante muitos anos, mas dos quais só agora ele começava a desfrutar.

"Vejo diante de mim uma velhice repleta de estudos", escreveu ele, "e espero viver tanto quanto o reitor de minha antiga faculdade, Martin Routh. Ganhei dinheiro mais do que suficiente para me satisfazer e para deixar recursos para a querida menina que herdará a maior parte da minha fortuna. Agora posso cruzar os braços e desfrutar dos longos e tranquilos anos da velhice na companhia dos espíritos mestres que se foram antes de mim. Como eles me parecem próximos e vivos quando mergulho em seus pensamentos, sonho seus sonhos, vejo a vida como eles a viam! Virgílio, Dante, Chaucer, Shakespeare, Milton e todas aquelas luzes posteriores que brilharam sobre vidas monótonas e as tornaram belas! Como eles vivem conosco, aprimoram nossos pensamentos e criam a parte mais brilhante de nossa existência diária."

Li muitas páginas de comentários e devaneios escritos na caligrafia na bela e clara de um homem que escrevia para seu próprio prazer, na solidão tranquila diante da lareira.

De repente, houve uma mudança, a sombra da nuvem que pairava sobre a casa: "Estou vivendo sozinho demais. Não pensava que fosse do tipo que está sujeito a ilusões e a fantasias enlouquecidas, mas me enganei. Parece que a mente dos homens não pode manter sua força e fibra sem o atrito do relacionamento com outras mentes de seu próprio calibre. Tenho vivido sozinho com as mentes dos mortos e sido atendido por criados estrangeiros com quem não troco mais de meia dúzia de frases por dia. E o resultado é o que, sem dúvida, qualquer psiquiatra teria previsto.

"Eu comecei a ver fantasmas.

"A coisa que tenho visto sem dúvida é uma criação de minha própria mente, tão palpavelmente uma materialização de minha própria autoconsciência, ameaçando minha existência e minhas chances de uma vida longa, que é uma fraqueza até mesmo registrar a aparição que tem me assombrado durante as últimas noites. Nenhuma sombra de um monge moribundo passou entre mim e a lamparina, pois presenças do passado não revisitam ninguém. A coisa que eu tenho visto sou eu mesmo, não eu como sou, mas eu mesmo como virei a ser nos próximos anos, sejam eles muitos ou poucos.

"A visão autoinduzida abalou o plácido contentamento de minha mente e as esperanças que, apesar do alerta do espelho veneziano, eu havia acalentado.

"Ontem, ao entardecer, parei de ler meu livro e olhei para o antigo espelho veneziano diante da minha escrivaninha. Surgindo gradualmente da escuridão enevoada, vi um rosto olhando para mim.

"Era meu próprio rosto como poderia ficar depois de acometido por uma doença ou pela decadência lenta do avanço dos anos — um rosto pelo menos dez anos mais velho do que o rosto que eu vira no meu espelho algumas horas antes, com maçãs do rosto encovadas, olhos caídos, o lábio inferior fraco e murcho. Uma figura gibosa em uma cadeira de inválido, o retrato do desamparo. E era eu mesmo. Não tenho dúvida.

"A hipocondria, é claro — uma forma comum da doença —, talvez desse forma à imaginação em visões. No entanto, tudo era estranho, pois eu não nutria aflições sobre envelhecer prematuramente ou adoecer. Eu não me via como um idoso. Com o orgulho criado por uma grande imunidade ao enfrentar doenças, eu me considerava protegido contra as mazelas que costumam acometer as pessoas nos anos de declínio. Eu me imaginava vivendo até o extremo da vida humana e, centenário, passando pacificamente para o túmulo.

"Fiquei com raiva de mim mesmo por ser afetado pela visão e tranquei a porta da biblioteca quando fui me vestir para o jantar, determinado a não entrar novamente na sala até ter feito alguma coisa para restaurar meu equilíbrio mental, com exercícios ao ar livre e mudança de paisagem. No entanto, quando acabei de jantar, senti um desejo tão ardente de saber se o espelho me mostraria a mesma imagem e o mesmo rosto que dei a chave ao mordomo e lhe pedi que acendesse as luzes e a lareira na biblioteca.

"Sim, a coisa vivia no antigo espelho manchado e turvo. A superfície empoeirada, opaca demais para refletir as realidades da vida, me devolveu aquela visão de senilidade e decadência com absurda fidelidade. O rosto e o corpo iam e vinham, e o espelho muitas vezes estava escuro, mas sempre que a coisa aparecia, ela era igual, repetindo cada detalhe melancólico, cada vestígio de velhice e esmorecimento.

"É assim que eu serei daqui a vinte anos", eu disse a mim mesmo. "Um homem de oitenta anos pode muito bem ter essa aparência.

"No entanto, eu esperava escapar dessa decadência gradual e amarga que tinha visto em outros homens da qual havia me apiedado. Eu prometera a mim mesmo que a recompensa de uma vida comedida, uma vida livre de todos os ardores do desregramento, de todas as paixões tempestuosas, seria ter uma velhice vigorosa e prolongada. Assim como eu havia amealhado uma fortuna, eu tinha me esforçado para criar para mim mesmo longos anos de saúde e atividade, uma vida prolongada até o máximo possível."

Houve um intervalo de dez dias no diário e, quando os escritos foram retomados, a mudança na escrita me chocou. A caligrafia firme e clara foi substituída por letras fracas e separadas que, pelas peculiaridades que identifiquei nos contornos de algumas letras, eu teria considerado como a escrita de um estranho.

"A coisa está sempre nas profundezas escuras daquele espelho odioso, e eu passo a maior parte da minha vida observando-a. Lutei em vão contra a curiosidade amarga de descobrir o pior cenário que a visão do futuro pode me mostrar. Há três dias, joguei a chave dessa sala detestável no poço mais profundo da propriedade, mas, uma hora depois, chamei um chaveiro de Taggia, mandei remover a fechadura e pedi uma nova chave, e uma cópia, para evitar que, em algum ataque futuro de melancolia, eu jogasse fora a segunda chave e sofresse antes de a porta poder ser aberta.

"*Tu ne quaesieris, scire nefas...*

'Não interrogues, não é lícito saber...'

"Em vão, o aviso do poeta zumbe e troveja perpetuamente no meu ouvido contrariado, como se meu cérebro latejasse, ou como o tique-taque de um relógio que não deixa um homem dormir.

"*Scire nefas... scire nefas.*"

'Não é lícito saber... não é lícito saber.'

"O desejo de saber mais é tão estranho quanto a razão.

"Bem, pelo menos estou preparado para o que está por vir. Não vivo mais no paraíso de um tolo. A coisa que vejo todos os dias e todas as horas não é uma alucinação, nem uma materialização de minha autoconsciência, como pensei no início. É um alerta e uma profecia. Assim tu serás. Em breve, em breve, vais te assemelhar a essa forma que agora te choca ao olhar.

"Desde que minha sombra olhou para mim pela primeira vez dos cantos mais escuros do espelho, tenho sentido a morte se aproximar. O médico tenta aplacar meus medos, mas ele admite que estou abaixo do padrão — essa frase sem sentido —, fala de decadência nervosa e sugere que eu vá para St. Moritz. Ele não acha que este lugar esteja me fazendo bem e disse que piorei muito desde que cheguei."

Havia mais um intervalo e, depois, recomeçava uma escrita relativamente legível.

"Faz um mês que escrevi neste livro, um mês que percebi tudo que o espelho veneziano me mostrou quando comecei a desvendar seu segredo.

"Sou um velho incapaz, carregado em uma cadeira de inválido. Minha perspectiva agradável de anos longos e tranquilos, meu plano egoísta de divertimento, a fruição de uma vida ganhando dinheiro, tudo isso se foi. A antiga fábula oriental concretizou-se mais uma vez. Meu ouro se transformou em folhas murchas, e o mesmo aconteceu com todos os prazeres que ele pode comprar. Espero que minha neta possa extrair algo de bom dessa riqueza que me esforcei tanto para conseguir."

De novo um intervalo, mais longo desta vez, e novamente a caligrafia indicava uma fraqueza crescente. Precisei ler com ainda mais atenção para decifrar as linhas confusas e tortas escritas displicentemente nas páginas.

"O tempo está insuportavelmente quente, mas estou doente demais para ir a outro local. Fico na biblioteca, a sala mais fresca, e o médico não faz objeções. Vi a última imagem no espelho: morte, corrupção, a caverna de Lázaro sem a mão do Redentor para reviver os mortos. Horrível! Horrível! Eu, como devo ser, logo, logo! Quando será?"

E, depois, rabiscada em um canto da página, encontrei a data: 24 de junho de 1889.

Eu sabia que o sr. Hammond morrera no início de julho desse ano.

Sentada no chão, debruçada sobre as páginas e lendo mais com a luz advinda da lenha em brasa do que com a lamparina na mesa, não percebi que Lota havia acordado e se levantado da posição reclinada no sofá. Eu ainda estava absorta em meu estudo daquelas últimas linhas horríveis quando uma mão pálida foi pousada de repente sobre o livro aberto, e uma risada que mais parecia um guincho fatiou o silêncio ao nosso redor. A enfermeira ficou de pé e foi ao encontro da paciente, que se esforçava para levantar e, agitada, olhava para o longo e estreito espelho no nicho oposto ao sofá.

— Olhem, olhem! — gritou ela. — Ela chegou, a visão da Morte! A face horrenda, a mortalha, o caixão. Olhe, Helen, olhe!

Meu olhar acompanhou aqueles olhos selvagens e não sei se meu cérebro alvoroçado evocou a imagem que me horrorizou. Eu só sei o seguinte: nas profundezas daquele espelho escuro, indistinto como uma silhueta vista através de uma água turva, estava um rosto medonho, uma imagem amortalhada, olhando para mim.

— Como alguém morto no fundo de um túmulo.

Um grito repentino da enfermeira me içou do horror daquela visão e me levou para a dura realidade, onde vi o sangue vital se esvaindo dos lábios que tantas vezes eu beijara com um amor fraternal. Minha pobre amiga nunca mais falou. Um grave ataque de hemorragia apressou o fim inevitável, e antes que seu noivo, com o coração partido, pudesse vir segurar sua mão e encarar seus olhos baços, Violetta Hammond deu seu último suspiro.

MARY ELIZABETH BRADDON

TRÊS VEZES

1872

Herr *Rudolph Prusinowski é um famoso domador de leões que se orgulha do domínio que exerce sobre seus animais e já escapou por pouco de situações difíceis. No entanto, um certo homem na plateia é capaz de fazê-lo tremer.*

PARTE I - A PRIMEIRA VEZ

"É a última noite de *herr* Rudolph Prusinowski e os leões amestrados! É a última noite! Para prestigiar *herr* Rudolph Prusinowski. Sob a distinta patronagem de suas majestades rainha Vitória, o imperador da China, o xá do Tartaristão, sua alteza sereníssima, o grão-duque de Baden, Simeon Muddlebrain, membro do parlamento, o prefeito e a corporação de Spindlecum, e outros respeitáveis personagens, numerosos demais para serem mencionados. Chegue cedo. É a última vez. Venha ver os leões. *Herr* Rudolph Prusinowski, o favorito das cabeças coroadas e da elite europeia. Preste atenção! O grande Prusinowski teve a honra de se apresentar para o *mikado* do Japão. O mundialmente famoso Prusinowski foi condecorado com a ordem de *Rouge et Noir* pela grã-duquesa de Selzerwasserburg. Não perca os leões!"

Escritas em gigantescas letras pretas, as frases acima, e muitas outras do mesmo tipo — em que uma fantasia pitoresca, auxiliada pela experiência de uma carreira pública, zombava das sobriedades fatuais e tropeçava nas fronteiras da ficção —, apareceram em um cartaz amarelo no muro lateral do Queen's Theatre,[11] em Spindlecum, e nas ruas e mercados, nos cais e nos bairros pobres da mesma cidade. Spindlecum era uma grande cidade industrial, uma cidade que fazia muitos negócios de exportação e que era repleta de comércios por terra e mar. Spindlecum podia se vangloriar de dois teatros: o Royal, um edifício elegante em uma rua lateral do cais, com um pórtico de pedra encimado por um busto de Shakespeare; uma casa de espetáculos na qual os habitantes idosos de Spindlecum apreciavam as tradições dos atores Edmund Kean, e onde Macready e Harley eram lembrados como atores que se apresentavam com frequência, mas uma casa de espetáculos que nunca tinha pagado seus gerentes; e o Queen's, um vasto edifício semelhante a um celeiro, com um telhado alto, ornamentado por vigas de ferro, três fileiras de camarotes e alturas alpinas nas galerias, que, quando contempladas do amplo vale do fosso da orquestra, pareciam inacessíveis aos pés humanos. O Queen's estava enriquecendo seus gerentes. Havia assentos de seis centavos e uma seção com bilhetes a partir de três centavos, de modo que a casa nunca estava vazia e, às segundas-feiras e sábados, transbordava com vida humana barulhenta. O público do Queen's era crítico, mas entusiasmado, exigindo muita presença e alvoroço nas peças, e o que podemos chamar de atuações exageradas. O Queen's gostava de estrelas e seu público apreciava grandes nomes do entretenimento: nesta semana eles aplaudiam com gosto algum "Otelo" vigoroso ou "Hamlet" de voz possante; na semana seguinte ficavam boquiabertos e encantados com as contorções de

---

11 No século XIX, os teatros não realizavam apenas apresentações dramáticas, tendo uma gama de atrações apelativas para o público, como domadores de leão e lutas a cavalo. [N. da P.]

uma família de acrobatas; agora lotavam o teatro para ver o sr. Reginald Montemorency e sua famosa égua Black Bess no grande e espetacular drama " Dick Turpin, or the Ride to York "e, em breve, se apressariam para assistir ao *signor* Poloni e sua Zebra da Pradaria.

Um homem de rosto pálido e amarelado, queixo marcado pela barba por fazer e cabelo curto estava sentado em uma mureta do lado oposto à entrada dos artistas do Queen's, fumando um cachimbo e observando o grande cartaz amarelo com uma expressão carinhosa e sonhadora. Havia um pequeno grupo de pessoas ao seu redor, também de cabelos curtos, barba por fazer e fumando tabaco; eles eram as pequenas estrelas no grande céu dos espetáculos teatrais, a sociedade anônima do Queen's, deixada em segundo plano pelos leões, fazendo de tudo para atuar em um melodrama preliminar noturno, para um público impaciente e zombeteiro, que estava ansioso para assistir ao grande número da noite.

— Acho que vamos impressioná-los — disse o *herr*, pensativo (ele tinha uma pronúncia excelente para um estrangeiro, mas não parecia ter aprendido nos círculos mais aristocráticos ou cultos). — O *mikado* parece bem, não é verdade?

— Como um camarada da primeira classe — respondeu o sr. De la Zouche, o ator secundário. — Ele é uma boa pessoa, o *mikado*?

Herr Prusinowski voltou seus olhos contemplativos para o homem que perguntava e o encarou com desdém.

— Você é mesmo tão ingênuo a ponto de achar que eu o vi? — disse ele, jogando as cinzas do seu cachimbo. — Nunca estive no Japão. O mais perto que cheguei do Japão foi ver um candelabro japonês. O *mikado* é uma cartada segura, com certeza. Quem perguntaria sobre ele? O xá do Tartaristão também. Sempre falo dos dois na última noite. A rainha Vitória é legítima. Eu me apresentei uma vez para os criados reais e recebi uma nota de cinco da secretária real. Isso, sim, é patronagem imediata.

— Imagino que você vá lotar a casa, meu amigo — comentou o sr. Tiddikins, um ator de pouca importância, um homem baixo com uma voz em tons de *falsetto*.

— Mal posso esperar, Tiddikins. E, se ultrapassar os oitenta espectadores, vou pagar uma ceia para todos vocês, não se esqueçam disso.

Houve um burburinho de aplausos.

— Quente ou frio? — perguntou o sr. De la Zouche.

— Quente — respondeu o domador de leões. — Nada de aves frias e presunto, muito menos folhados e costeletas, se depender de mim. Um lombo de vaca no topo, um ganso de primeira no fundo, uma torta de vitela e um ensopado de carne nos lados, fora os muitos vegetais fumegantes. Um queijo Stilton de qualidade e uma salada para terminar, além de todo o champanhe que conseguir beber, com *brandy* e água para assentar a comida no estômago. É o que farei na hospedaria Lion and Lamb se a casa passar dos oitenta espectadores quando estiver valendo a meia-entrada nas bilheterias.

Desta vez, os aplausos foram mais fortes.

— Sempre disse que você é um bom companheiro, Bill — falou o sr. Tiddikins —, e não me importo com a frequência com que repito isso.

Vamos observar que o sr. Tiddikins dirigiu-se ao notável Rudolph pelo apelido mais simples, Bill, sem dúvida uma das licenças lúdicas da amizade.

— É maravilhoso como esses animais são apelativos — comentou o sr. De la Zouche, como se contemplasse a viabilidade de se estabelecer por conta própria como domador de leões. — O senhor está aqui há três estações, Prusinowski, e, meu Deus!, as pessoas ainda não se cansaram deles. Pelo contrário, parecem mais ansiosas do que nunca. Parece que gostam mesmo de ver um pobre homem arriscar sua vida todas as noites.

— Tem razão — respondeu o *herr*. — Se não fosse pelo perigo, o negócio dos animais selvagens seria sem graça como um picolé de chuchu.

— Você já ficou com medo? — quis saber o ator secundário. — Sei que é um homem corajoso e que lida com essas três feras como se fossem três gatos malhados. Ainda assim, às vezes, sabe, a coragem de um homem pode falhar. Ora, Prusinowski, você nunca se apavorou?

— Apenas uma vez — respondeu o domador de leões — e, depois, pensei que tudo estava acabado.

Ele ficou sério, sombrio mesmo, com a mera recordação despertada pela pergunta do ator secundário.

— Apenas uma vez — repetiu ele —, e que Deus faça com que isso não se repita! Quando um homem do meu ofício perde a cabeça, está tudo acabado para ele.

— Como isso aconteceu, meu velho amigo? — perguntou o sr. Tiddikins.

Herr Prusinowski parou para encher o cachimbo antes de responder. Eram quatro horas de uma tarde quente de julho, o ensaio havia acabado, os criados de sua majestade do Queen's Theatre almoçavam nos intervalos do dia de trabalho em seus alojamentos e não tinham nada de especial para fazer até a hora do chá. Um ator dessa classe geralmente tem uma forte aversão a voltar para casa.

— Veja bem — o domador de leões começou de modo calmo, parando para dar algumas baforadas depois das duas palavras iniciais —, eu estava em Manchester uma noite, há cinco anos. Era minha última noite e era para ela ser boa, como pode ser hoje. — Uma pausa e mais algumas baforadas. — Estávamos fazendo negócios de primeira linha, tudo muito impressionante, e acho que nunca estive em um estado de espírito tão bom. Meus bolsos estavam cheios do dinheiro que recebi na cidade em troca de bilhetes, e não havia um lugar vazio nas frisas.

"Bill — disse minha esposa, enquanto eu entrava e saía de nossos alojamentos nos intervalos do ensaio, levando um punhado de dinheiro por vez para ela; estávamos em uma situação complicada naqueles dias —, você parece estar enfeitiçado. Não gosto de ver você desse jeito. Tive um amigo escocês que certa vez disse que isso era um sinal ruim, um sinal de que alguma coisa vai acontecer.

"Pelo amor de Deus, meu coraçãozinho tolo — respondi —, isso só é sinal de que eu vou me apresentar para uma casa lotada hoje à noite. Não acho que haverá um cantinho em que você vá poder se enfiar se quiser me ver. — Era bem raro que ela fosse me ver nessas noites."

O sr. De la Zouche e o sr. Tiddikins concordaram, estando a par desse fato doméstico. *Herr* Prusinowski fumou por cerca de um minuto e então continuou:

"Bem, tem o camarote de família! — disse ela."

— Esse era um grande camarote privado, no lado oposto, que costumava estar vazio, a não ser que houvesse uma ópera italiana, Charles Mathews ou algo extraordinário.

"Não, não tem — respondi, rindo.

"O quê?! — exclamou a senhora. — Está ocupado também?

"Foi vendido nesta manhã — falei — e aqui está o dinheiro: trinta e seis libras dos quais ficam conosco."

— Eu recebia metade livre de despesas, como aqui. Lizzie, minha esposa, vocês sabem, ficou muito orgulhosa de pensar que eu tinha um público assim tão bom nos camarotes, porque nem todos que ficam nos camarotes gostam de animais selvagens. Você pode ter escolas e pessoas de fé que fazem objeções ao teatro dramático, mas pensam que, já que existem vários encontros com leões nas Escrituras, um homem colocar sua cabeça na boca de um leão é uma melhoria. Normalmente, porém, os camarotes estão vazios. Então minha Liz ficou orgulhosa das minhas frisas nessa noite.

"Fico pensando se é o prefeito com a família — disse ela, especulando sobre aquele grande camarote privado.

"Não — respondi —, é um cavalheiro desconhecido, sem nome."

— Bem, chegou a noite, uma noite de calor tórrido de verão, como será a noite de hoje. As apresentações começaram com uma daquelas comédias cheias de tagarelices e palavreados elegantes, e a casa estava tão cheia e barulhenta que os atores mal conseguiam ouvir o que diziam. Eles contornaram a situação, houve uma curta abertura e, depois, a cortina subiu para meu número começar. Os três leões descobertos em uma floresta, música lenta, que dá uma rodada para *eles*, e a minha entrada e recepção.

"Vocês conhecem os animais. Eram os mesmos três que tenho agora: Brown, Jones e Robinson. Brown é um velhote inofensivo que não tem um único dente sólido e é tão bondoso quanto qualquer velho jumento; Jones é um velho malandro, mas não é *muito* maldoso; Robinson, por outro lado, é temperamental, um animal com quem nunca se pode ter certeza, que lambe sua mão em um minuto e pode estar pronto para arrancar sua cabeça no outro.

"Bem, eu tive uma recepção incrível. Achei que a galeria nunca pararia de aplaudir, e a visão da casa, apinhada até o teto, me deixou quase tonto. Talvez fosse o calor do lugar, que era como um forno; talvez, como eu tinha passado praticamente o dia inteiro pagando bebidas para os outros, tivesse bebido um pouco além da conta; e, de algum jeito, senti a casa de espetáculos rodando ao meu redor, como se eu fosse um novato incompetente, em vez do artista experiente que sou.

"Olhei para o camarote de família, curioso para ver quem o tinha reservado. Apenas um cavalheiro estava lá, um homem de cinquenta anos ou mais, de rosto cadavérico com maxilares largos e cabelo avermelhado e claro, muito liso, cuidadosamente penteado e dividido ao meio. Estava vestido de preto, com trajes comuns de noite, gravata branca... O traje completo. No segundo em que pus os olhos naquele homem, senti uma tontura."

— Que sensação estranha — comentou o sr. De la Zouche, servindo-se do tabaco da bolsa do *herr*, que se encontrava pendurada aberta na parede.

— Talvez tenha sido, mas se essa noite acontecesse de novo, eu teria a mesma sensação — respondeu Prusinowski. — Parte foi pela aparência dele, penso eu, e parte pela forma como olhou para mim.

Não foi como o resto da plateia, que me encarou com boa vontade, esperando se divertir. Foi com um olhar firme e esfomeado, que fez meu sangue gelar. Esse é um homem que gostaria de ver algo ruim acontecendo comigo, eu disse a mim mesmo.

"Não cedi ao devaneio. Comecei a apresentação, mas de vez em quando olhava para o cavalheiro de cabelo escorrido e rosto pálido e sempre o encontrava olhando para mim daquela maneira. Ele tinha grandes olhos cinzentos, muito claros e proeminentes. Posso vê-los agora, e eles seguiam cada movimento meu, como um gato que caçava um rato. Não desviou os olhos nunca, não sorriu, não aplaudiu; ficou sentado em uma posição um pouco agachada, inclinado sobre o resguardo do camarote, me observando. Eu me senti como se tivesse pesos de uma tonelada amarrados nas pernas. Tudo correu bem durante algum tempo, embora eu sentisse que aquela fosse a pior apresentação da minha vida. Brown e Jones estavam se comportando lindamente, mas quando nos aproximávamos do final, quando eu tinha de meter a cabeça na boca de Robinson antes de a cortina cair, vi que a fera estava em um dos seus momentos desagradáveis. Acho que o calor o tinha irritado, pois sei que a transpiração estava escorrendo pelo meu rosto, ou talvez ele não gostasse do olhar daquele cavalheiro cadavérico no camarote privado. De qualquer modo, ele ficou irritado e, quando eu quis prendê-lo, saltou para longe de mim.

"A plateia ficou paralisada, e pude ver que as pessoas estavam assustadas. Dei uma olhada para o cavalheiro no camarote. Ele estava ainda mais inclinado sobre o parapeito almofadado, com um leve sorriso. Que sorriso! Eu bem podia imaginar alguém assistindo ao enforcamento de um homem e sorrindo assim.

"Fiquem calmos, *senhorras* e *senhorres* — falei no meu inglês macarrônico (o velho Sauerkraut, o oficleide de Lane, ensinou-me esse truque) —, isso não ser nada. A fera farrá tudo que eu *querro*. — E depois dei em Robinson um rápido tabefe e comecei a abrir as mandíbulas dele.

"A fera rosnou, virou-se contra mim e, no instante seguinte, teria enfiado os dentes no meu ombro, se eu não tivesse dado o sinal para a cortina. Meia dúzia de carpinteiros subiram o palco às pressas e me ajudaram a enfrentar o leão. Ele foi contido em menos de um minuto, mas, naquele momento, antes de a cortina ser baixada, ficou muito perto de me atingir.

"Houve muitos aplausos. Não que eu tivesse feito algo para merecê-los, pois o negócio de pôr minha cabeça na boca das feras era algo rotineiro, que já não enganava mais tanto o público, mas eles evidentemente sabiam que eu havia corrido perigo e me chamaram depois de a cortina descer. Olhei para aquele diabo de cara branca no camarote privado. Ele estava em pé, esfregando as mãos em um gesto de satisfação, como se tivesse visto o que queria ver. Quando passei embaixo dele, o homem disse com uma voz lenta e comedida que me deu arrepios:

"Foi por pouco, *herr*. Muito bem feito, de fato! Meus parabéns.

"Olhei para ele com uma expressão que deixou bem claro o que eu tinha achado do comentário, fiz uma reverência para o público e desci do palco. Robinson já estava suficientemente calmo. Meu assistente, Joe Purdy, tinha levado o leão para a jaula, e lá estava ele, deitado e rosnando por cima das canelas, sossegado.

"Deixe eu te levar de volta a Londres em segurança, meu amigo, que vou te levar para Jamracks e te trocar por um animal mais bem--humorado. Ter talento é importante, mas um bom temperamento vale todo o talento do mundo.

"No entanto, isso foi há cinco anos, e Robinson ainda se apresenta comigo. Ele é tão talentoso! E ele se dedica de corpo e alma à profissão. Pegue esse animal no meio do dia, quando ele não está com muita fome, e ele se mostra ser um camarada bem decente. Mas fique entre ele e o que ele quer, e você descobrirá o que é um leão de verdade. Ele é um animal muito vaidoso e se irrita se não receber uma salva de palmas por cada truque que fizer. Mas, que Deus o abençoe, não existe gênio sem vaidade. Ter esse animal tem sido uma alegria para mim. Brown e Jones não são páreo para ele."

— Você não viu mais seu amigo do camarote? — perguntou o sr. De la Zouche, que não estava particularmente interessado nos elogios ao talentoso Robinson.

— Maldito seja ele, não! Quando fiz a troca de roupa, ele já tinha ido embora. Fui até à bilheteria para ver se os guardas sabiam me dizer alguma coisa sobre ele. Não, ele era um estranho. Tinha comprado o camarote naquela manhã, depois de descobrir que não havia nenhum lugar livre nas primeiras fileiras, e pagou os três guinéus sem fazer grandes perguntas.

"Agora eu ouso dizer que vocês vão me considerar um idiota quando disser que não consegui dormir naquela noite, nem muitas noites depois, por ficar pensando naquele homem. Não consegui parar de pensar nas bochechas e nos maxilares pálidos e nos olhos cinza-claros, que me encararam com aquele olhar horrendo e contente. 'Esse é um homem que iria assistir a um enforcamento', eu disse a mim mesmo. 'Esse é um homem que iria ver seus semelhantes enforcados, estripados, esquartejados e apreciaria tudo, especialmente a evisceração.' Eu não tinha nenhuma dúvida de que ele passou a noite à procura de um acidente. Não tinha nenhuma dúvida de que foi por causa dele que eu cometi um erro no final."

— Você nunca mais o viu? — perguntou o ator pouco importante.

— Nunca. Deus me livre, porque eu sei que, se isso tivesse acontecido, eu teria abotoado o paletó. Não me considero um homem tenso, nem supersticioso, mas eu desistiria da maior oportunidade que já tive para não me apresentar diante desse homem.

— Que coisa esquisita — disse o bem-humorado Tiddikins.

— É mesmo muito estranho — ecoou o cavalheiro De la Zouche.

O ator secundário não era um bom artista. Tinha pertencido antes à classe de intérpretes que é desdenhosamente comparada a uma porta, e seu caminho no mundo do teatro não tinha sido um mar de rosas. No entanto, ele ficou feliz por não ter sido acossado por leões. Ele sempre se sentira inclinado a invejar Rudolph Prusinowski pela importância e prosperidade de sua carreira, mas logo lhe ocorreu que toda moeda tem dois lados. Pensativo, ele esfregou o ombro e ficou contente ao concluir que não havia animais mais ferozes do que aqueles a cujas agressões ele estava exposto: atores dramáticos que o desprezavam quando ele interpretava Horácio e faziam pouco dele quando representava o papel de Cássio, mas que se comportavam nas noites de apresentação e o presenteavam com cerveja.

PARTE II – A SEGUNDA VEZ

Os habitantes de Spindlecum mostraram seu apreço pelo drama britânico representado pelo domador de leões ao presentear *herr* Prusinowski com uma casa totalmente cheia. Se foi a influência do xá[12] do Tartaristão, do *mikado*, da grã-duquesa de Selzerwasserburg, do prefeito, ou se foram as qualidades da apresentação, é uma questão discutível. Contudo, os habitantes se reuniram em peso, e, antes de o *herr* ter deixado a mesa de chá da família para retornar ao teatro, ele foi informado de que a multidão nos assentos próximos ao fosso da orquestra e das portas da galeria estava quase chegando ao outro lado da rua.

— Se continuarmos assim por pelo menos mais um ano, Liz, vou deixar a profissão — disse *herr* Prusinowski alegremente — e vou cativar um público em algum lugar perto de Surrey que aprecie o teatro propriamente dito. Trabalhar com feras é uma vida muito difícil.

— E é uma vida perigosa também, William — disse a esposa, suspirando.

(Na vida privada, o famoso Rudolph se chamava William.)

---

[12] Xá é a palavra designada para o título dos monarcas da Pérsia e do Afeganistão, termo pelo qual esses monarcas acabaram por ficar conhecidos na maioria dos países ocidentais no período tardio da monarquia iraniana. [N. R.]

— Não sei se concordo muito, minha cara. Sou mais do que páreo para Robinson a essa altura do campeonato. Não há um movimento dele que me passe despercebido, e ele é a fera mais astuta que já enfrentei. Você vai ficar na frente hoje à noite, não vai, Liz?

— Sim, vou ficar em um assento atrás dos camarotes. A sra. Prodger vai comigo. Ela pegou o bilhete e pagou por ele, sabe, William, como uma lady.

A sra. Prodger era a senhoria de Prusinowski, uma matrona cinquentenária que tinha vivido os últimos vinte anos alugando alojamentos para artistas.

— Ótimo, Liz. Então estou de saída.

— É cedo, William. Ainda tem "Miller and his Men"[13], que dura uma hora e meia, com certeza.

— Não acho que vá demorar uma hora. Você deveria conhecer meu público: todos ficam ansiosos para ver os leões. Quero dar uma olhada nos animais antes de começar, e sempre fico um pouco nervoso. Até logo.

Essa foi uma mera desculpa conjugal. Um homem criado nos bastidores estava em verdadeiramente em casa no teatro. O *herr* preferia fumar cachimbo na atmosfera de liberdade do vestiário do Queen's a lidar com as dóceis delícias da mesa de chá doméstica. Ele quase não ficava ansioso em relação às suas feras. Joe Purdy, seu assistente, um tratador que tinha sido aprendiz do grande Woombwell, sempre cuidava delas.

A casa de espetáculos era excelente. Os camarotes não estavam tão cheios como na noite memorável em Manchester que *herr* Prusinowski descrevera aos seus amigos, mas os assentos adjacentes ao fosso da orquestra eram uma caldeira fervilhante de humanidade, e a galeria parecia uma parede de rostos ansiosos empilhados uns

---

13 Originalmente, antes de ser adaptado para outras mídias, "Miller and his Men" é um melodrama em dois atos escrito por Isaac Pocock, publicado em 1830. [N. R.]

sobre os outros até alcançarem o telhado de ferro. "Miller and his Men" pareceu ter sido apresentada quase como um espetáculo mudo, embora o protagonista da tragédia retido no estabelecimento estivesse rugindo até ficar rouco ao representar o personagem Grindoff, com uma esperança tênue de arrancar uma folha solta da coroa de oliveira que seria lançada aos pés do domador de leões.

Grindoff não pulou uma única sílaba da sua parte, nem o menor detalhe da atuação, nem uma batida das botas castanho-avermelhadas, nem uma carranca das sobrancelhas fortemente pintadas. O resto da companhia, por outro lado, menos entusiasmado, fez o melhor que pôde, e o drama foi finalizado em uma hora, dez minutos e sete segundos de acordo com o cronômetro do ponto.

Depois veio uma abertura agitada, o "Bronze Horse", durante a qual o público gargalhou e ficou momentaneamente mais agitado. Depois, a apresentação passou para uma música lenta e soturna e revelou Brown, Jones, e Robinson reunidos na floresta primitiva de forma bem pitoresca.

Houve uma pausa. O público aplaudiu com fervor. Havia algo empolgante na ideia de que os três animais soltos poderiam pular para os assentos a qualquer momento. Era uma sensação bastante agradável, especialmente para aqueles que estavam na galeria. Brown, que era idoso e decrépito, bocejou e se esticou como se estivesse dormindo, com ar de quem fora importunado durante o cochilo após o jantar. Jones, que tinha um temperamento mais animado, balançou a cauda e atingiu uma mosca imaginária. Robinson olhou fixo para o público, como se compreendesse e apreciasse os aplausos.

A música acelerou, transformando-se em uma marcha agitada e, depois, com um acorde fortíssimo da orquestra, o domador de leões saltou para o palco: uma figura marcante, musculosa e de ombros largos, usando uma roupa ajustada, cor de carne vermelha, uma cinta escarlate na cintura e uma pele de leopardo no ombro. Havia uma faca Sheffield em seu cinto, boa e resistente, mas ele não parecia estar armado.

A recepção foi tremenda. Ele ficou se curvando e movendo os lábios em murmúrios vagos, parecendo estar completamente dominado pelos sentimentos durante quase cinco minutos antes de poder começar sua apresentação. Com um aspecto calculista, os olhos do domador de leões vagueavam pela casa de espetáculos, até que de repente se fixaram nas primeiras fileiras.

As primeiras fileiras do Queen's Theatre eram uma ilusão e uma armadilha. Spindlecum não era uma cidade aristocrática, e o Queen's não era o teatro aristocrático de Spindlecum. Com exceção da presença do prefeito ou sob um patrocínio maçônico, as primeiras fileiras raramente eram ocupadas. Mas ali estavam elas, duas longas fileiras de assentos cobertos por um tecido vermelho e empoeirado.

Nessa noite, havia três pessoas ali: em uma extremidade, duas mulheres idosas vestindo mantos e com aspecto alquebrado, e, no meio, em um lugar de onde se enxergava cada centímetro do palco, um homem de meia-idade, com um rosto cadavérico, olhos cinza-claros proeminentes e cabelo avermelhado, vestido com trajes de noite.

Ele estava sentado em uma postura atenta, com os braços apoiados no encosto da poltrona à sua frente (ele estava na última fileira dessa seção) e os olhos fixos no domador de leões. Por um instante, a visão pareceu deixar Rudolph Prusinowski petrificado. Era sobre esse homem que ele tinha falado naquele dia.

O suor frio irrompeu na testa do domador de leões, mas ele pisou com firmeza, zangado consigo mesmo por essa loucura, praguejou e começou sua apresentação com os leões: ficou em pé nas costas deles, deu uma volta no palco montado nos três ao mesmo tempo, conduzindo-os em uma espécie de dança, descrita nos panfletos como um conjunto de quadrilhas com guirlandas de rosas de papel, e se divertiu com eles de todas as maneiras. Sem desviar os olhos do palco, o homem ruivo que estava em uma das primeiras fileiras observava os movimentos do domador e dos animais quase sem respirar e sem agitar um único fio de cabelo com seu comportamento vigilante.

Depois veio o número principal da noite: um combate entre *herr* Prusinowski e Robinson, que era descrito nos panfletos como "Moloch, o rajado leão real, dado de presente ao *herr* Prusinowski por um dos príncipes nativos do Punjab". No final do combate, o *herr* agarrou as mandíbulas do animal e colocou a cabeça na bocarra quente.

Nessa noite, apesar do terror mortal que acometeu o *herr* quando ele viu aquele espectador detestado, tudo correu bem. Robinson, ou seja, Moloch, manteve seu temperamento sob controle, permitiu que suas mandíbulas fossem abertas ao máximo, e, por cerca de seis segundos, deixou que a cabeça do domador repousasse sobre sua língua como se ela fosse uma almofada. A cortina desceu sob aplausos trovejantes, mas quando o domador foi chamado novamente ao palco, não houve resposta. O ponto o encontrou recostado em uma das paredes das alas, empalidecido até os lábios.

— Já viu um homem tremer? — perguntou ele, com a voz tiritando tanto a ponto de ser quase incompreensível. — Se quiser ver um, olhe para mim.

Todo o corpo dele tremia, como se ele estivesse com febre.

— Por quê? Qual é o problema, homem? — perguntou o ponto, com mais simpatia na voz do que elegância na dicção. — Eles estão loucos por você. É só voltar.

— Vou assim que conseguir me acalmar. Nunca negligenciei meu trabalho, mas achei que tinha chegado minha vez. Achei que não sairia vivo do palco nesta noite.

— Por quê? Os animais estavam bem calmos.

— Sim, calmos como cordeiros, mas tem um homem na fileira da frente que é meu inimigo. Nunca fui muito supersticioso em relação a fantasmas ou horrores do tipo, mas minha opinião sobre esse homem está formada. Ele quer me ver morto, e vai se esforçar para que isso aconteça.

— Prusinowski — disse o ponto —, não acredito que estou ouvindo isso de você. Achei que fosse um homem sensato.

Mesmo assim, o ponto ficou desconfortável. A mente humana está especialmente aberta a sensações incômodas do tipo.

— Vamos, rapaz — encorajou ele. — Eles estão cada vez mais barulhentos. — Isso era uma alusão ao público, que clamava roucamente pelo seu favorito. — É melhor ir até lá.

Prusinowski enxugou a testa e se recompôs.

— Muito bem — disse ele, e seguiu o ponto até à primeira entrada, atravessando a passagem estreita que o funcionário abriu ao puxar a cortina pesada para o lado. Ele seguiu em frente, fez a reverência habitual e atravessou o palco, desaparecendo com mais cumprimentos do outro lado. O domador ficou olhando para as fileiras da frente o tempo todo. O homem desaparecera.

— Maldito seja ele! — murmurou o domador de leões. — Se ele tivesse me dado tempo para trocar de roupa, eu teria estado em frente do teatro a tempo de vê-lo sair. Quero saber quem ele é, quero saber o que ele pretende!

Ele se vestiu às pressas, rasgando o traje apertado e enfiando a roupa cotidiana de qualquer maneira. Depois, voltou para a entrada logo antes de a cortina subir para o número de pantomima e olhou de novo para as fileiras da frente, pensando que era possível que seu inimigo tivesse regressado. Mas o assento estava desocupado. Havia apenas as duas mulheres melancólicas esperando calmamente o início de uma das pantomimas mais tolas da literatura dramática, se abanando com seus lenços.

Herr Prusinowski foi até às portas da frente do teatro e andou por lá, presumindo que o homem também poderia estar ali. Havia uma grande taberna bem na frente da casa de espetáculos, onde o público — incluindo os espectadores das primeiras fileiras e dos camarotes — se refrescava com *brandy* e bebidas. O *herr* atravessou a rua, entrou no bar apinhado, ainda à procura do homem, e olhou em vão.

Enquanto ele olhava fixamente para a frente, uma mão amigável tocou seu ombro.

— Foram bem mais de oitenta espectadores, meu amigo — disse De la Zouche, cujas bochechas juvenis ainda continham vestígios do rouge que ele usara em "Miller and his Men" e cujo lábio superior ainda estava duro com a cola que prendera seu bigode de crina de cavalo. — Quase noventa, pelo que Tiddikins me disse, e ele sabe muito bem como calcular a plateia de um teatro. Eu lhe desejo alegria.

— Obrigado, meu velho amigo — respondeu o domador de leões, distraído. — Sim, acho que é um bom teatro.

— "Acho"?! Nada disso. A transpiração estava escorrendo pelos rostos dos que estavam sentados mais na frente durante toda a "Miller". A casa parecia uma fornalha, e esse tipo de coisa deixa um homem com mais sede do que o normal. Aquela cerveja que você mandou estava ótima. Pensei que Fitz Raymond nunca mais fosse tirar a cabeça do estanho. Ele é muito dedicado ao interpretar Grindoff. Fala tudo em um fôlego só, mesmo quando não consegue ouvir o que diz por causa do barulho da frente. Aliás, Prusi, que tal aquela pequena ceia que você comentou? — Isso foi dito em tom insinuante.

Prusinowski olhou fixo para ele por um instante e disse, desatento:

— A ceia... Ah, é claro. Esqueci completamente.

A aparência nobre de De la Zouche desapareceu, e sua expressão amigável foi ofuscada pelo desapontamento.

— Mas não se preocupe — continuou o domador. — Está encomendada para a meia-noite em ponto. Fui muito otimista e já deixei reservada. Sabia que teríamos um bom público.

— Prusinowski, você é um cavalheiro! — exclamou o ator. — Você é alguém de natureza nobre, senhor, e o contato diário com a criação das feras não degradou sua mente grandiosa. À meia-noite em ponto. Vou para casa trocar de camisa. Acho que você mencionou um ganso, não foi?

— Carne assada por cima, ganso assado no fundo — disse o *herr*, ainda desatento.

— É a ave que, na mesa da ceia, aprecio acima de qualquer outra integrante da comunidade emplumada — respondeu o ator secundário. — *Au reservoir!*[14]

Ele partiu, tentando entender por que um homem que tinha lotado a casa de espetáculos estava tão calado e sério.

Herr Prusinowski saiu da taberna e caminhou apaticamente pela rua. Ainda não eram nem onze da noite. Ele tinha uma hora inteira para fazer o que bem entendesse. Normalmente, ele teria ido para casa, trocado algumas palavras com sua "adorável mulher" e feito reparos no banheiro, mas nessa noite ele não queria estar diante de sua esposa. Ela perceberia que alguma coisa estava errada e faria perguntas. A sensação que o surgimento daquele homem havia causado nele era um assunto sobre o qual ele não queria conversar, nem mesmo com ela. Ele saiu da rua movimentada em que o Queen's Theatre se situava e entrou em uma rua larga, calma e de aparência antiquada que levava ao cais. A via era cheia de grandes casas de tijolos vermelhos quadrados da era georgiana, sombria e respeitável, com lojas simples aqui e ali e butiques mais adiante. Era uma rua muito sossegada à noite. A lua de verão brilhava cheia sobre a calçada larga e a rua vazia, e havia um vislumbre de água iluminada pelo luar no cais mais para o fim da rua.

Apenas uma loja estava aberta a essa hora, uma tabacaria de esquina. Prusinowski apalpou o bolso do casaco e, se lembrando vagamente de ter permitido que o sr. Fitz Raymond esvaziasse sua bolsa de tabaco naquela noite, caminhou em direção à tabacaria. Quando ele estava atravessando, um homem saiu da loja e caminhou devagar em direção ao cais. O domador o reconheceu de imediato e decidiu segui-lo. Era o ocupante das fileiras da frente, uma figura alta ao luar, com feições angulosas e um ar quase de cavalheiro.

---

14 Modo jocoso de falar "au revoir". [N. da P.]

Era uma atitude imperdoável, é claro, mas Rudolph Prusinowski não parou para pensar nas normas de etiqueta da situação. Ele estava decidido a abordar o homem e teria feito o mesmo onde quer que o encontrasse.

— Com licença — disse ele, aproximando-se do desconhecido —, o senhor estava em uma das fileiras da frente do Queen's hoje à noite?

O homem se virou e o encarou. Sua aparência era desagradável, com o rosto comprido e esquálido, os olhos pálidos proeminentes e os cabelos escorridos e avermelhados. O luar tornava tudo mais cadavérico do que nunca.

— Sim — respondeu ele —, eu estive no Queen's Theatre nesta noite. Meu caro! O senhor é o domador de leões, não é? Que coincidência!

Ele falou de uma maneira formal e calma que foi estranhamente irritante para os nervos de *herr* Prusinowski. Esses artistas, mesmo os profissionais das artes menos importantes, costumam ser sensíveis.

— O senhor quer tratar de algum tipo de negócio comigo, *herr* Prusinowski? — quis saber o desconhecido.

O domador de leões ficou parado por um instante, encarando o desconhecido como se fosse um zumbi recém-despertado, totalmente perdido e indefeso.

— E-Eu queria lhe fazer uma pergunta — disse ele, tentando soar mais enérgico. — Esta não foi a primeira vez que eu o vi. Há cinco anos, o senhor estava em um camarote privado em Manchester, quando eu me apresentava.

— É verdade — respondeu o desconhecido. — Que memória excelente, sr. Prusinowski. O senhor escapou por pouco naquela noite em Manchester. Um de seus animais estava inquieto.

— Sim — disse o domador de leões, com pesar —, aquele bruto do Robinson estava difícil. Eu perdi a calma, e ele percebeu. Escapei *mesmo* por pouco. Foi uma decepção para o senhor, não foi?

— Desculpe, não entendi o que o senhor quis dizer.

— O senhor pensou que tudo fosse acabar para mim, não foi? Vamos, lá, quero saber qual foi seu motivo para ter ido me ver naquele dia. Quero saber seu motivo para ter ido me ver hoje à noite.

— Motivo? — repetiu o desconhecido. — O motivo me parece bem óbvio. As pessoas geralmente assistem a esse tipo de espetáculo, e a todos os outros tipos também, em busca de diversão.

— As outras pessoas, talvez, mas não o senhor. Sei bem o que o rosto de um homem quer dizer, e observei o seu, tão de perto, bem, quase tão de perto quanto o senhor me observou. E seu rosto não era o de um homem que foi apenas se divertir.

— O senhor parece ter um modo muito peculiar de enxergar as coisas, sr. Prusinowski — respondeu o desconhecido, esfregando o queixo ossudo e barbeado em um gesto pensativo. — No entanto, para ser sincero com o senhor, estou interessado no modo com que o senhor doma os leões. Sou um homem ocioso, veja bem. Meus meios financeiros me possibilitam viver da maneira que desejar e onde quiser, e um homem sem ocupação é, de certo modo, impelido a encontrar interesses variados. Adoro atrações com animais selvagens. Havia um homem chamado Green, talvez o senhor tenha ouvido falar dele. Eu vi esse Green se apresentar dezessete vezes consecutivas e estava muito interessado nele.

— Sim — disse Prusinowski —, conheço bem a história de Green. Ele foi morto. Morto por um tigre com o qual havia ganhado uma boa quantia de dinheiro.

— Foi mesmo — respondeu o desconhecido. — Eu vi.

Herr Prusinowski deu de ombros.

— Eu tinha certeza. Eu sabia. O senhor provou o gosto do sangue.

— Esse é um modo muito desagradável de falar — respondeu o desconhecido. — Vejo essas coisas por um ponto de vista inteiramente artístico. Já ouvi dizer que os homens da sua profissão sempre sofrem um acidente fatal, mais cedo ou mais tarde. Já que o senhor me pressionou tanto, devo admitir que esse é um elemento de interesse para mim nesse tipo de apresentação. Posso entender o deleite dos romanos, desde o imperador até o mais humilde dos homens libertos, pelos espetáculos dos gladiadores. Talvez eu tenha uma mente clássica e me orgulhe de admitir um gosto que me liga a uma era igualmente clássica.

— Não entendo metade desse palavreado — disse *herr* Prusinowski, com rudeza —, mas confio no divino e sei que nunca mais verei seu rosto de novo.

— Acha mesmo? Mas por quê?

— Porque o senhor é um patife de sangue frio que gostaria de me ver morto.

— Meu caro sr. Prusinowski, essa é uma linguagem da qual, se fosse um homem violento, eu poderia me ressentir. Felizmente, não é o caso, então vou deixar passar. O senhor não tem direito algum de afirmar que eu gostaria de vê-lo morto por uma daquelas suas feras. Mas se o senhor estiver *destinado* a perecer dessa maneira, e espero que não esteja, admito que desejaria ser um espectador da catástrofe. Isso não faria a menor diferença para o senhor e seria muitíssimo interessante para mim. O senhor vai por aqui? Não? Nesse caso, boa noite.

Ele ergueu o chapéu em um gesto formal e partiu na direção da água iluminada pelo luar ao final da rua, deixando o domador de leões em pé no meio da via, estupefato e pensativo.

Era bem como ele havia imaginado: o homem tinha gosto pela morte súbita.

A ceia na Lion and Lamb — uma pequena hospedaria a cinco portas do teatro, muito frequentada pelos atores — foi um sucesso gastronômico, mas não social. O cardápio tinha sido excelente. O anfitrião pediu muitas bebidas alcoólicas, as comidas e bebidas desapareciam em uma velocidade animadora de se ver. No entanto, o banquete não foi alegre. Nada conseguia afastar a tristeza que acometia Prusinowski. Os atores fizeram de tudo para alegrá-lo, com conversas e risos escandalosos, anedotas espirituosas e uma quantidade ilimitada de conversas cômicas, comumente chamadas de "provocações", pelas quais a mente teatral é naturalmente atraída, mas nada funcionou. O domador de leões reagiu um pouco, dando algumas respostas inteligentes, atirando uma garra de lagosta no trágico e digno Fitz Raymond quando o grande artista discutia com alguém e colocou um talo de aipo dentro do colarinho do casaco do distraído De la Zouche. Mas esses foram apenas pequenos lampejos de alegria e, aos poucos, a conversa perdeu a animação, e a festa, que normalmente teria durado até o amanhecer estival, foi encerrada abruptamente às duas e quinze da manhã.

O sr. Warbeck, o ponto, caminhou para casa com Tiddikins e De la Zouche e lhes contou o que havia acontecido depois de as cortinas se fecharem.

— Prusinowski é um dos melhores homens que já pisaram neste mundo — concluiu ele, aquecido com gin e água. — Gosto dele como se ele fosse meu irmão. Mas tenho medo de que alguma coisa estranha esteja acontecendo aqui.

Ele deu um tapinha na própria testa, em um gesto muito claro.

— Um parafuso a menos — falou o sr. Tiddikins.

— Uma telha a mais — disse o sr. De la Zouche.

PARTE III - A TERCEIRA VEZ

Três anos depois, o domador de leões estava em uma cidadezinha costeira no norte da Inglaterra, onde iria se apresentar por três noites. Era um lugarzinho melancólico, para onde ele tinha quase que fugido, pois queria evitar os ricos distritos fabris, onde certamente não colheria frutos muito bons. A cidadezinha era deprimente; ali, o mar parecia rugir mais tristemente do que em outras costas. Havia também a rua principal, com construções de pedra, um mercado de peixes úmido e ventoso, uma praia com pedregulhos grandes e um longo píer de madeira que se estendia para o mar, escorregadio com lodo, algas, peixes mortos e dejetos do grande oceano.

Três anos! E, no entanto, em sua última noite em Spindlecum, *herr* Prusinowski havia falado em se aposentar, satisfeito com suas conquistas, dali a um ano. Ele estava se saindo muito bem. A prosperidade o havia seguido, mas a mente humana é elástica quando pensa em dinheiro, e as ideias de *herr* Prusinowski sobre a fortuna necessária para que ele se aposentasse se ampliaram com o tempo.

— Mais seis meses, minha adorável mulher — disse ele. — Eu venderei os animais em um leilão e abrirei um restaurante — Essa era a ideia dele de paz e aposentadoria.

— Eu preferiria que fosse amanhã, William — respondeu a esposa, com tristeza. — Nunca terei um segundo de paz até você parar de trabalhar com aqueles animais.

As duas primeiras noites em Lowshore, esse obscuro porto marítimo no norte, haviam sido relativamente bem-sucedidas. O teatro era o celeiro mais velho e mofado a ser dedicado ao entretenimento público e fora aberto uma única vez em dois anos por cerca de uma semana — um grande esplendor de temporada —, quando uma estrela nômade do teatro dramático, mais audaz do que seus confrades, arriscou a sorte em Lowshore e fez com que a nobreza e a burguesia do distrito soubessem que ele se apresentaria durante apenas seis noites, interpretando seus personagens mais queridos. As portas do templo raramente se abriam, e os habitantes de Lowshore não se apressavam para o santuário quando isso acontecia. Parecia que o teatro dramático era uma arte em declínio, e a plateia — composta por vinte ou trinta marinheiros que cheiravam fortemente a peixe, um punhado de rapazes e um toque de brilho e cor na forma de jovens trabalhadoras ou de esposas e filhas de pescadores — acabava indo por piedade e medo.

Mas onde o drama, fosse ele legítimo ou ilegítimo, falhara, os leões tiveram sucesso. Eles atraíram um público muito bom. Não se tratava do vigário, da nobreza e da burguesia, representados por idosos cujas terras margeavam Lowshore e que raramente habitavam seus grandes castelos de pedra, pois preferiam um pequena residência em Richmond, recheada de pratarias e outras antiguidades caríssimas. O público, na verdade, era composto por comerciantes e seus rapazes e moças; os poucos visitantes e os proprietários das hospedarias; os marinheiros e suas famílias; trabalhadoras de todos os ofícios e os jovens pescadores; policiais de folga e um punhado de agricultores das fazendas do interior. Era final de outubro, a época mais sombria do ano, e *herr* Prusinowski tinha ido a Lowshore com um estado de espírito especulativo, com o intuito de preencher uma semana vazia em sua programação de inverno.

A casa de espetáculos tinha quase lotado na primeira noite, recebido um público mais reduzido na segunda e, na terceira noite, houvera uma diminuição considerável. Ainda assim, era um público muito bom para Lowshore. Havia um grupo alegre nos assentos próximos ao fosso da orquestra e uma galeria muito boa. Os camarotes, contudo, tinham um aspecto triste e cavernoso. O público — a classe média alta de Lowshore, comerciantes e donos de hospedarias — estava esgotado. *Herr* Prusinowski trouxera uma companhia teatral de três artistas, além dele, para lidar com os leões e iniciar o entretenimento da noite com pantomimas e *comediettas*. Essa companhia consistia em um ator principal, um ator secundário e uma atriz. O ator principal era o aspirante De la Zouche, que progredira de ator secundário para o popular camponês Charles Mathews[15]: chapéu branco, botas de couro, calças verde-claras, bengala e fala rápida. As apresentações começavam com "Delicate Ground" e terminavam com "Secret", pantomima de um personagem antigo e muito respeitado.

O domador, que sempre visava a grande fortuna, tinha um grande desprezo por casas de espetáculos ruins, e era com uma injustiça ardente que despejava sua ira — causada pelos espectadores que não

---

15 Charles Mathews (1776-1835) foi gerente de teatro e ator cômico inglês, reconhecido por pelas formidáveis representações e habilidade no entretenimento. [N. R.]

frequentavam mais o teatro — nos poucos inocentes que tinham ido vê-lo. Ou seja, ele castigava o público escasso, mas que mesmo assim o admirava, apresentando-se com desleixo e privando-o do seu justo direito. A companhia já estava habituada a assentos e frisas vazios.

O clima estava contra *herr* Prusinowski nesta noite em particular. Os ventos do norte atravessaram o Mar do Norte uivando como se tivessem a intenção de varrer Lowshore da face da Terra, carregando granizo com cheiro de sal e quase cegando os pedestres aventureiros. Quando se despediu da família antes de partir para o teatro, o *herr* foi muito enfático ao tecer comentários sobre o tempo. A *comedietta* tinha acabado quando ele entrou pela entrada dos artistas. O domador de leões se vestiu às pressas, lutando para entrar na roupa apertada e se cobrindo com tons de escarlate e ouro, enquanto uma orquestra fraca, de quatro instrumentos — clarinete, flauta e dois violinos —, tocava canções do campo à moda antiga, momento em que o público se deliciou com camarões e cerveja. Os três leões pareciam incrivelmente grandes no pequeno palco, terrivelmente reais contra o pano de fundo de cenários desbotados. Robinson estava fora de si. Ele era sensível ao tempo e tinha uma aversão especial aos ventos fortes. Talvez algum anseio hereditário pelas areias líbias ou pelo céu ardente da Ásia — ele não sabia nada sobre nenhum dos dois, tendo nascido em Whitechapel — pudesse tê-lo afetado em tais momentos. De qualquer modo, era inegável: o frio ou o calor abrasador perturbavam sua mente leonina.

A pequena orquestra se esforçou para tocar uma música que inspirasse a alma de todos, e conseguiu, com o segundo violino soando um pouco atrasado. *Herr* Prusinowski entrou no palco vindo do cenário rochoso e começou seu trabalho bem devagar, manejando Robinson com certa cautela.

Metade da apresentação tinha passado, e ele estava agora conduzindo os três leões pelo palco, todos em pé nas patas traseiras, acompanhando o ritmo estimulante da marcha em "Blue Beard" —

estimulante mesmo com aqueles pobres músicos —, quando ouviu uma porta atrás dos camarotes abrir e fechar. Ele olhou rapidamente para cima. Um cavalheiro com trajes de noite sentou-se bem no centro, um homem pálido, de cabelo liso e avermelhado. O coração do domador de leões quase parou. Era o homem que ele havia visto em Manchester e em Spindlecum, o homem cuja presença, por causa de alguma sensação mórbida, ele associava com a ideia de perigo para si mesmo. Durante os três últimos anos, ele sempre estivera mais ou menos atento à presença desse homem, e nunca o vira. Ele tinha começado a se regozijar com a possibilidade de terminar sua carreira pública sem nunca mais se apresentar de novo diante dele, mas aqui estava ele, nessa cidadezinha portuária remota, observando-o com os mesmos olhos ávidos e rosto faminto, observando-o como os homens observavam os gladiadores na antiguidade, sedentos por sangue.

Se pudesse ter terminado sua apresentação de modo abrupto nesse mesmo instante, ele o teria feito. O domador de leões estava disposto a devolver o dinheiro aos espectadores e a sacrificar os lucros da noite apenas para não se apresentar diante daquele homem. Ele estava a ponto de inventar um mal súbito e descer a cortina com um pedido de desculpas, mas fazer isso seria admitir que sentia medo do homem.

— Dane-se! — resmungou ele para si mesmo. — Ele não saberá que eu o temo. Mais rápido! — ele ordenou à orquestra. — Mais depressa e mais alto! — E, conforme a música se acelerava, ele apressava os animais com o chicote.

Robinson, apelidado de Moloch, ressentiu-se da impertinência com um rugido suprimido, e desde esse momento Rudolph Prusinowski perdeu sua presença de espírito e sua calma. Ele estava determinado a não deixar de fazer nenhum truque, a demonstrar para aquele miserável de sangue-frio nos camarotes que ele não o temia. Ele fez os animais trabalharem mais do que o normal, o tempo todo olhando desafiadoramente para o rosto atento nos camarotes. O pequeno teatro sacudia com os aplausos, o público acomodado nos assentos mais à frente se levantou para aplaudi-lo, como os bons atores antigos costumavam dizer, e as galerias vibravam com os gritos de "Bravo!".

Tudo aconteceu em um segundo, no último instante, na proeza que concluiria a apresentação, e os gritos de "Bravo!" se transformaram em um horrível grito de horror. Ninguém soube dizer como aconteceu, pois os movimentos das feras eram rápidos demais para serem acompanhados por olhos humanos. *Herr* Prusinowski estava caído no palco, mordido e dilacerado, com o leão sentado sobre ele.

O tratador e alguns assistentes logo subiram no palco. Eles tiraram o domador de leões, inconsciente e coberto de sangue, das garras da fera e levaram-no para o vestiário, onde os dois cirurgiões rivais de Lowshore entraram correndo cinco minutos depois. A cirurgia de nada adiantou; as costelas dele foram esmagadas até virarem pó, o pulmão tinha sido perfurado e ele estava com hemorragia. Ele resfolegou durante meia hora e morreu, sem nem um lampejo de consciência.

— Estranho — costumava dizer o cavalheiro de cabelos ruivos algum tempo depois, ao contar a história como se ela fosse uma coisa agradável depois do jantar e, de certa forma, um pouco satisfeito consigo si mesmo —, o pobre coitado foi o segundo de sua profissão que eu vi morrer, e eu o tinha encontrado três vezes, em longos intervalos, durante minhas viagens ao norte. Eu me interesso bastante por esse tipo de coisa. Há mais emoção nisso do que no teatro dramático. Prusinowski era um homem bastante respeitável. Tinha guardado dinheiro, creio eu, e deixou sua esposa e filhos em uma situação confortável.

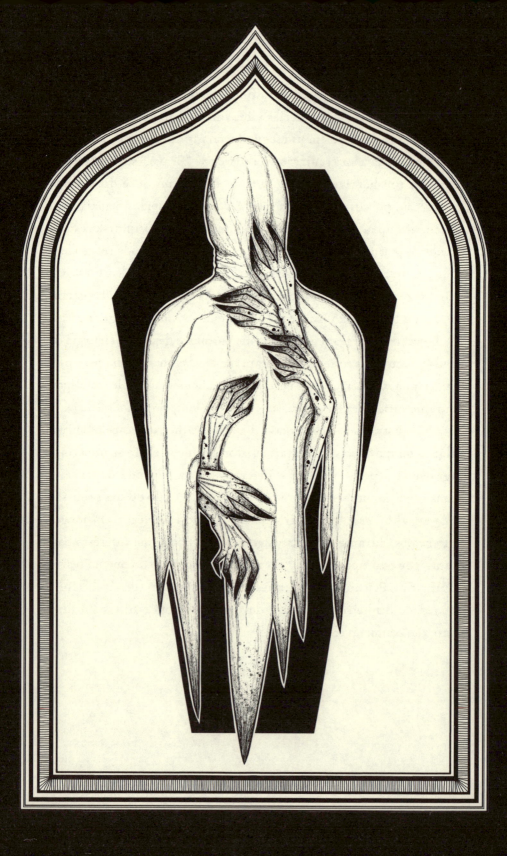

MARY ELIZABETH BRADDON

O NOME DO FANTASMA

1891

O fantasma habita um dos melhores quartos de Halverdene, adjacente a um lindo jardim. Porém, seu nome continua a ser um mistério por mais de um século. O sétimo Lord Halverdene, um homem de temperamento enérgico, não deixa pedra sobre pedra até esclarecer esse mistério fatal.

PARTE I – O QUE AS PESSOAS DIZIAM SOBRE O FANTASMA

A característica mais peculiar do fantasma de Halverdene era que ele nunca aparecia duas vezes com a mesma forma e aparência. Ninguém duvidava de que determinado cômodo em Halverdene era assombrado, um lugar horrível. O fantasma era avistado havia quase um século, e testemunhas confiáveis contavam histórias como se fossem de ontem. Mas o fantasma, cuja existência tinha sido confirmada havia muito tempo, verificado por quase cem anos de experiências diversificadas, não era uma personalidade distinta de Shadowland. Ele era o próprio Proteus dos fantasmas; às vezes homem, às vezes mulher; às vezes velho, às vezes jovem; mas sempre horrendo e, às vezes, para os outros, seu maior horror advinha de uma indefinição medonha, uma presença dominante gigantesca que se assomava como uma montanha de ferro sobre o espectador apavorado; uma opressão sem forma da qual a pessoa em questão despertava gritando, com suor frio na testa.

Lucilla, a irmã caçula e adorável de lady Halverdene, chamava o quarto de cedro em Halverdene de quarto dos pesadelos. Tomada por um espírito natalino inquieto, ela havia insistido em dormir lá uma vez, quando o grupo presente em uma festa em Halverdene ocupou vários cômodos, mas depois jurou que, nem pelo melhor partido do condado, passaria novamente por essa provação.

Quando foi pressionada com perguntas a respeito do que vira, ela respondeu:

— Era como Caliban de Shakespeare, descomunal. Ele ficou lá a noite toda. Eu sabia que ele estava ali, no meu sono, embora não pudesse abrir os olhos para ver. Minhas pálpebras estavam cerradas e, ai, tive uma dor de cabeça daquelas! Ele me agarrou pela garganta e sentou-se sobre meu peito. Nunca mais, nunca mais, Beatrice. Nem por vinte Halverdenes eu suportaria outra noite nesse quarto!"

Toda a geração de Lucilla Wilmot — uma geração em que quase todos já tinham batido as botas, pois isso ocorreu nos dias em que lorde Melbourne era o primeiro-ministro e as ferrovias eram novidade —, todos em Halverdene, na época de Beatrice, a lady Halverdene, lamentavam que o fantasma tivesse escolhido um quarto tão bom como o quarto de cedro para morar, pois esse quarto com painéis de cedro nas paredes era um dos mais espaçosos, se não um dos melhores quartos na casa. Ele ficava na parte mais antiga da residência, a ala Stuart, que incluía um saguão, a biblioteca, um salão de veraneio e o grande quarto de cedro, que era conhecido como o quarto do jardim.

A antiga ala era tão bela quanto o mais esplêndido jardim antigo de Yorkshire; ou assim dizia Beatrice Halverdene quando chegou como noiva, com o marido que escolhera, ao antigo solar no norte do país. Um jardim talvez precise ter duzentos anos para ser considerado bonito. Esse jardim fora planejado na época de Bacon e ainda preservava muitas características pitorescas daquela época. Mas sem os ornamentos solenes e condizentes com um jardim para frequentar na hora do chá, a mera sugestão disso em um ensaio famoso poderia convencer qualquer pessoa sensata de que, se Bacon escrevesse as peças de Shakespeare, Shakespeare não escreveria os ensaios de Bacon, pois aquele cujas frases mais simples são capazes de conjurar visões de beleza pastoril nunca teria recomendado que fossem incluídos em seu jardim inglês arcos imponentes sobre pilares de madeira, coroados com pequenos torreões contendo gaiolas de pássaros, ou amplos vidros coloridos e dourados que refletiam a luz do sol.

Nos primeiros dias de felicidade matrimonial, Beatrice dizia que essa bela área cercada era seu jardim do Éden, mas sete anos de casamento sem filhos tinham mirrado seu entusiasmo, e a união entre o senhor e a senhora em nada se parecia com a de Adão e Eva descrita por John Milton. Havia pessoas nos arredores que diziam que o senhor se importava mais com a saúde de seus cães de caça do que com a felicidade de sua esposa, e que um ataque de cinomose no canil o perturbaria mais do que uma suspeita de tísica na sua companheira de vida.

Para certos homens, o amor é apenas uma febre transitória; enamorados a quem é natural amar e ir embora. E, quando partir se torna impossível, se tornam companheiros rudes no lar.

Nessa época, não se via como uma desgraça um homem de alta posição ter o hábito de beber além da conta. As memórias do príncipe regente, de Fox e de Sheridan ainda estavam frescas na mente dos homens. Henry Brougham e outros grandes intelectuais davam continuidade a uma antiga tradição. Porto, Borgonha, Madeira e outras bebidas eram muito mais conhecidas do que Bordeaux e os vinhos mais suaves da Renânia. O gosto por Porto vinha de um patriotismo inglês, quase uma religião. Era um vinho tradicional, muito apreciado pelos homens da igreja. A benevolência rural encontrou no Porto o melhor jeito de se expressar. Uma lady Generosa já não mais fazia infusões de ervas medicinais como forma de caridade. Ela enviava sopa e vinho fortes para os fracos e debilitados, e todos os aldeões na Inglaterra lambiam os beiços ao ouvir o nome do saboroso vinho tinto de Portugal.

Assim, não era considerado vergonhoso para lorde Halverdene que, após um dia na sela, ele passasse a noite caído sobre a mobília de mogno, com algumas garrafas do famoso vinho. Também não era constrangedor que seu criado tivesse de ajudá-lo a subir os escorregadios degraus de carvalho de vez em quando, sendo ocasionalmente insultado por causa das dores do outro. Meu senhor era perdoado até mesmo pelo linguajar grosseiro com minha senhora, pois, como diziam as fofocas da aldeia, "Era uma pena que ela não teve filhos, e era apenas um reflexo da natureza humana que o senhor se sentisse desapontado pela inexistência de um herdeiro".

Cavalos, cães de caça e vinho eram sinônimo de felicidade para o meu senhor. Minha senhora amava o jardim, seus livros e sua harpa, e tentava manter uma aparência de contentamento sob circunstâncias que poderiam ter feito com que uma mulher de natureza menos nobre a se revoltasse contra a árdua sina.

Meu senhor tinha uma casa em Grosvenor Square e um parque em Sussex, além desse solar e parque de Halverdene, entre York e Beverley. Ele gostava muito de Halverdene por causa da proximidade com York, Doncaster e Pontefract, onde os assíduos encontros de corridas lhe concediam a diversão que faziam sua alma vibrar. Ele tinha um pequeno haras em Halverdene, mas seus melhores cavalos ficavam em Malton, sob o olhar atento de John Scott. Sua principal ambição era vencer em Leger ou, pelo menos, em Great Ebor.

Depois de três temporadas em Londres, lady Halverdene decidiu se retirar da sociedade metropolitana e só era encontrada em Yorkshire ou em Sussex, geralmente em Yorkshire, onde, nos primeiros quatro anos de sua vida de casada, havia grandes festas. Para Lucilla Wilmoy, a vida no condado era muito agradável, e ela participava de todos os encontros de corridas com a irmã, além de cavalgar em caçadas. Porém, nos últimos dois anos, poucos visitantes, escolhidos a dedo por minha senhora, foram recebidos em Halverdene. Lucilla sempre estava lá, como única companheira da irmã nas longas noites de outono, quando o marido estava fora em encontros de corridas; mas nada sobrara do mundo elegante, das viúvas e esposas, dos rapazes e das moças, que em certa época apinhavam as salas e corredores com vozes e risos. Tudo que restava era a memória dos dias em que Halverdene House havia sido acolhedora e alegre. Os visitantes eram, é verdade, homens de corridas, levados para a casa pelo meu senhor sem um mísero aviso à esposa ou à governanta. Às vezes, depois de um dos encontros que ocorriam no norte, três ou quatro carruagens paravam diante da porta, tarde da noite, e um bando de homens semiembriagados entrava cambaleando. Alguns eram homens de posição inferior cuja fala era composta pelo jargão das corridas de cavalo e cuja companhia lady Halverdene e sua irmã fugiam como se eles tivessem contraído a peste.

As pessoas davam de ombros ao falar de lorde Halverdene.

— Existe algum tipo de mistério — disse o velho general Palmer a um pequeno grupo de homens no Rag.

— O mistério é que Halverdene espanca sua esposa — devolveu o sr. Soaper-Snarle, o famoso crítico e intelectual. — Não chamamos esse tipo de coisa de mistério em St. Giles. Existe apenas espancamento da esposa. Mas, quando um nobre inglês torna-se bruto e intimidador, dizemos que isso é um mistério social.

— Isso é verdade? — perguntou uma voz ansiosa, com um sotaque forte e marcado. — É verdade que lorde Halverdene maltrata a esposa?

A pergunta veio de um homem jovem, alto e de ombros largos, com rosto queimado de sol e bigode inglês. Como tinha acabado de retornar de Punjab, todos os escândalos ingleses eram novidade para ele.

— Só posso responder com base no que vi quando estive em Halverdene, há dois anos — respondeu Snarle, calmamente. — Halverdene foi ainda mais desagradável com a esposa, e ela parecia já estar acostumada. Ela não se comportava como uma Griselda choramingona, veja bem. Ficava calada e impassível. Ela reagia à brutalidade dele com desprezo e frieza. A casa não era mais um lugar confortável para se estar. Nós nos sentíamos na beira de um vulcão. Depois disso houve muita agitação em Halverdene. Eu vi a senhora e a irmã dela nas corridas de York em agosto passado, e as duas foram muito gentis comigo, como sempre, mas ninguém me convidou a ir para Halverdene, embora eu estivesse na vizinhança.

— Ouvi alguns rumores — admitiu o general Palmer —, mas nunca se sabe até onde devemos acreditar. Foi uma união por amor, não foi? Foi o que disseram quando eles se casaram.

— É, foi um casamento por amor. A srta. Wilmot era uma das belezas da temporada, uma beldade em seu debute, além de uma herdeira protegida por um tutor, com uma fortuna que foi muito útil a Halverdene.

O soldado bronzeado de Cabul havia deixado o grupo e estava olhando pela janela. Seu charuto fumado pela metade tinha caído da mão dele e jazia esquecido, e seus pensamentos estavam em um pomar de Devonshire, onde ele era de novo um rapaz, recém-saído de uma escola militar, jogando badminton com duas belas jovens que usavam vestidos brancos — jovens a quem, por um direito de parentesco, ele chamava pelos prenomes. Os Wilmot e os Donelly eram primos muito distantes, mas ainda eram parentes, e Oscar Donelly tinha muitos privilégios na casa da tia jovial e solteirona que criava as órfãs. Ele era o favorito da senhora, e as jovens eram cordiais para com ele. Ele lhes levava notícias do grande mundo, do qual elas não conheciam absolutamente nada. Até mesmo Beatrice, a mais velha, ainda teria de esperar três ou quatro anos antes de ser apresentada à sociedade e passar sua primeira temporada em Londres, sob os cuidados da tia casada e muito bem-relacionada que tinha uma residência em Curzon Street.

O jovem cadete zarpou para a Índia com seu regimento no início da Guerra Anglo-Afegã. A campanha fora longa e implacável, e o subalterno voltou para a Inglaterra como capitão. No entanto, ele não tinha certeza se o herói de Kandahar deveria ser mais invejado do que o cadete que jogara badminton no pomar entre Starcross e Exeter. As cartas que recebera de casa haviam lhe contado sobre o debute das irmãs Wilmot na sociedade — as irmãs haviam sido apresentadas ao grande mundo no mesmo salão, lado a lado. Elas tinham só um ano de diferença. Beatrice tinha implorado para que elas passassem juntas pelo suplício e conseguira persuadir a tia.

— Vocês não vão causar uma boa impressão — advertiu ela — se houver duas de vocês.

O evento provou que ela estava errada. O fato de haver duas jovens igualmente belas e dotadas, ambas inteligentes e alegres e no frescor da juventude, impressionou as pessoas. As senhoritas Wilmot eram admiradas e procuradas aonde quer que fossem. As festas só ficavam completas com a presença delas. Quando as senhoritas Wilmot ficaram gripadas e acamadas, Mayfair lamentou.

As duas receberam vários pedidos de casamento entre abril e agosto. Elas eram difíceis, mas Lucilla era impossível. Ela recusou oportunidades esplêndidas de contrair matrimônio com um bom partido e melhorar a posição da família. A tia delas, a sra. Montressor, que havia casado três irmãs sem dote com a celeridade de quem fecha um negócio, se enfureceu com esses caprichos.

— Você pretende se casar com o papa? — perguntou ela.

— A tríplice coroa é uma tentação, mas ele seria velho. Eles sempre são — retorquiu Lucilla, que não havia sido tão educada a ponto de se importar com o uso dos tratamentos corretos em uma conversa em família.

Todos ficaram surpresos quando lorde Halverdene foi anunciado como o pretendente bem-sucedido de Beatrice. A reputação dele não era, de modo algum, imaculada; a paixão pelos cavalos era famosa, mas ele era atraente e tinha aquela conduta grandiosa e expansiva, além de modos arrogantes que uma moça muito jovem pode admirar, sobretudo se viu pouco do mundo ou dos abismos sombrios que podem se esconder por trás de maneiras francas.

No início, Halverdene sem dúvida estava profundamente enamorado, e sua paixão sincera emprestou fogo e força aos galanteios à herdeira.

Eles se casaram e, no primeiro ano de sua vida de casada, Beatrice estava feliz. Depois vieram os problemas e, então, o vento frio da indiferença do marido soprou seu ar mortal sobre o paraíso do lar. Aos poucos, a esposa entendeu o temperamento do homem que amava. Ouvira histórias do passado dele e conhecia os fatos comprometedores do presente. A intimidade conjugal desapareceu, e a chama sagrada se apagou para sempre.

Beatrice era o que se chamava uma mulher de fibra. Ela havia feito sua escolha matrimonial e se mantivera firme diante da oposição, ignorando as insinuações de sua tia em Londres e os preconceitos e cautelas de sua tia no campo. Tendo seguido seu próprio caminho, era orgulhosa demais para tecer reclamações sobre sua decepção até mesmo para as pessoas mais próximas e queridas. O mundo só sabia de seus problemas por meio dos comentários dos criados e dos vizinhos enxeridos, e também pelo encerramento daquela agradável hospitalidade.

Lucilla, que insistiu em morar com a irmã, criando obstáculos a todas as oportunidades matrimoniais que poderia ter, era a única que sabia o que a irmã tinha de suportar, e nem mesmo para ela Beatrice chegou a abrir o coração.

O afeto entre as irmãs era mesmo muito forte, ou Lucilla não teria suportado viver em uma casa em que era submetida à insolência indelicada de um anfitrião para quem a presença dela muitas vezes era um incômodo. Lucilla, porém, não era o tipo de jovem que se assustava com a rudeza de qualquer homem e ria com desdém das afrontas do senhor.

— O senhor acha que eu estou em Halverdene para agradá-lo? — perguntou ela. — Ou que eu me importo se o senhor está feliz ou triste por me ter aqui?

Beatrice tinha encorajado a irmã a encontrar um lar mais feliz, mesmo que não quisesse aceitar nenhuma das ofertas que lhe teriam garantido um marido gentil e uma boa posição social. Qualquer lugar teria sido mais favorável para uma jovem atraente do que Halverdene, onde a monotonia só era quebrada pela irrupção esporádica dos barulhentos homens de corridas. Lucilla foi irredutível.

— Não pretendo me casar antes de me apaixonar — disse ela à irmã — e não quero montar uma casa para mim e me estabelecer como solteirona permanente. Quanto ao seu senhor, *je m'en fiche*. Eu me divirto discutindo com ele. Estou muito feliz aqui. Temos cavalos e cães, criados antigos que gostam de nós e um jardim que adoramos. O que mais podemos querer para sermos felizes? Se você insistir para que eu a deixe, vou solicitar que meus bens sejam levados para o quarto do jardim e vou me estabelecer lá. E então talvez eu veja o fantasma e morra como aquelas pobres crianças.

Essa foi uma alusão à antiga e conhecida história do quarto do fantasma.

Na época em que o quarto do jardim havia sido um quarto de crianças, dois filhos do primeiro lorde Halverdene, um menino e uma menina, de nove e de sete anos de idade, haviam se assustado com uma aparição medonha naquele belo quarto antigo e contado às amas histórias vagas de algo que pairara sobre suas camas. As visões foram espaçadas, e a imprecisão dos relatos fez com que eles as atribuíssem a sonhos infantis, mas a morte das crianças no ano seguinte deu um novo aspecto à história na mente dos supersticiosos e ignorantes. As visões indefinidas e expressas de modo infantil foram registradas como alertas fantasmagóricos que prenunciavam a morte, e a reputação do quarto do jardim como o quarto do fantasma foi firmemente estabelecida. Um século e meio de aparições esporádicas sustentara as tradições da casa, e qualquer questionamento feito sobre o fantasma no vilarejo de Halverdene, ou mesmo na sala de estar da casa paroquial, seria recebido com os mais graves meneios de cabeça, indicando que esse caso específico tinha evidências irrefutáveis. Outras histórias de fantasmas eram tolice, mas o fantasma de Halverdene House era um fato.

— E ninguém sabe me dizer a índole e a aparência dessa coisa! — exclamou Lucilla, tomando chá com a família do vigário, que não era imponente demais para almoçar às três da tarde no verão e tomar chá às seis, em prol de uma caminhada noturna depois do chá. — É isso que me preocupa a respeito desse fantasma específico. Ninguém parece saber nada sobre ele. Quando eu dormi naquele quarto...

As filhas mais novas, ambas na idade de usar vestidos com bibes, se aproximaram dela e quase a esmagaram na cadeira, interrompendo-a com perguntas ansiosas.

— Você dormiu mesmo lá, srta. Wilmot? Que horrível!

— Que maravilha!

— E você viu alguma coisa? Ah, você o viu?

— Não, Dolly, eu não o vi, mas eu sabia que ele estava ali.

— Ah, conte, conte, conte para nós! — pediram as meninas, cada vez mais esbaforidas. — Que gentil da sua parte! Como você foi corajosa ao dormir ali! Deixe-me pegar sua xícara. Conte para nós.

— Não há muito o que contar. Foi na época do Natal, e tivemos uma grande festa em casa. Eu tinha dançado a noite toda e estava exausta. Dormi pesado durante duas ou três horas e, mais tarde, acordei de repente em completa escuridão, sentindo que havia alguma coisa, algo me segurando pela garganta e me estrangulando, algo enorme e horrível, com garras em brasa que pressionavam meu peito. Não sei se desmaiei ou se entrei em um sono profundo, mas quando a criada trouxe meu chá de manhã, acordei com uma dor de cabeça lancinante, sentindo-me doente e tremendo, e fiquei em um estado deplorável por dois ou três dias. Depois disso, Beatrice insistiu em me levar para Bridlington para extirpar de mim aquela sensação fantasmagórica no Mar do Norte.

— E você nem mesmo sabe como era o fantasma? — disse Dolly, desapontada.

— Eu não tinha como descobrir. O quarto estava escuro como breu.

— Que pena! Geralmente costuma haver algum tipo de luz — queixou-se Dolly, recorrendo ao conhecimento das histórias de terror que havia lido nos almanaques de meio guinéu, entre os retratos de belas fidalgas. — A lua de repente brilha através das cortinas damasco entreabertas, ou o fogo da lareira, que havia quase se reduzido a brasas, flameja em uma última labareda, e a pessoa vê o rosto do fantasma, as roupas e as joias.

— Ah, Dolly, esse é o fantasma da ficção. Uma senhora em um vestido longo, um cavalheiro com uma peruca Ramillies. A coisa que assombra Halverdene é uma realidade, e o fato de ninguém ter sido capaz de descrever a coisa só prova que o fantasma é real.

Boquiabertas, Dolly e a irmã escutaram conforme Lucilla adentrava aquela região abstrata em que suas mentes jovens não conseguiam segui-la.

— A coisa que assombra o quarto pode ser uma consciência obstinada, sobrecarregada por um crime não expiado, ou uma alma perversa que morreu sem deixar vestígios e mesmo na sepultura é torturada por sua sede de pecado, ódio, ciúmes, amor iníquo, quem sabe? Ah, minhas queridas, perdoem-me! Estou delirando. Não me deixem mais falar desse quarto horrível. Quando me lembro do que sofri lá dentro, fico sempre um pouco fora de mim.

— Ele tinha garras em brasa — comentou Dolly, demorando-se no único trecho da descrição que atraíra sua imaginação juvenil.

— Dolly, se você insistir em falar sobre isso, juro que vou obrigar você a dormir no quarto — admoestou Lucilla, desvencilhando-se das meninas.

— Eu gostaria de dormir lá — disse Dolly, arregalando os olhos.

— Sim, e morrer como aquelas duas outras crianças que dormiam no quarto do jardim quando ele era um quarto de crianças. Aquele quarto sempre foi fatal para os pequenos. Não foram apenas os filhos mais velhos de lorde Halverdene. Outras crianças morreram, noventa anos depois. Três crianças em uma família, o filho caçula de outra, e mais três crianças em um verão.

— Elas viram o fantasma? Todas elas? — perguntou Dolly, fascinada, enquanto Cecily, a menina mais nova, só conseguiu articular as palavras com os lábios secos sem emitir som

— Eu não sei. Elas ficavam amedrontadas no quarto. A velha senhora da hospedaria me falou sobre elas. Eram crianças nervosas e sensíveis, não eram criaturinhas animadas como você e Cis, e elas morreram em um verão. Isso foi tudo que a velha pôde me contar sobre elas. Ela foi ama em Halverdene há cinquenta anos. Mas é muito errado discutir esses horrores com vocês.

— Nós gostamos — disse Dolly —, nós adoramos fantasmas.

— Meninas tolas e mórbidas! Bem, todas as pessoas sensatas sabem que fantasmas são uma bobagem. Venham e me mostrem suas hortas.

— Ela tem uma alface na dela — comentou Cicely, apontando para a irmã mais velha. — Ainda não é muito grande, mas nós a regamos todas as tardes.

— Você vai afogá-la — alertou Lucilla. — Ela vai virar um agrião.

Elas lhe deram as mãos, uma de cada lado, e a levaram para fora pelas portas francesas, atravessando o gramado até a parte mais escura do terreno da casa paroquial, onde ficavam os canteiros das crianças. Elas eram duas criaturinhas divertidas, que usavam vestidos longos cobertos por bibes e prendiam o cabelo em rabos de cavalo amarrados com fitas marrons. Elas realmente eram, o que não era um detalhe tão maravilhoso na primeira parte dos anos 1840, como sabemos agora.

PARTE II – COMO O CAPITÃO DONELLY OUVIU FALAR DO FANTASMA

O capitão Donelly não conseguia parar de pensar no pomar de Devonshire e nas jovens cujos rostos radiantes haviam tornado paradisíacas as lembranças familiares. Ele ficou profundamente comovido quando soube dos problemas pessoais de Beatrice. Ao ser informado de que ela era maltratada pelo marido, aquela cujo amor deveria ter transformado o homem mais cruel do mundo em um indivíduo honrado e generoso, aquela diante de quem ele teria amado ajoelhar-se do modo como os devotos católicos romanos veneram os santos. Ela tinha apenas dezessete anos naqueles inocentes dias de outrora, antes de ele ter começado a galgar seu lugar no mundo, tão pura e tão franca como uma criança. Ele teria considerado um sacrilégio confessar seu amor para ela e um egoísmo pedir que esperasse por ele. Que inovação ele teria sido digno de colocar aos pés dela?

Juntos, haviam sido rapaz e moça, ela com dezessete, ele com menos de vinte, e o amor dele havia sido apenas um amor de menino. Um rapaz que começa a vida em uma profissão que ele pensava ser a melhor no mundo, com todo o seu futuro pela frente, com a satisfação de vestir o uniforme, ver o quartel e os desfiles, deve pensar apenas um pouco mais em si mesmo e em suas ambições do que na jovem pela qual é apaixonado. Foi só depois, em um solitário posto na colina, onde sentiu o peso das longas noites, que Oscar Donelly começou a descobrir como ele havia amado carinhosamente aquela prima em terceiro ou quarto grau. Foi só depois, quando uma carta da casa paroquial irlandesa de seu pai lhe trouxe a notícia do casamento de Beatrice, que ele soube como estivera profundamente enamorado por ela, pela agonia que sentiu ao concluir que ela estava fora de seu alcance. Seu temperamento irlandês, otimista e receptivo, fizera com que ele ignorasse a probabilidade de que ela fosse se casar em sua primeira temporada. Ele tinha dito a si mesmo que ela seria difícil de agradar, que ele tinha um lugar no coração dela, o que poderia afastar um possível pretendente, e que depois de alguns anos de duras batalhas ele voltaria para casa e a encontraria ainda solteira e disposta a ser conquistada. Agora que não havia esperança no horizonte ele via como agira com presunção.

Ele estava em Londres havia poucos dias quando ouviu seu velho amigo, o general Palmer, e o sr. Soaper-Snarle falando sobre lady Halverdene. Antes de tudo, foi ter com seu pai e irmãs, no sul da Irlanda, onde passou a segunda metade de julho e o início de agosto. Depois da visita, foi de Holyhead para Yorkshire, iniciando uma longa jornada cruzando o país. Ele planejava chegar a York a tempo do encontro de verão, pois haviam dito a ele que lorde e lady Halverdene certamente estariam nas corridas.

O tempo estava ótimo, e a antiga cidade, cheia de alegria, transbordava de visitantes. Acomodações, mesmo nas hospedarias mais decadentes, que ficavam em cima de lojas igualmente caquéticas, não eram fáceis de encontrar. Mas Oscar tinha amigos da caserna que podiam e queriam alojá-lo durante três noites e, com eles, foi para Knavermire.

Ele deixou o grupo para procurar seus amigos na tribuna de honra, depois que uma avaliação cuidadosa das carruagens o convencera de que os Halverdenes não estavam na parte leviana e amadora da comunidade. Para essas pessoas, uma corrida significa fazer um piquenique em meio a uma multidão bem-vestida, com a companhia incômoda de ciganos, acrobatas, músicos itinerantes e mendigos de todos os tipos. O menestrel negro, também chamado de serenatista etíope, ainda não havia sido inventado nesse período da história inglesa.

Embora estivesse bastante cheia, a tribuna de honra era bem tranquila e sossegada, ainda mais depois do barulho e da agitação da pista, e o capitão Donelly logo encontrou as pessoas que procurava. Elas estavam na fileira da frente, em uma das extremidades da tribuna: duas mulheres altas, vestidas de modo parecido, em vestidos de musselina lilás, com chapéus de palha atados sob o queixo e estolas de seda preta, um estilo de vestimenta que pareceria muito deselegante para os tempos modernos, mas que na época era gracioso e elegante. O leitor pode consultar o livro *Nicholas Nickleby* ou as ilustrações dos romances de Balzac para ver como um drapeado simples não era indecoroso em uma silhueta graciosa.

O capitão Donelly nunca tinha visto um rosto mais adorável do que aquele que sorria para ele na sombra de um chapéu de palha

— Beatrice! — exclamou ele, estendendo as mãos e segurando as dela.

— Não, Lucilla. Beatrice está tão absorta com os cavalos que ainda nem viu você. Como você está bronzeado! Quando voltou ao país?

— Há um mês. Nem preciso perguntar se você está bem. Essas faces coradas já me dizem tudo.

— Se eu fosse leiteira, deveria fazer uma mesura para agradecer por seu cumprimento, mas faces coradas são a última coisa que uma jovem com bons modos escolheria para se descrever. Palidez e fragilidade estão entre as qualidades essenciais do ideal de beleza e elegância.

— Eu tive um excesso de beleza pálida na Índia e estou encantado por ver saúde e boa aparência em casa. Como está lady Halverdene?

— Você deve fazer essa pergunta a ela. Beatrice, aqui está o capitão Donelly, esperando para ser recebido como um herói depois dos perigos que enfrentou em Punjab.

Beatrice se levantou e foi até eles. Não era mais a jovem feliz que ele havia conhecido em Devonshire. Os problemas haviam deixado cicatrizes nela. Em outra época, Lucilla fora uma garotinha insignificante de dezesseis anos, com pouca promessa de beleza, enquanto Beatrice desabrochava em formosura, um botão que estava começando a se abrir para virar uma rosa. Agora, Lucilla era a rosa e Beatrice tinha uma aparência esmaecida, mas tinha uma postura tão elegante e um sorriso tão requintado que era aos olhos de Oscar ainda mais interessante do que na aurora de sua feminilidade.

Ela ruborizou e suspirou ao falar com ele. O rubor foi por causa de uma inocente história de amor que tinha terminado havia muito tempo, mas que não fora esquecida. O suspiro veio quando ela pensou em tudo que sofrera desde que os dois tinham se separado. Depois, a mulher da sociedade se impôs.

— O senhor viu Halverdene? Não! Ele está na pista ou no cercado. Ele tem dois cavalos na próxima corrida, ambos fadados a perder, infelizmente. O senhor não está contente por ter retornado à Inglaterra depois dessa guerra terrível? Que horror, que sofrimento! Meu coração ficou apertado, todos os corações ingleses ficaram, quando li sobre essa horrível tragédia.

Eles se sentaram lado a lado e conversaram com muita franqueza, como se fossem irmão e irmã. Ele falou de si mesmo e de suas experiências, mas muito pouco foi dito dela e do que ela havia feito e sofrido no longo intervalo em que ficaram afastados.

— A senhora tem uma casa aqui perto, não é? — ele perguntou quando a corrida foi encerrada.

Um dos cavalos de lorde Halverdene chegara em terceiro lugar, um resultado um tanto decepcionante, e o outro não estava em lugar nenhum. Por mais inevitável que fosse, o fracasso parecia ter perturbado Beatrice.

— Trinta quilômetros. Não sei se o senhor considera isso perto.

— Vão voltar para lá nesta noite?

— Não. Lucilla e eu vamos ficar no hotel com Halverdene. Voltaremos amanhã à noite, mas acredito que Halverdene vá ficar até o término das corridas, retornando para casa de coche no sábado.

Nesse momento, Halverdene chegou à tribuna, enfurecido com o fracasso de seus cavalos, mas enrubescido pelo vinho e tomado por uma alegria selvagem que ficou evidente quando ele cumprimentou, de forma muito efusiva, o parente da esposa.

— O senhor está convidado para jantar conosco no Royal, é claro, capitão Donelly, às sete da noite, e com o melhor Moet disponível.

O capitão explicou que estava hospedado na caserna e que não poderia dispensar o jantar no refeitório.

— Dane-se o refeitório! Eu conheço todos os homens, e eles me conhecem. Leve quantos você quiser. Teremos uma noite e tanto.

— Eu prefiro chegar uma hora depois do jantar, se possível.

— Faça como quiser, meu caro amigo! — exclamou o lorde. Ele se afastou e foi rapidamente absorvido por um grupo de homens de aparência bastante questionável, rindo e falando mais alto do que o integrante mais barulhento deles.

A presença dele silenciara a esposa, e Oscar podia ver que cada tom daquela voz alta, cada ribombar de riso agitado, era doloroso para ela. Beatrice sentou-se do outro lado de Knavesmire e não se deleitou com a multidão variada, nem com o brilho do sol de verão na paisagem e nas pessoas e muito menos com o movimento e a alegria do que via.

O capitão Donelly jantou com seus amigos no refeitório e se dirigiu ao Royal Hotel às nove da noite. Ele encontrou lady Halverdene e a irmã em uma sala de estar com iluminação suave. Da sala de jantar ao lado vinha o som de várias vozes e explosões de riso.

— Halverdene convidou alguns amigos de corrida para o jantar — explicou Beatrice. — Por isso Lucilla e eu jantamos tête-à-tête e estamos exiladas aqui no escuro desde então. Acho que não existe nada mais deprimente do que a sala de estar de uma hospedaria para pessoas irrequietas, como nós. Sem pertences, livros, trabalhos, nada. Estamos olhando para a gravura do casamento da rainha como se nunca tivéssemos visto esta obra de arte antes.

— Eu teria pedido ao garçom que nos trouxesse um baralho se não tivesse receio de que ele risse de mim. Poderíamos ter jogado Beggar my Neighbour ou Casino — disse Lucilla.

— O senhor vai se juntar a Halverdene e aos amigos dele na sala de jantar? — perguntou Beatrice.

— E deixar as senhoras aqui, exiladas?! Não, lady Halverdene, pretendo ser tão divertido ou, pelo menos, tão impertinente quanto um ator secundário em uma comédia de cinco atos. Como eu gostaria de ser espirituoso para vocês! Aqui vai uma ideia ainda melhor: as senhoras, que viveram no mundo enquanto eu estava vivendo longe dele, podem me entreter com alguns escândalos que geraram um falatório na cidade enquanto eu estava nas colinas indianas.

Um garçom trouxe uma caixa e uma bandeja de chá, Lucilla serviu a bebida e a conversa logo migrou de uma conversa superficial para os dias do passado, quando os três haviam sido felizes sem medo ou até sem pensar no futuro. Oscar e Lucilla eram os que mais falavam. Lady Halverdene ficou sentada na região mais escura, fora do alcance da luz das velas — itens caríssimos na conta de um hotel antiquado e que, ainda assim, deixavam os aposentos tão escuros. Certa vez ouviu-se um leve suspiro vindo das sombras, mas ali havia silêncio na maior parte do tempo.

Nesse momento, as portas se abriram e lorde Halverdene e seus companheiros adentraram a sala, a maioria deles como os filhos de Belial, crias do demônio, "voando com insolência e vinho". A conversa ficou barulhenta e quase virou um tumulto. Halverdene tinha bebido, e se seus convidados não pareciam tão afetados pelo álcool era apenas porque estavam mais acostumados a beber e porque, enquanto ele estava se tornando um bêbado inveterado, o descomedimento já lhes era natural.

Nessa noite, ele estava de bom humor e tratou Donelly com uma amabilidade efusiva.

— O senhor tem de ir a Halverdene — disse ele. — Pode ir comigo amanhã. Vamos dar um jeito de incluí-lo. A velha casa vai ficar um pouco apertada, mas minha senhora e a irmã dela darão um jeito de acomodá-los. Essa bela senhora é um pássaro que precisa ter uma gaiola muito espaçosa. Vamos ver — disse, levantando um dedo trêmulo e apontando primeiro para um de seus companheiros e, depois, para outro —, temos você, o major e Parson Bob — nesse ponto o dedo trêmulo indicou um homem mal-vestido que usava uma gola clerical — e o resto de vocês — meia dúzia no total, mas, para a visão turva de Halverdene, podia ter sido uma dezena —, mas podemos providenciar uma cama improvisada para o primo de sua senhoria. Sim, velho amigo, mesmo que tenhamos de colocá-lo no quarto assombrado.

Ele ficou em pé diante da lareira apagada, com o fraque nos braços, balançando para a frente e para trás, rindo alto daquilo que pensou ser uma ótima piada. Ninguém era mais barulhento do que meu lorde quando ele ficava bem-humorado por causa do vinho.

Essa foi a primeira vez que Oscar Donelly ouviu falar do quarto assombrado.

— O quê?! Existe um fantasma em Halverdene?! — exclamou ele, com suavidade.

— Há vários! Não que eu tenha visto algum, mas os fantasmas já estão lá há muito tempo, e o quarto que assombram é um quarto infeliz e de muita angústia. Pode ser apenas uma coincidência — disse Halverdene, sua voz passando da jovialidade barulhenta a um sussurro solene —, mas todos os jovens que já dormiram naquele quarto morreram precocemente. Ele costumava ser um quarto de crianças! Um belo quarto de crianças, acredite se quiser! As crianças viram algo, levaram a sério e morreram. Se a Divina Providência me desse um herdeiro, eu não o deixaria dormir naquele quarto — concluiu Halverdene, ficando de repente incompreensível.

O capitão Donelly agradeceu pelo convite e disse que iria aceitá-lo, não imediatamente, mas no futuro.

— Quando sua casa não estiver tão apinhada — disse ele —, embora eu não tenha medo de passar uma ou duas noites no quarto assombrado. Eu sempre carrego uma pistola. Acho que seu fantasma não sobreviveria para contar a história.

— Ah, atirar em fantasmas é um truque perigoso — opinou o pároco mal-vestido — e geralmente dá errado. Você pode atirar no criado que traz água para seu barbear, ou em um esportista que levantou às três da manhã para caçar filhotes de raposa e acabou procurando no quarto errado. Não vale a pena atirar em fantasmas! Se for mesmo um fantasma, você não conseguirá feri-lo, e, se não for, isso pode acabar em homicídio culposo.

O capitão Donelly não continuou a conversa com o clérigo, cujos amigos chamavam de Parson Bob. O velho relógio na escadaria bateu onze da noite; Oscar desejou boa-noite para as primas e, enquanto Halverdene estava de costas para ele, saiu silenciosamente da sala. Sua senhoria estava em pé ao lado de uma mesa de jogos, com os amigos ao seu redor, apostando levianamente naquele jogo intelectual conhecido como Blind Hookey. O coração do capitão sofria pela moça adorável e alegre que tinha a vida e a felicidade diante de si.

Sim, ele pretendia aceitar o convite de lorde Halverdene. Ele queria ver que tipo de vida sua prima levava em sua própria casa, com o homem que ele vira nessa noite como marido. Ele não tinha pedido que Beatrice aprovasse o convite do marido, pois imaginava que ela evitaria admitir até mesmo para um parente os segredos de sua vida particular. Seu sangue fervia só de pensar que homens como aqueles roués surrados, aqueles homens de corridas de segunda classe que ele vira, tivessem liberdade de entrar em uma casa cuja senhora uma mulher refinada e bela.

O capitão Donelly viajou mais para o norte, passou duas semanas na cabana de caça de um amigo em Argyllshire, alvejou um bom número de cabeças de caça, vagou por muitos quilômetros de urze, comeu muitos *bannocks*, bebeu sua parte do famoso uísque Lochiel e se entediou profundamente. Ele estava distraído, e os amigos perceberam.

— Você é um bom atirador — comentou um deles —, mas uma companhia muito tediosa.

E Donelly reconheceu que estava desanimado e infeliz por causa de alguém com quem ele... ele se importava muito.

Ele não conseguia parar de pensar em Beatrice Halverdene, com seu sorriso abatido e aparência de dor constante. Ele não conseguia esquecer as maneiras brutas de Halverdene, o riso embriagado, a fala enrolada e, pior de tudo, os companheiros libertinos e vulgares, os depravados que tinham permissão para se sentar à mesa e beber com a esposa desse pecador bêbado.

E pensar que ela havia se casado com esse homem por amor, que o primeiro ano de sua vida de casada fora um idílio! As cartas que ele recebia de casa lhe falavam, na linguagem entusiasmada de uma irmã mais nova, sobre o casamento feliz de lady Halverdene, que adorava o marido e era adorada por ele. Não havia sido o título dele que a conquistara. Ela se casara por amor.

O anseio por ver mais da mulher que ele havia amado na juventude se intensificou em Oscar Donelly nas solitárias colinas da Escócia. Seus companheiros da cabana de caça não passavam de esportistas. Suas conversas infindáveis sobre esporte o cansavam. Ele estava entre eles, mas não era um deles, e, certa manhã, ele fingiu que as cartas lhe haviam trazido um chamado urgente ao sul, para resolver negócios de família. Uma carruagem de posta levou-o a

Glasgow na tarde seguinte, e ele pegou o coche que deixava a cidade às oito da noite a tempo.

Era novamente noite quando ele saiu de York em outra carruagem de posta a caminho de Halverdene, e já passava das dez quando ele desceu e parou diante do portão. Ele viu o frontão de pedra em forma de concha e as janelas altas e estreitas de ambos os lados, pelas quais vazava uma luz fraca, como se o átrio da mansão estivesse pouco iluminado.

Espero que não estejam todos dormindo, pensou Oscar.

Ele sentia que a visita noturna era uma resposta um tanto desesperada a um convite corriqueiro, mas lorde Halverdene não era um homem com o qual ele precisasse ser muito cerimonioso, e o capitão queria que a visita fosse uma surpresa, para chegar a um melhor conhecimento da vida particular de sua prima. No entanto, que vantagens poderiam advir desse conhecimento, tanto para a senhora ou quanto para ele mesmo? Se o marido dela fosse indelicado, como ele poderia ajudá-la? Se a vida dela fosse infeliz, como ele poderia alegrá-la?

Um criado sonolento abriu a porta e o convidou a entrar no átrio amplo e de teto alto, com piso em mármore preto e branco e paredes adornadas com retratos de família convencionais e desinteressantes. O tempo estivera úmido e tempestuoso desde o início da manhã, quando o capitão Donelly deixou Newcastle no exterior da carruagem de posta, preferindo ficar molhado ao ar livre a permanecer seco em um veículo abafado e lotado de passageiros. Enregelado até os ossos, ele parecia quase ressentido com a grande lareira e sua cornija de mármore esculpido dominada por um busto de Minerva, esquecendo-se de que era apenas a primeira semana de setembro e que as pessoas ainda fingiam pensar que era verão.

— Traga minha mala e pague ao postilhão por mim — pediu Oscar, contando dinheiro na palma do criado ensonado.

— Sim, vou fazer isso — respondeu o criado, um pouco sem jeito. — O senhor é a pessoa que foi chamada?

— A pessoa que foi chamada? Como assim? Sou o capitão Donelly, o primo da senhora da casa.

— Peço desculpas, senhor — gaguejou o homem, humilde. — Uma pessoa estava sendo esperada, vinda de York, e eu pensei, ao ver a mala, que... Eu lhe peço desculpas, senhor.

— Sua senhoria está em casa?

— Sim, senhor, mas ele não está muito bem e se recolheu há duas horas. A senhora e a srta. Wilmot estão na sala de estar. Acompanhe-me, senhor. Cuidarei de sua mala na sequência.

Ele o guiou até uma sala que ficava na outra extremidade de um longo corredor estreito, que parecia ser ainda mais antigo do que o átrio, abriu a porta com uma verdadeira postura londrina e anunciou:

— Capitão Donelly!

As irmãs estavam sentadas longe uma da outra, Lucilla ao piano, mas sem tocar, e lady Halverdene meio oculta em uma grande poltrona diante da lareira, acesa com um fogo vivo, que reanimou Oscar quase tanto quanto reencontrar as primas.

— Oscar! — exclamaram elas ao mesmo tempo, e em nenhum dos rostos havia deleite misturado à expressão de surpresa.

Não foi uma recepção alegre. Sem dúvida o capitão Donelly não estava entendendo errado o rosto pávido de Beatrice.

— Vocês não estavam me esperando — concluiu ele —, mas espero que não se incomodem por eu ter tomado tão ao pé da letra o convite de sua senhoria e chegar aqui sem aviso. Vocês se lembram de que ele me disse que eu poderia vir a qualquer momento, que sempre haveria um quarto para mim, mesmo que fosse o quarto do fantasma — explicou ele, tentando ser jocoso.

— Sim, eu me lembro — respondeu Beatrice, olhando do visitante para a irmã com um constrangimento tão óbvio que Oscar sentiu que não deveria ficar, mesmo que ela fosse sua parenta e que ele tivesse viajado uma noite e um dia com o único propósito de descobrir como era a vida da prima.

— Estou vendo que minha chegada inesperada é um transtorno — disse ele. — Fui muito descortês. O convite de um homem não significa nada quando existe uma senhora envolvida. Eu deveria ter aguardado um convite da senhora. E cheguei tão terrivelmente tarde! Pensei que chegaria aqui às oito, no máximo, mas o Newcastle Lightning é o coche mais lento em que já viajei. Se houver uma hospedaria nas redondezas, passarei a noite lá. Posso voltar para tomar café da manhã com as senhoras amanhã de manhã, e então a senhora pode decidir com calma se gostaria ou não de me hospedar por alguns dias. Se Halverdene está doente, talvez seja preferível não ter visitantes.

— Bobagem! — exclamou Lucilla. — É claro que o senhor deve ficar, mesmo que o coloquemos no quarto do fantasma — acrescentou, como se respondendo a um olhar da irmã. — O senhor se incomodaria? Esse é realmente um dos melhores quartos na casa, e com um fantasma tão evasivo e intangível, ninguém precisa ter medo dele, não é mesmo?

— Eu não teria medo mesmo que ele fosse a aparição mais palpável e cristalina da Inglaterra — respondeu Donelly, tentando conferir um pouco de leveza à situação.

Lucilla tocou sineta e ordenou que o quarto de cedro fosse preparado para acomodar o capitão Donellly.

— Acenda um bom fogo e deixe tudo muito bem arejado — orientou ela, em tom definitivo. — A mala do capitão Donelly deve ser desfeita para ele. E você precisa cear — falou, dirigindo-se a Oscar e decidindo tudo enquanto lady Halverdene encarava o fogo, inerte e aparentemente desinteressada. — Imagino que tenha jantado cedo e que provavelmente comeu mal.

— É verdade — admitiu Oscar, e Lucilla deu ordens para que uma pequena ceia revigorante fosse servida na sala em que estavam sentados.

O primo logo admirou sua graciosidade e sua inteligência, seu modo rápido e decidido de arranjar as coisas. Toda a energia e vivacidade que Beatrice já tivera — e ele se lembrou da alegre jogadora de *badminton* no pomar de Devonshire — parecia tê-la deixado. Nessa noite, ela estava indolente e silenciosa, e o magoava pensar que ela estava entediada e incomodada com sua presença abrupta.

— Venha se sentar perto da lareira — disse Lucilla. — Beatrice está desanimada por causa da doença de sua senhoria. Não se preocupe com ela.

— Mas eu me preocupo. Sinto muito por ter chegado tão tarde. Lorde Halverdene está mesmo muito doente?

— Sim, ele está muito mal.

— O que é?

— Os médicos não deram um nome à doença. Você sabe como os médicos são misteriosos. É algum tipo de problema dos nervos. Eles só disseram que está se desenvolvendo há muito tempo. Nós estamos à procura de um enfermeiro qualificado em York. Nesse ínterim, o criado de Halverdene tem sido um ótimo ajudante. Não vale a pena Beatrice ficar se lamentando. Não há nada que ela possa fazer.

— Essa é a parte mais triste — disse lady Halverdene, voltando a ficar em silêncio.

— Que sala deliciosa! — elogiou Oscar, olhando ao redor e admirando as paredes com painéis e o teto baixo com vigas esculpidas de carvalho.

— Sim, este é um dos aposentos mais antigos. Esta ala foi construída na época de Carlos II, quando o lugar era apenas uma cabana de caça. O portão e as alas foram acrescentados cinquenta anos depois. A parte principal da mansão foi uma espécie de adendo. Seus aposentos ficam logo ali. Eu gosto muito deste quarto, e Beatrice e sua senhoria são muito gentis em permitir que eu o chame de meu, pois fica no lado impopular da casa, e ninguém se importa com ele.

— Espero que o fantasma não venha para cá.

— Ah, não. Ele ou ela é um fantasma muito ajuizado e nunca ultrapassa os limites.

Depois, Lucilla lhe contou como passara uma noite no quarto assombrado, por sua própria vontade, e ele a questionou sobre o que ela tinha visto ali.

— Não acho que eu tenha visto nada relevante — afirmou ela. — Em retrospecto, acho que me assustei com um sonho ruim, um sonho terrível, que mais pareceu um pesadelo. A sensação de uma presença enorme e indescritível sobre meu peito, um poço sem fundo de horror e sufocação me prensando. Eu entrei lá preparada para ficar assustada, e o horror, a sensação terrível da visita, foi similar à minha imaginação mais sombria. Mas, depois de tudo, acredito que foi apenas um sonho e que minha imaginação é a culpada por tudo que eu sofri.

Oscar andou pelo quarto, observando os livros e as porcelanas, os quadros — que eram poucos, mas bons — e, por fim, uma fileira de miniaturas penduradas em um painel perto da lareira, montadas sobre um veludo vermelho e desbotado.

— Que coisas mais interessantes — comentou ele. — Retratos de família, imagino?

— Sim, esses dois mais em cima são o menino e a menina que dormiam no quarto de crianças com painéis de cedro nas paredes e que morreram. Acho que foi isso que deu origem à má reputação do quarto. E depois, quando outro ocupante do quarto morreu ainda muito jovem, as pessoas começaram a falar dele como um quarto azarado e, por fim, ele passou a ser considerado fatal.

— Ele felizmente não foi fatal para a senhora.

— Não, e não será fatal para o senhor, a menos que os criados sejam descuidados ao arejá-lo. Gostaria de ver o cômodo antes de cear?

— Seria um prazer. Eu gostaria de fazer o que nossos vizinhos chamam de *un brin de toilette*[16] antes de me sentar para comer com minhas estimadas primas.

---

16 Essa expressão francesa contém mais de um significado, como "uma ducha", "tomar banho", "me lavar", "me arranjar", "me refrescar". [N. R.]

— Então que seja apenas *un brin*! — falou Lucilla. — Não é preciso vestir roupas formais nesta hora da noite só porque Beatrice e eu estamos com vestidos de noite.

— Não farei nada que me prive da companhia das senhoras por mais de dez minutos — disse Oscar, galantemente —, mas estou morrendo de vontade de ver o quarto do fantasma.

— O senhor não está autorizado a bater as botas — brincou Lucilla, tocando a campainha.

A vivacidade e a inteligência dela o encantaram. Ele começou a pensar se havia mesmo amado Beatrice — pobre Beatrice, sentada diante da lareira, entorpecida e desesperançada, com o coração aflito por um marido doente que, diziam, a havia negligenciado e maltratado quando estava bem. Oscar sentia compaixão pela esposa oprimida, mas tinha muita dificuldade em associá-la com a jovem bela e animada da aldeia de Devonshire. A beleza efervescente estava ali, mas o nome dela não era mais Beatrice. Ela era Lucilla, cujos olhos brilhantes, lindos cachos e ombros pálidos brilhavam na sombra da antiga sala forrada de painéis, uma revelação de beleza; Lucilla, que só aparecia em suas memórias mais antigas com rabos de cavalo e vestidos com bibes.

Ele foi levado para um quarto próximo — o quarto, um aposento espaçoso, com lambris e três janelas, uma delas se abrindo até o chão, e um nobre fogo ardendo em uma ampla grelha de ferro. A caixa de fogo era antiga e tinha um fundo floral elaborado. As colunas delgadas do dossel, por sua vez, eram feitas de um belo mogno, e as cortinas eram belas e verdes, de seda, e nada era lúgubre, tampouco sombrio. De modo geral, o quarto, iluminado por aquele glorioso fogo de carvão, madeira e por um par de velas acesas sobre a penteadeira, parecia alegre e confortável.

O criado havia desfeito a mala, colocando escovas, pentes e navalhas sobre a penteadeira e deixando todos os apetrechos prontos para o hóspede. Oscar arrumou-se rapidamente e voltou à sala de estar, esplêndido em um casaco marrom-escuro e um colete de veludo preto trabalhado em fios dourados, e uma daquelas meias pretas de cetim longas que conhecemos por meio dos retratos antigos de Dickens e d'Orsay. Ele achava que, embora tivesse sido proibido de usar uma roupa a rigor, não estava muito desalinhado.

Uma ceia leve e improvisada foi servida em uma mesa Pembroke perto da lareira, e os três se sentaram juntos de maneira muito amigável. Lucilla desossou um frango com habilidade — naquela época, esperava-se que uma lady fosse capaz de desossar —, e Oscar fatiou um presunto. O criado abriu uma garrafa de champanhe e encheu três taças estreitas e altas. Nenhum mordomo apareceu na sala, e Oscar concluiu que o funcionário se recolhera antes de sua chegada.

Lucilla persuadiu a irmã a comer um pouco de frango e a beber um pouco de vinho.

— Você não comeu nada no jantar — advertiu ela. — Você está se matando. — Lady Halverdene olhou para a irmã com reprovação e, com um esforço evidente, assumiu uma aparência mais alegre. Após algum tempo, permitiu-se uma espécie de autoesquecimento e participou da conversa tranquila dos outros dois, parecendo quase feliz.

Eles ficaram conversando até o fogo se apagar e um relógio à distância badalar a meia-noite.

— Cada badalada soa como uma reprovação — disse Lucilla. — O senhor nos tentou a este desregramento ímpio. Sabia que acendemos os candelabros de nossos quartos e vamos para a cama às dez e meia?

— Lamento muito por tê-las prendido até tão tarde.

— O senhor nos fez uma gentileza — discordou lady Halverdene. — As noites são sempre longas demais quando estamos aflitos.

— A senhora não deve ficar tão aflita — disse Oscar, alegremente. —Com o físico forte de sua senhoria, ele sem dúvida ficará bem, seja qual for sua doença. Ele é o tipo de homem que vai lutar para sobreviver.

As velas estavam acesas. O criado reapareceu, mais sonolento do que nunca, para extinguir as luzes na sala de estar. O pequeno grupo se dispersou; as duas senhoras rumaram para seus aposentos distantes, o capitão foi para seu quarto e o silêncio e a escuridão dominaram a solitária casa no campo.

PARTE III - COMO O CAPITÃO DONELLY ENCONTROU O FANTASMA

Apesar de estar acomodado em uma casa cujo proprietário estava muito doente — um fato que, sem dúvida, o entristecia —, Oscar Donelly estava em um excelente estado de espírito conforme andava lentamente pelo quarto de cedro à alegre luz do fogo. Ele tinha acabado de fazer uma descoberta que o alegrara e que descortinara uma possível felicidade no horizonte. Ele descobrira que sua paixão romântica por Beatrice Halverdene — a chama que fora alimentada pela ausência e por lembranças carinhosas — havia se extinguido e que uma chama mais nova e mais brilhante havia surgido das cinzas do amor antigo.

Ele amava Lucilla — Lucilla, a quem tinha o direito indiscutível de amar, se assim quisesse, e que era livre para retribuir sua paixão. Lucilla, que, pelo esplendor de seus sorrisos e pelo tom amigável de sua voz, por todo o cuidado que tivera com o conforto dele e pela cordialidade incondicional com o qual o tinha acolhido, tinham mostrado que, para ela, Oscar não era de modo algum desagradável.

Ele andou de um lado para o outro diante do brilho da lareira, pensando na aparência dela, em suas palavras, em suas falas cheias de vida, em seu sorriso aberto, em seu bom senso inteligente e maneiras não calculadas e se perguntou se seria financeiramente digno. Oscar não era nem rico nem pobre. Uma querida tia solteira havia lhe deixado um rendimento que o tornara independente do pai, dono de uma pequena propriedade no condado de Limerick que passara a seu filho único no tempo aprazado. A situação não era desesperadora. Ele podia se dar ao luxo de vender a propriedade e se estabelecer em Yorkshire, caso Lucilla quisesse permanecer perto da irmã. Tinha vivido seu quinhão de desafios. Ele adorava sua profissão e deixaria o exército com pesar, mas Lucilla valia o sacrifício. Tinha certeza de que ela iria querer ficar perto da irmã. Ela tinha fibra, era a protetora, o anjo da guarda. Uma breve hora na companhia de Halverdene havia sido suficiente para lhe mostrar que Beatrice precisava da influência estável da outra.

Ele realimentou o fogo com carvões que tirou de um grande balde de cobre e olhou para o quarto, admirando o jogo de luz e sombra no elegante lambril marrom, o brilho nas cortinas verdes e de seda e o guarda-fogo de latão.

Repleto de fantasias alegres a respeito do lar que criaria para Lucilla e para si próprio a poucos quilômetros de Halverdene, Oscar já havia se esquecido das histórias fantasmagóricas quando se deitou para descansar. Uma casa pequena bastaria, se fosse bonita e tivesse uma bela vista. Seria preciso ter um bom estábulo e ser um bom local para caçadas. E, sem dúvida, ele poderia usar livremente a propriedade de Halverdene.

A cama era antiga e luxuosa. Uma cama deliciosa para quem dormia bem, um paraíso macio durante a primeira meia hora, mas, depois desse tempo, tornava-se um leito de febre e agitação para o ocupante acordado. Felizmente, Oscar estava cansado das muitas horas de viagem e, embora seu corpo estivesse cansado, ele tinha a mente tranquila, sem nenhuma preocupação que o arrancasse da beira do mergulho confortável no precipício do sono. Assim, para Oscar, a cama de penas era o portal do Paraíso, e ele percorria depressa o labirinto formoso da terra dos sonhos, embora Lucilla tivesse apelidado esse mesmo aposento de quarto dos pesadelos.

Ele rira da ideia de manifestações sobrenaturais. Dormira o longo e profundo sono da juventude, da saúde e da esperança.

Havia uma luz fraca e doentia no quarto quando ele acordou subitamente para uma revelação de terror que, em sua medonha realidade espectral e sombria, era pior do que qualquer coisa que ele pudesse ter imaginado com as histórias que Lucilla lhe contara no dia anterior. Uma figura estava ajoelhada na cama, agachada sobre ele, e sua garganta era apertada com força. Um rosto pálido e sinistro estava perto dele, olhando-o com fúria.

Se de fato fosse o fantasma, era realmente uma visão tão amedrontadora que seria capaz de trazer a morte ou a loucura a qualquer criatura jovem e sensível que olhasse para ele. O homem que nunca tinha recuado das armas afegãs e dos rostos cruéis afegãos sentiu o sangue gelar e o coração bater mais depressa.

O primeiro pensamento de Oscar, que ainda oscilava entre o sono e o despertar, foi: "Não é de surpreender que as crianças tenham morrido!" Depois, as sombras do sono se afastaram, e a razão se firmou.

A mão de um fantasma poderia segurá-lo como esta mão o segurava? A respiração de um fantasma poderia soar pesada e árdua como a respiração ofegante que sentia em seu rosto? Esse som horrível de ranger de dentes seria o som de algum visitante espiritual? Não, o bom senso lhe disse que não se tratava de um horror inexplicável e impalpável, mas sim de um oponente muito real e humano — um homem louco que o agarrava pela garganta com uma das mãos e, com a outra, brandia uma navalha aberta.

Foi só depois de se desvencilhar das garras ardentes e de saltar para o outro lado da cama larga que ele reconheceu seu oponente como lorde Halverdene.

Tentando se libertar, Oscar jogara seu inimigo da cama para o chão. Ele ficou imediatamente em pé, e os dois homens ficaram olhando um para o outro, com a largura da cama entre eles, um com uma arma mortal na mão, o outro totalmente desarmado.

Desesperado, Oscar olhou para a lareira, que estava no lado de Halverdene. Para chegar até ela e se apoderar da arma útil em emergências, o atiçador, ele teria de passar pelo louco, que estava no canto da cama, com a navalha em riste, sorrindo e resmungando, o corpo inclinado para frente, como um caçador indígena deitado à espera de sua presa. Tinha sido ferido na luta sobre a cama, e o sangue escorria de um corte em sua bochecha. Ele estava descalço e com roupas de dormir.

A corda da sineta estava no lado de Oscar. Ele a tocou violentamente e, com essa violência, destruiu todas as possibilidades de comunicar a alguém o perigo que corria, pois o gancho e a argola estavam enferrujados por falta de uso, e o puxão arrebentara a corda. Não havia mais esperança.

Será que ele deveria tentar argumentar com seu oponente, tentar racionalizar com um homem que claramente era um maníaco homicida sedento por sangue? Aquele rosto ensanguentado que não parava de se mexer perto na coluna da cama e aquela mão ameaçadora com a navalha não pareciam muito promissores para a arte da persuasão.

A luz fraca e doentia que era filtrada pelas cortinas fechadas indicava a Oscar que eram, no máximo, cinco da manhã. Ele e o maníaco provavelmente eram os únicos mortais acordados em meio ao labirinto da velha casa. Ele se lembrou do corredor longo e estreito e da localização isolada do quarto em que tinha dormido.

Deus sabe a que distância estarão os outros quartos ocupados, pensou ele. Serei massacrado aqui, sem que ninguém saiba, até que o criado traga minha água para barbear, às oito.

Ele teve tempo para pensar em tudo isso enquanto se mantinha à distância, avaliando qual seria o melhor caminho. Oscar concluiu que, antes de devolver a violência recebida, deveria dar uma oportunidade ao homem odioso.

— Meu caro Halverdene, isso é um absurdo — censurou ele, alto e com firmeza, olhando fixamente para o rosto desalinhado ao lado da coluna da cama. — O que eu fiz para ofendê-lo a ponto de o senhor invadir meu quarto no meio da noite? Que hospitalidade peculiar, ainda mais depois de ter me convidado a vir aqui quando quisesse. Minha nossa! O senhor me pegou desprevenido! — acrescentou ele para o rosto manchado de sangue, tentando fazer uma brincadeira para resolver a situação.

— O amante da minha esposa — murmurou Halverdene —, o amante da minha esposa! Mate-o! Mate-o! Mate-o! Foi isso que o demônio disse quando me acordou. Mate-o! Mas Turner escondeu minhas pistolas e trancou meu estojo de navalhas para cada dia da semana: segunda-feira, terça-feira, quarta-feira. Hoje é quarta-feira, não é? Eu queria a navalha da quarta-feira para cortar sua garganta, mas o estojo estava trancado. Maldito seja aquele meu homem!

Tudo isso foi dito às pressas, soando mais como um balbuciar enlouquecido do que como uma fala humana civilizada. Donelly procurava uma arma e, quando Halverdene pulou selvagemente em sua direção, com a navalha levantada, ele pegou uma pesada cadeira Chippendale, lançou-a direto em seu oponente, derrubando-o, e correu até a porta.

A porta estava trancada, e a chave tinha sumido. O louco ficou de joelhos e começou a rir dele, apontando para a porta.

— Turner escondeu as pistolas, e eu escondi a chave — disse ele. — Vamos resolver aqui! Vamos resolver aqui! Posso cortar sua garganta com sua navalha como faria com a minha navalha de quarta-feira. Vamos resolver aqui!

Ele já estava de pé e pulava pela sala como um cervo. Donelly lembrou que sua pistola estava em um alforje que tinha ficado no átrio. Antes que ele pudesse chegar à lareira para pegar o atiçador, as garras do louco estavam nele, e a navalha teria atingido sua garganta se o oponente não tivesse interrompido o ataque com uma gargalhada diante do absurdo da situação. Esse riso fez com que Oscar tivesse tempo de agarrar o inimigo, e foi então que começou uma luta pela sobrevivência, razão contra irracionalidade, os membros fortes e os nervos enrijecidos da juventude atlética contra a força sobrenatural da loucura em um corpo prejudicado pela inclemência.

A navalha parecia estar por toda parte. Ela feriu os dois homens, várias e várias vezes. Eles estavam cegos com o sangue um do outro. Mais de uma vez, Oscar se livrou do inimigo e correu desesperado na direção da porta ou da janela, mas o oponente era sempre rápido demais para ele. Antes que pudesse abrir a janela ou derrubar a porta, o louco o agarrava novamente, e a luta recomeçava.

O barulho, a fúria da luta, o estrondo das cadeiras e o estampido dos passos já deveriam ter acordado as sete pessoas adormecidas, pensou Oscar, desesperado. De vez em quando, ele fazia um esforço hercúleo e gritava por socorro, mas sem fôlego e sufocado como estava, o grito não era forte o bastante para alcançar o fim do corredor, e a luz cinzenta estava apenas começando a brilhar no novo dia.

Como um homem para quem a vida parecia nova e maravilhosamente preciosa, Oscar lutou até cair. Sentindo dor nos ossos, ferido e espancado, como se tivesse sido torturado até a morte, tombou com o nome de Lucilla nos lábios, no último segundo de consciência, que ele acreditava ser seu último suspiro.

— Lucilla! — ecoou o louco, olhando para ele. — Isso é hipocrisia.

Vendo-o caído a seus pés, desacordado e aparentando estar morto, lorde Halverdene lançou um olhar confuso para a navalha que pingava sangue e deixou-a cair.

Ele se esquecera de cortar a garganta da vítima. Também tinha se esquecido de onde escondera a chave da porta, que estava caída nas cinzas, embaixo da grelha da lareira. Foi por isso que ele abriu uma janela e saiu para o jardim coberto de orvalho, descalço e com roupas de dormir.

Antes do fim da luta mortal no quarto de cedro, o mordomo que fora encarregado de cuidar de lorde Halverdene, revezando-se com o criado de quarto de sua senhoria, acordou de um cochilo em sua poltrona e percebeu a ausência do paciente na cama em que, pouco antes, estivera agitando-se, resmungando e gemendo.

Quando o mordomo adormecera, a porta estava fechada, e a chave, oculta cuidadosamente atrás do candelabro na cornija da lareira. Porém, não fora guardada com tanto cuidado a ponto de evitar que Halverdene a encontrasse e abrisse a porta de sua prisão. Ele vira o mordomo colocar a chave ali, com a desculpa esfarrapada de que estava à procura de uma caixa de fósforos, e esperara a oportunidade de escapar.

Ele tinha uma ideia fixa, instigada por uma conversa que ouvira à noite, no quarto de vestir contíguo. A porta entre os dois aposentos fora deixada aberta enquanto o mordomo comia a janta que uma criada trouxera para ele. Ela explicara que o motivo de ter se atrasado tanto para trazer a bandeja fora a chegada inesperada do primo da senhora, o capitão Donelly, vindo do norte.

— Tive de arrumar o quarto dele — explicou a criada. — Elas o colocaram no quarto de cedro porque é o mais distante desta parte da casa. Ele não ouvirá os ruídos de sua senhoria.

— Ah — respondeu o mordomo —, ele faz uma bela bagunça às vezes, é verdade. Vou ficar bem contente quando o enfermeiro de York chegar.

O nome de Donelly havia sido um pano vermelho para o touro enlouquecido. No primeiro ano de seu casamento, alguém dissera algo a respeito de Oscar Donelly que havia plantado uma semente de ciúmes em Halverdene.

Por mais que tivesse sido cortês com Donelly em York — excessivamente cortês —, as brasas da raiva voltaram a arder lentamente e, com a bebedeira, elas irromperam em um fogo repentino, e o louco passou a ter um único pensamento: como se vingar do primeiro amor de sua esposa.

O resto aconteceu naturalmente. Na noite exaustiva de febre e agitação, o paciente observou seu vigia, que ficou sentado na poltrona, às vezes atento aos movimentos do paciente agitado na cama, às vezes tentando disfarçar seu próprio cansaço lendo um jornal do condado. Halverdene observou o vigia até que o homem pegasse no sono e aproveitou a oportunidade para escapar.

Eles o encontraram no jardim, exausto e tremendo, coberto de sangue da cabeça aos pés. Ele não recebera um bom prognóstico antes, mas os acontecimentos dessa manhã aceleraram o fim inevitável. O frenesi ensandecido, o frio que passou ao ficar um quarto de hora no jardim, naquele amanhecer sem sol, semidespido e descalço na grama úmida, todas essas experiências foram fatais e, um mês após o conflito no quarto assombrado, lorde Halverdene pereceu, e lady Halverdene migrou para a posição insignificante de uma viúva sem filhos.

Ela tinha sua própria fortuna e contava com Lucilla e a amizade dedicada de Oscar Donelly, o marido prometido da irmã.

O embate com o louco deixou no capitão mais de uma cicatriz. Uma delas, embora não tão profunda quanto um corte de espada, demoraria para desaparecer. A perda de sangue causada pelos cortes e arranhões infligidos tão de perto resultara em um grave ataque de febre baixa, que o mantive detido na hospedaria da aldeia, para onde ele fora levado na manhã de sua aventura e onde permanecera até um mês depois do funeral de sua senhoria.

Durante a doença longa e demorada e sua convalescença tediosa, Lucilla foi o anjo da guarda dele. Ela e sua criada foram todos os dias supervisionar os criados e o fiel ajudante, que seguira seu mestre desde o norte e que se revelara um enfermeiro admirável.

O capitão foi apenas capaz de acompanhar suas primas a Londres quando elas deixaram Halverdene, que fora legada pelo tio do falecido, um magistrado distrital e fazendeiro deveras enfadonho, com uma esposa corpulenta e acolhedora e muitos filhos, que desciam em uma escadinha contínua desde a talentosa filha mais velha, de dezenove anos, até o bebê tagarela, de dois anos e meio.

Quando esse cavalheiro e sua esposa tomaram posse de Halverdene House, houve uma enorme exploração dos quartos e um grande debate sobre quem do bando saudável e de bochechas coradas ficaria com qual aposento. Se havia um aspecto em que o novo lorde Halverdene valorizava sua própria inteligência mais do que qualquer outra, era seu profundo domínio das leis da saúde. Ele era um livro ambulante das ideias de Andrew Combe e Southwood Smith.

— Dormir em um quarto no piso térreo?! Por Deus! — exclamou sua senhoria, contemplando o quarto de cedro, que a camareira lhe informara que já havia sido um quarto de crianças. Ela tinha sugerido o uso do aposento para a mesma finalidade, pois muitos quartos do piso superior seriam usados pelas jovens senhoras e pelos jovens cavalheiros, além do professor e da governanta. — A mulher acha que estou louco? Um quarto no térreo, no nível do jardim, voltado para o noroeste e construído em cima de um terreno argiloso! Um quarto assassino!

A camareira balançou a cabeça, suspirou e, ao ser interrogada, contou que aquele quarto era assombrado e em diversas ocasiões se mostrara fatal para o clã Halverdene.

— E, no entanto, ninguém nunca descobriu o nome do fantasma, tampouco disse como ele era — concluiu a camareira.

— Um fantasma... Cruzes! Fatal? Sim, sem dúvida. Este quarto seria pernicioso para a saúde infantil e talvez até fatal para um bebê. Sei como são as casas no campo: há fossas embaixo das salas de estar e drenos de tijolos apodrecidos. Ninguém da minha família ocupará esta ala antiga. O teto é baixo, o piso fica perto demais da terra e só é possível abrir frestas nas janelas. Esse é um quadro abominável!

Sua senhoria, o sétimo barão, era um homem que gostava de melhorar as coisas, um homem de temperamento enérgico que não conseguia deixar de construir, aperfeiçoar ou mimar algo. Ele aprimorou o antigo quarto do jardim de Beatrice Halverdene e fez com que ele sumisse da face da terra: arrancou o piso do quarto de cedro e teve seu trabalho amplamente recompensando ao encontrar uma antiga fossa e um dreno de tijolos relativamente moderno, ambos nas condições repugnantes em que a negligência e a ignorância deixaram metade das belas casas do país quando a coroação da Rainha Vitória ainda era recente.

— Devo contar qual o nome do fantasma? — perguntava o sétimo lorde Halverdene quando as pessoas o importunavam para saber o segredo do quarto assombrado. — As histórias de aparições estranhas naquele quarto não passam de tolice, mas não há dúvidas de que as criancinhas tinham pesadelos, nem que suas vidas inocentes foram sacrificadas pela ignorância criminosa de seus pais. O nome do fantasma era febre tifoide.

MARY ELIZABETH BRADDON

A BOA LADY DUCAYNE

1896

Bella Rolleston fica exultante ao ser contratada para acompanhar uma senhora idosa em uma viagem à Itália. Porém, quando sua saúde é abalada pelas horríveis picadas dos mosquitos, a bondade de Lady Ducayne e a intervenção tempestiva de um jovem médico lhe dão uma nova chance na vida.

PARTE I

Bella Rolleston havia decidido que sua única chance de garantir seu ganha-pão e ajudar a mãe com uma migalha esporádica era desbravar o mundo como acompanhante de uma dama. Estava disposta a trabalhar para qualquer senhora rica o bastante para pagar-lhe um salário e excêntrica a ponto de desejar uma companhia contratada. Primeiro, foram separados cinco xelins dos soberanos — moedas de ouro que eram raras nas mãos da mãe e da filha que desapareciam rapidamente; depois, os xelins foram entregues a uma senhora bem-vestida em um escritório na Harbeck Street, W., na esperança de que tal pessoa superior fosse encontrar uma posição e um salário para a srta. Rolleston.

Antes de escrever as qualificações e requisitos de Bella em um livro-razão de aparência formidável, a pessoa superior olhou para as duas meias coroas sobre a mesa, onde Bella as tinha colocado, para ter certeza de que não eram florins.

— Idade? — perguntou ela secamente.

— Fiz dezoito em julho passado.

— Alguma aptidão?

— Não, não tenho nenhuma aptidão. Se tivesse, desejaria ser uma governanta. Uma dama de companhia parece ser uma posição inferior.

— Temos moças muito talentosas em nossos registros atuando como acompanhantes ou damas de companhia.

— Ah, eu sei! — balbuciou Bella, loquaz em sua sinceridade jovial. — Mas coisa é uma situação muito diferente. Minha mãe não pode arcar com um piano desde que eu tinha doze anos, e temo ter esquecido como se toca. Precisei ajudar minha mãe com os bordados e não tive muito tempo para estudar.

— Por favor, não perca tempo explicando o que você não sabe fazer, e por gentileza me diga alguma coisa que você consegue fazer — disse a pessoa superior rispidamente, com a caneta-tinteiro apoiada entre os dedos delicados, esperando para escrever. — Você consegue ler em voz alta por duas ou três horas seguidas? É ativa e prestativa, acorda cedo, caminha bastante, tem temperamento dócil e prestativo?

— Posso responder que sim a todas essas perguntas, exceto a da docilidade. Acho que tenho um bom temperamento e desejo muito ser prestativa a qualquer pessoa que pague pelos meus serviços. Quero que elas sintam que eu realmente mereço o meu salário.

— As senhoras que vêm em busca do meu auxílio não desejam uma acompanhante tagarela — disse a pessoa em tom severo ao terminar de escrever no livro-razão. — Boa parte dos meus contatos são aristocratas, e uma deferência significativa ao lidar com essa classe social é esperada.

— Ah, é claro — concordou Bella —, mas é bem diferente quando estou falando com a senhora. Quero lhe contar tudo a meu respeito de uma só vez.

— Que bom que será apenas uma vez! — retrucou a pessoa, franzindo os lábios.

A pessoa tinha idade indeterminada e usava um vestido de seda preta. Sua pele era muito clara e havia um belo tufo de cabelo de outra pessoa no alto da sua cabeça. Era possível que o frescor juvenil e a vivacidade exasperassem seus nervos enfraquecidos pelas oito horas diárias que passava naquele segundo piso excessivamente aquecido na Harbeck Street. Para Bella, o escritório, com cortinas e cadeiras de veludo, tapete belga e relógio francês, que tiquetaqueava alto sobre a cornija de mármore da chaminé, equivalia ao luxo de um palácio, em comparação com outro segundo andar em Walworth, onde a sra. Rolleston e sua filha tinham arranjado uma maneira de existir nos últimos seis anos.

— A senhora acha que tem alguma coisa nos seus registros que sirva para mim? — perguntou Bella, hesitante, depois de uma pausa.

— Ah, querida, não, não tenho nada em vista no momento — respondeu a pessoa, que distraidamente havia guardado as meias coroas de Bella em uma gaveta, empurrando as moedas com as pontas dos dedos. — Veja, você não é madura, é jovem demais para ser acompanhante de uma senhora de boa posição. É uma pena que não tenha recebido educação suficiente para ser governanta de cuidados infantis. Isso combinaria mais com você.

— E a senhora acha que vai demorar muito até conseguir uma posição para mim? — perguntou Bella, desanimada.

— Não sei dizer. Você tem algum motivo especial para estar tão impaciente? Não é um caso de amor, espero.

— Um caso de amor! — exclamou Bella, enrubescendo. — Que tolice. Quero uma posição porque minha mãe é pobre, e eu detesto ser um fardo. Quero um salário que possa dividir com ela.

— Não vai haver muita margem para dividir com o salário que você vai conseguir na sua idade... e com suas maneiras tão... verdoengas — disse a pessoa, que achava as faces rosadas, os olhos brilhantes e a vivacidade indomada de Bella cada vez mais angustiantes.

— Se a senhora for gentil o bastante para me devolver a taxa, poderei levar o dinheiro a uma agência em que os contatos não sejam tão aristocráticos — sugeriu Bella, que, como disse à mãe ao lhe contar sobre a entrevista, estava determinada a não ser passada para trás.

— Você não vai encontrar uma agência que possa fazer mais por você do que a minha — respondeu a pessoa sovina. — Você terá de esperar por uma oportunidade. O seu caso é excepcional, mas eu a terei em mente e, se alguma vaga adequada aparecer, escreverei para você. Não posso prometer mais do que isso.

Desdenhosa, ela assentiu com a cabeça imponente, pesada com os cabelos emprestados, indicando o final da entrevista. Bella voltou a Walworth, pisando com força em cada centímetro do caminho naquela tarde de setembro, e fez imitações da pessoa superior para entreter sua mãe e a proprietária, que permaneceu na pequena sala de estar depois de levar a bandeja de chá e aplaudiu as imitações feitas pela srta. Rolleston.

— Minha cara, que grande atriz ela é! — exclamou a proprietária. — Você deveria deixar que ela subisse ao palco. Ela poderia fazer fortuna como atriz.

PARTE II

Bella aguardou com esperança e ficou atenta às visitas do carteiro, que trazia muitas cartas para o térreo e para o primeiro andar, e tão poucas para o humilde segundo piso, onde mãe e filha passavam a maior parte dos dias costurando à mão e com roda de fiar e pedal. A sra. Rolleston era uma lady de nascença e por educação, mas tivera o azar de se casar com um patife. Nos últimos seis anos ela fora a viúva mais desafortunada, uma esposa deixada para trás pelo marido. Felizmente, era corajosa, esforçada e hábil com a agulha, conseguindo sustentar a si mesma e sua única filha fazendo capas e mantos para uma loja no West End. Não era uma vida luxuosa. Aposentos baratos em uma rua decadente próxima à Walworth Road, jantares frugais, comida caseira e trajes gastos se tornara a sina da mãe e da filha, mas elas se amavam ternamente, e a Mãe Natureza as havia dotado de tanta leveza no coração que elas conseguiam, de algum modo, ser felizes.

No entanto, a ideia de desbravar o mundo como acompanhante de uma boa senhora havia se enraizado na mente de Bella e, embora ela idolatrasse a mãe e a separação entre mãe e filha fosse partir os dois corações, a moça ansiava por ação, mudança e entusiasmo, como os jovens de outrora que queriam ser cruzados e partir para a Terra Santa, para combater os infiéis.

Ela acabou se cansando de correr escada abaixo todas as vezes que o carteiro passava, só para ouvir "não há nada para você, senhorita" do trabalhador com faces manchadas que pegava as cartas no átrio. "Nada para você, senhorita", resmungou o funcionário da pensão. Por fim, Bella juntou coragem, caminhou até a Harbeck Street e perguntou à pessoa superior como é que nenhuma posição ainda havia sido encontrada.

— Você é jovem demais — disse a pessoa. — E ainda quer um salário.

— É claro que quero — respondeu Bella. — As outras pessoas não querem salários?

— Moças da sua idade geralmente querem uma casa confortável.

— Eu não — retrucou Bella. — Eu quero ajudar minha mãe.

— Pode passar aqui novamente na semana que vem — disse a pessoa. — Se eu ficar sabendo de algo nesse ínterim, escreverei a você.

Bella não recebeu nenhuma carta da pessoa e, exatamente uma semana depois, a jovem colocou seu melhor chapéu, aquele que mais raramente tinha pegado chuva, e, desanimada, caminhou até a Harbeck Street.

Era uma tarde modorrenta de outubro, e o ar estava tão cinzento que poderia se transformar em nevoeiro antes do anoitecer. As lojas da Walworth Road cintilavam na atmosfera nublada e, embora as vitrines não merecessem o mero olhar de uma jovem criada em Mayfair ou Belgravia, elas eram uma armadilha e uma tentação para Bella. Havia tantas coisas que ela desejava e que nunca seria capaz de comprar.

A Harbeck Street, uma rua muito longa, com casas respeitáveis à distância, costumava esvaziar nessa época parada do ano. O escritório da pessoa ficava no extremo mais distante, e Bella, quase desesperada, olhou para aquela longa vista cinzenta, mais cansada do que o normal com a caminhada desde Walworth. Enquanto olhava, uma carruagem passou por ela, amarela e antiquada, suspensa por molas C, puxada por um par de altos cavalos e cinzentos, com um cocheiro imponente e um criado alto sentado ao seu lado.

— Parece o coche da fada madrinha — pensou Bella. — Não vou me surpreender se começar a virar uma abóbora.

Ela ficou perplexa quando chegou à porta da pessoa e encontrou a carruagem amarela parada bem ali, o criado alto esperando perto do umbral. Ela estava quase com medo de entrar e encontrar o proprietário daquele coche esplêndido. Bella havia tido apenas um vislumbre quando a carruagem passara por ela: um chapéu emplumado, um pedaço de arminho.

O elegante criado da pessoa levou-a rapidamente ao piso superior e bateu à porta da pessoa.

— Srta. Rolleston — anunciou ele, em tom de desculpas, enquanto Bella esperava fora da sala.

— Deixe a moça entrar — disse rapidamente a pessoa, e então Bella a ouviu murmurar algo para sua cliente.

Bella entrou como um retrato fresco e radiante de juventude e esperança. Antes de olhar para a pessoa, seu olhar se fixou na proprietária da carruagem.

Ela nunca tinha visto alguém tão velho quanto a senhora sentada diante da lareira da pessoa: uma silhueta antiga e pequenina, enrolada do queixo aos pés em um manto de arminho, um rosto mirrado e velho à sombra de um chapéu emplumado; seu rosto era tão devastado pela idade que ela parecia ter apenas um par de olhos e um queixo pontudo. O nariz também era pontudo, mas entre o queixo e os grandes olhos brilhantes, o pequeno nariz aquilino quase não era visível.

— Lady Ducayne, esta é a srta. Rolleston.

Dedos curvados como garras, adornados com joias reluzentes, levantaram os óculos até os olhos escuros e brilhantes de lady Ducayne. Através das lentes, Bella viu aqueles olhos de fulgor pouco natural ampliados até um tamanho gigantesco e cintilando na direção dela.

— A srta. Torpinter me contou tudo sobre você — disse a voz idosa que pertencia aos olhos. — Você tem boa saúde? É forte e ativa, capaz de comer bem, dormir bem, caminhar bem, capaz de aproveitar tudo que existe de bom na vida?

— Eu nunca soube o que é estar doente ou ociosa — respondeu Bella.

— Então acho que você serve para mim.

— É claro, caso as referências sejam satisfatórias — disse a pessoa.

— Não quero referências. A jovem parece franca e inocente. Vou ficar com ela. Confio em você.

— Esse é bem o seu jeito, querida lady Ducayne — murmurou a srta. Torpinter.

— Quero uma jovem forte, cuja saúde não me traga problemas.

— A senhora tem sido tão infeliz nesse quesito — arrulhou a pessoa, cujos modos e voz eram reduzidos a uma doçura derretida na presença da senhora.

— Sim, tenho tido pouca sorte — resmungou lady Ducayne.

— Garanto que a srta. Rolleston não vai decepcioná-la. Depois de sua experiência desagradável com a srta. Tomson, que parecia ter uma saúde exemplar, e a srta. Blandy, que disse que nunca mais tinha precisado ver um médico desde que fora vacinada...

— Sem dúvida estavam mentindo — murmurou lady Ducayne. Então, voltando-se para Bella, perguntou bruscamente: — Você não se importa de passar o inverno na Itália, certo?

Na Itália! A própria palavra era mágica. O rosto jovem e belo de Bella ruborizou.

— O sonho da minha vida é conhecer a Itália — suspirou ela.

De Walworth para a Itália! Como essa jornada parecera distante e impossível para aquela jovem sonhadora romântica.

— Bem, seu sonho será realizado. Apronte-se para sair de Charing Cross pelo trem de luxo daqui a uma semana, às onze horas. Chegue com quinze minutos de antecedência. Meus criados cuidarão de você e da sua bagagem.

Lady Ducayne levantou-se da cadeira, apoiando-se em sua bengala, e a srta. Torpinter a guiou até a porta.

— E quanto ao salário? — perguntou a pessoa enquanto andavam.

— Salário? Ah, o de sempre. Se a jovem quiser um quarto do pagamento adiantado, posso fazer um cheque — respondeu lady Ducayne, despreocupada.

A srta. Torpinter acompanhou a cliente até o piso inferior e esperou que ela se acomodasse na carruagem amarela. Quando voltou, estava levemente ofegante e tinha retomado as maneiras superiores que Bella achara tão aflitivas.

— Pode se considerar incomumente afortunada, srta. Rolleston — disse ela. — Eu poderia ter recomendado inúmeras jovens dos meus registros para essa posição, mas me lembrei de ter pedido que você viesse nesta tarde e pensei em lhe dar uma chance. A idosa lady Ducayne é uma das melhores empregadoras que conheço. Ela paga cem por ano à acompanhante, além de todas as despesas de viagem. Você terá uma vida muito luxuosa.

— Cem por ano! Que maravilha! Devo me vestir muito formalmente? Lady Ducayne costuma receber muitas pessoas?

— Na idade dela? Não, ela vive isolada, em seus próprios aposentos, com uma criada francesa, um criado, um médico e um mensageiro.

— Por que todas as outras damas de companhia a deixaram? — perguntou Bella.

— Elas tiveram problemas de saúde!

— Coitadas! Por isso tiveram que deixar o emprego?

— Sim, foi por isso mesmo. Imagino que deseja receber um quarto do salário adiantado?

— Ah, sim, por favor. Preciso comprar algumas coisas.

— Certo. Vou escrever para lady Ducayne sobre o cheque e, depois de deduzir minha comissão anual, enviarei a quantia a você.

— É claro! Eu tinha me esquecido da comissão.

— Eu não tenho este escritório por puro prazer.

— É claro que não — sussurrou Bella, lembrando-se da taxa de entrada de cinco xelins. Mas ninguém poderia esperar receber cem por ano e passar um inverno na Itália por cinco xelins.

PARTE III

"Carta da srta. Rolleston, em Cap Ferrino, para sra. Rolleston, em Beresford Street, Walworth.

"Como eu gostaria que você pudesse ver este lugar, minha querida; os céus azuis, os bosques de oliveira, os pomares de laranja e limão entre os penhascos e o mar, abrigados no espaço entre as grandes colinas; as ondas de verão dançando pela faixa estreita de pedregulhos e algas, que é o conceito italiano de praia! Ah, como eu gostaria que você pudesse ver tudo isso, querida mãe, e aproveitar o sol, que torna tão difícil acreditar na data no cabeçalho deste papel. Novembro! O ar é como junho na Inglaterra: o sol está tão quente que eu não posso caminhar alguns metros sem uma sombrinha. Não acredito que você está em Walworth e eu estou aqui! Fico com vontade de chorar ao pensar que talvez você nunca venha a ver a adorável costa, o maravilhoso mar, as flores de verão que brotam no inverno. Há uma sebe de gerânios cor-de-rosa embaixo da minha janela, mãe — uma cerca-viva grossa, como se as flores fossem selvagens —, e rosas de Dijon sobem em arcos e paliçadas ao longo do terraço, um jardim de rosas florescendo em pleno novembro! Imagine só isso! Você nunca poderia imaginar o luxo do hotel. Ele é praticamente novo e foi construído e decorado sem poupar despesas. Nossos quartos são estofados em cetim azul-claro, que destaca a pele de pergaminho de lady Ducayne. Porém, como ela fica sentada o dia inteiro em um canto da varanda, tomando sol, exceto quando está na carruagem, e passa as noites na poltrona defronte à lareira e nunca vê ninguém além de seus empregados, a pele dela pouco importa.

"Ela está na suíte mais linda do hotel. Meu quarto fica dentro do dela e é lindo, todo de cetim azul e renda branca, com móveis esmaltados e espelhos em todas as paredes. Estou vendo meu pequeno reflexo atrevido como nunca o vi antes! O aposento deveria ser o quarto de vestir de lady Ducayne, mas ela pediu para que um dos sofás de cetim azul fosse arrumado como cama para mim — e é a caminha mais linda, que eu posso arrastar para perto da janela nas manhãs ensolaradas, pois tem rodízios e é fácil de movimentar. Eu sinto como se a lady Ducayne fosse uma avó idosa e divertida que apareceu de repente na minha vida, muito, muito rica e muito, muito gentil.

"Ela não é nem um pouco exigente. Eu leio bastante para ela, e lady Ducayne cochila e balança a cabeça enquanto eu leio. Algumas vezes eu a ouço gemendo no sono, como se tivesse sonhos perturbadores.

Quando se cansa da minha leitura, ela pede a Francine, sua criada, que leia um romance francês para ela, e eu a ouço rir e suspirar de vez em quando, como se estivesse mais interessada naqueles livros do que em Dickens ou Scott. Meu francês não é bom o suficiente para acompanhar Francine, que lê muito depressa. Tenho muita liberdade, pois lady Ducayne muitas vezes me diz para sair e me divertir. Eu vagueio horas a fio pelas colinas. Tudo é tão adorável. Eu me perco nos bosques de oliveira, sempre subindo na direção dos pinheiros, e depois dos pinheiros ficam as montanhas nevadas, que exibem seus picos brancos acima das colinas escuras. Ah, pobre querida, como posso fazer com que você entenda como é este lugar, você, cujos pobres olhos cansados veem apenas o lado oposto de Beresford Street? Às vezes eu fico apenas no terraço na frente do hotel, que é um dos lugares preferidos das pessoas. Os jardins ficam ali abaixo, e às vezes eu jogo tênis em uma das quadras com uma moça muito gentil, a única pessoa no hotel com quem fiz amizade. Ela é um ano mais velha do que eu e veio para Cap Ferrino com o irmão, um médico, ou um estudante de medicina que será um médico. Ele foi aprovado no exame profissional em Edimburgo logo antes de saírem de casa, contou Lotta. Ele só estava na Itália por causa da irmã. Ela sentiu dores no peito no verão passado, e o médico ordenou que passasse o inverno no exterior. Eles são órfãos, praticamente sozinhos no mundo e muito afeiçoados um ao outro. É muito bom ter uma amiga como Lotta. Ela é uma moça muito respeitável. Faço questão de usar essa palavra, pois algumas das moças hospedadas no hotel se comportam de um jeito que sei que você desaprovaria. Lotta foi criada no interior do país por uma tia e não sabe quase nada da vida. O irmão dela não permite que ela leia um livro, seja em francês ou em inglês, que ele não tenha lido e aprovado.

"Ele me trata como uma criança", queixou-se ela, "mas eu não me incomodo porque é bom saber que alguém me ama e se importa com o que eu faço e até mesmo com o que eu penso.

"Talvez seja isso que faz as moças terem tanta vontade de se casar, o desejo de ter alguém forte, corajoso, sincero e verdadeiro para cuidar delas e lhes dizer o que fazer. Eu não quero ninguém, querida mãe, pois tenho a senhora, e a senhora é tudo para mim. Nenhum marido ficará entre nós duas. Se um dia eu me casar, ele não ficará em primeiro lugar no meu coração. Mas eu não acho que vou me casar, nem mesmo saber como é ser pedida em casamento. Nenhum jovem pode se dar ao luxo de desposar uma moça sem dinheiro nos dias de hoje. A vida é cara demais.

"O sr. Stafford, irmão de Lotta, é muito inteligente e gentil. Ele acha que é muito difícil para mim ter de morar com uma mulher tão idosa como lady Ducayne, mas ele não sabe como nós somos pobres, a senhora e eu, e como a vida me parece maravilhosa neste lugar adorável. Eu me sinto egoísta por desfrutar de todos os meus luxos, sendo que a senhora, que os quer ainda mais do que eu, não tem nada disso — e mal conhece a sensação de ter esses confortos, não é, minha querida? —, pois o malandro do meu pai começou a decair logo depois do casamento e, desde então, a vida tem sido só problemas e cuidados e dificuldades para a senhora."

Esta carta foi escrita quando Bella estava havia menos de um mês em Cap Ferrino, antes de a novidade da paisagem ter se desgastado e antes que o prazer de estar em um ambiente tão luxuoso tivesse se esvaído. Ela escrevia para a mãe todas as semanas, cartas longas que só as moças que viveram em companhia muito próxima da mãe conseguiriam escrever, cartas que eram como um diário de coração e mente. Ela escrevia sempre com muita alegria, mas quando o novo ano começou, a sra. Rolleston pensou ter detectado certa melancolia nas entrelinhas de todos aqueles detalhes animados sobre o lugar e as pessoas.

— Minha pobre filha está com saudade de casa —pensou ela.
— O coração dela está em Beresford Street.

Talvez Bella estivesse sentindo falta da nova amiga e companheira, Lotta Stafford, que tinha ido viajar para Pisa com o irmão, passando por Gênova e Spezzia. Eles voltariam antes de fevereiro, mas, enquanto isso não acontecia, Bella se sentia muito solitária entre todos esses estranhos, cujos hábitos e atitudes ela descrevera tão bem.

O instinto da mãe era acertado. Bella já não estava tão feliz como havia ficado naquela primeira descarga de admiração e encanto que se seguiu à saída de Walworth e a chegada à Riviera. De algum modo, ela não sabia como, Bella tinha entrado em um estado de lassidão. Ela não gostava mais de subir as colinas, não mais balançava o galho de laranjeira nas mãos, na pura alegria do coração, enquanto saltitava no solo irregular e na grama áspera na encosta da montanha. A fragrância de alecrim, tomilho e a brisa fresca do mar já não a enchiam de prazer. Saudosa, ela pensava na Beresford Street e no rosto da mãe. Elas estavam tão, tão distantes! E então, com um horror irrefreável, ela pensava em lady Ducayne, sentada diante da lenha de oliveira empilhada no aposento extremamente aquecido, pensava naquele perfil enrugado de abridor de noz, pensava naqueles olhos brilhantes.

Os visitantes do hotel haviam lhe dito que o ar de Cap Ferrino era relaxante, mais adequado à velhice do que à juventude, à doença do que ao bem-estar. Sem dúvida era assim. Ela não estava tão bem quanto havia estado em Walworth, mas dizia a si mesma que estava apenas sofrendo com a dor da separação da querida companheira de infância, a mãe que havia sido enfermeira, irmã, amiga, aduladora e que significava tudo para ela. Bella chorara muito por causa da separação, passara horas melancólicas no terraço de mármore, os olhos repletos de saudade mirando o oeste, a companhia que seu coração tanto desejava a milhares de quilômetros de distância.

Ela estava sentada em seu lugar favorito, um cantinho quieto, à sombra de laranjeiras, na extremidade leste do terraço, quando ouviu dois habitués da Riviera conversando no jardim ali embaixo. Eles estavam sentados em um banco encostado na parede.

Ela não pretendia entreouvir a conversa, mas quando o nome de lady Ducayne foi mencionado, Bella começou a prestar atenção no que estava sendo dito, sem um pingo de maldade. Eles não estavam contando segredos, só conversando casualmente sobre uma conhecida do hotel.

Os sujeitos eram dois idosos que Bella só conhecia de vista. Um clérigo inglês que, durante metade de sua vida, passara o inverno no exterior e uma solteirona robusta e abastada, cuja bronquite crônica a obrigava a migrar uma vez por ano.

— Eu a encontrei na Itália nos últimos dez anos — disse a senhora —, mas nunca descobri a idade verdadeira dela.

— Eu diria cem, no mínimo — respondeu o pároco. — As lembranças dela são todas da época da Regência. Ela estava evidentemente na flor da idade, e eu a ouvi dizer coisas que indicavam que ela frequentava a sociedade parisiense no apogeu do Império Napoleônico, antes do divórcio de Josephine.

— Ela não fala muito agora.

— Não, ela não anda muito vivaz. Ela faz bem em se recolher. Só me surpreendo por aquele velho charlatão perverso, o médico italiano dela, não ter acabado com ela anos atrás.

— Penso que deve ser o contrário, e que ele a mantém viva.

— Minha cara srta. Manders, você acha que a charlatanice estrangeira alguma vez manteve alguém vivo?

— Bem, ela ainda está aqui, e nunca vai a lugar algum sem ele. Ele tem uma aparência muito desagradável, não acha?

— Muito desagradável — concordou o pároco. — Acho que nem mesmo o próprio demônio consegue superá-lo em feiura. Sinto pena daquela pobre jovem que tem de viver entre velhos como lady Ducayne e dr. Parravicini.

— Mas a senhora é muito boa para suas damas de companhia.

— Sem dúvida. Ela é muito liberal com seu dinheiro; os empregados a chamam de boa lady Ducayne. Ela é uma versão encarquilhada e velha de Creso, rei da Lídia. Sabe que nunca será capaz de gastar todo o seu dinheiro e não gosta de pensar em outras pessoas desfrutando dele quando tiver batido as botas. As pessoas que vivem demais ficam extremamente apegadas à vida. Ouso dizer que ela é generosa com aquelas pobres moças, mas não pode fazê-las felizes. Elas morrem a serviço dela.

— Não fale no plural, sr. Carton. Eu sei que apenas uma pobre moça morreu em Mentone na primavera passada.

— Sim, e outra pobre moça morreu em Roma há três anos. Eu estava lá na época. A boa lady Ducayne a deixou lá com uma família inglesa. A moça tinha uma vida muito confortável. A senhora foi muito generosa com essa moça, mas ela morreu. Acredite em mim, srta. Manders, não é bom para nenhuma jovem viver com dois horrores como a lady Ducayne e o Parravicini.

Eles falaram de outras coisas, mas Bella não ouviu. Ela ficou sentada, imóvel, e um vento frio pareceu envolvê-la, vindo das montanhas, subindo do mar até que Bella tremesse mesmo sentada ali, à sombra das laranjeiras e em meio a toda aquela beleza e claridade.

Sim, eles certamente eram estranhos: ela tão parecida com uma bruxa aristocrática em sua idade tão avançada; ele sem idade específica, com um rosto que era mais parecido com uma máscara de cera do que qualquer semblante humano que Bella tivesse visto. E importava? A idade avançada é venerável e merecedora de toda reverência, e lady Ducayne havia sido muito gentil com ela. O dr. Parravicini era um estudioso inocente e inofensivo que raramente tirava os olhos do livro que estava lendo. Ele tinha uma sala de estar privativa, onde fazia experimentos de química e ciências naturais, talvez até alquimia. E o que Bella tinha a ver com isso? Ele sempre fora educado com ela, mesmo sendo mais distante. Não havia outra posição que fosse fazê-la mais feliz do que essa, nesse hotel palaciano, com essa senhora idosa e rica.

Sem dúvida, ela sentia saudade da jovem inglesa que havia sido tão amigável, e talvez até sentisse falta do irmão da jovem, pois o sr. Stafford conversara bastante com ela, se interessara pelos livros que ela estava lendo e pelo modo como ela se entretinha quando não estava trabalhando.

— Você deve vir para o nosso pequeno encontro quando estiver "de folga", como dizem as enfermeiras do hospital, e podemos ouvir um pouco de música. Você toca e canta? —Bella teve de admitir, com um rubor de constrangimento que havia se esquecido há tempos de como tocar piano.

— Minha mãe e eu costumávamos cantar duetos de vez em quando, mais para o final da tarde, sem acompanhamento — disse ela, e seus olhos marejaram quando ela pensou na sala humilde, na meia hora de descanso do trabalho, na máquina de costura que ficava no local em que um piano deveria estar e na voz lamentosa da mãe, tão doce, tão verdadeira, tão querida.

De vez em quando, Bella se perguntava se tornaria a ver sua querida mãe. Pressentimentos estranhos lhe ocorriam. Ela ficava brava consigo mesma por ceder a pensamentos melancólicos.

Certo dia, Bella perguntou à criada francesa de lady Ducayne sobre as duas damas de companhia que morreram no intervalo de três anos.

— Elas eram criaturas fracas e frágeis — respondeu Francine. — Elas pareciam cheias de vida e radiantes quando vieram trabalhar para a senhora, mas comiam demais e eram preguiçosas. Elas morreram de luxo e ócio. A senhora foi gentil demais com elas. Como não tinham nada para fazer, elas ficavam imaginando coisas, dizendo que o ar não era bom para elas e que não conseguiam dormir.

— Eu durmo muito bem, mas tive o mesmo sonho estranho várias vezes desde que cheguei na Itália.

— Ah, é melhor você não começar a pensar em sonhos ou vai ficar igual àquelas outras moças. Elas sonhavam demais, e foram sonhando para o cemitério.

O sonho a perturbava um pouco, não por ser horrível ou assustador, mas por causa das sensações inéditas que a acometiam antes de dormir: um zumbido de engrenagens que rodeava seu cérebro, um ruído grandioso como um furacão, mas ritmado como o tique-taque de um relógio gigantesco e, depois, em meio a esse alvoroço de ventos e ondas, ela parecia afundar em um abismo de inconsciência, do sono leve para o sono muito profundo — uma extinção total. E então, depois desse intervalo vazio, ela ouvia vozes e, de novo, o zumbido de engrenagens, cada vez mais alto, e novamente o vazio, e depois ela não sabia de mais nada até a manhã seguinte, quando acordava, sentindo-se lânguida e oprimida.

Ela contou o sonho para o dr. Parravicini. Foi a única vez em que buscou a opinião profissional dele. Bella havia sofrido bastante com os mosquitos antes do Natal, tendo ficado um pouco assustada ao encontrar um ferimento no braço que atribuiu à picada venenosa de um desses torturadores. Parravicini colocou os óculos e, com Bella diante dele e de lady Ducayne, com a manga enrolada acima do cotovelo, examinou a marca violenta no braço rechonchudo e pálido.

— Sim, isso é bem mais do que uma brincadeira — disse ele. — O mosquito a mordeu bem na veia. Que vampiro! Mas não se preocupe, *signorina*, não é nada que um pequeno curativo não resolva. Você sempre deve me mostrar qualquer picada desta natureza. Podem ser perigosas caso sejam negligenciadas. Essas criaturas se alimentam de veneno e o disseminam.

— E pensar que criaturas tão pequenas são capazes de morder desse jeito! — exclamou Bella. — Meu braço parece ter sido cortado com uma faca.

— Se eu lhe mostrasse a tromba de um mosquito em meu microscópio, você não ficaria surpresa— respondeu Parravicini.

Bella teve de suportar as picadas de mosquitos, mesmo quando eram feitas em uma veia e resultavam em uma horrenda ferida. A ferida reaparecia de vez em quando, em longos intervalos, e Bella descobriu que o curativo feito pelo dr. Parravicini era uma cura rápida. Ainda que, segundo seus inimigos, ele fosse um charlatão, pelo menos tinha mãos leves e um toque delicado para realizar essa pequena operação.

"Carta de Bella Rolleston para a sra. Rolleston — 14 de abril.

"Minha querida: Aqui está o cheque do meu salário do segundo trimestre: quinhentas e vinte libras. Não há nada a descontar da comissão, como houve da outra vez, então é tudo para você, querida mãe. Ainda tenho bastante dinheiro da mesada que trouxe comigo, quando você insistiu para que eu ficasse com mais do que desejava, para gastos pequenos. É impossível gastar dinheiro aqui, a não ser com gorjetas ocasionais para criados ou trocados para pedintes e crianças. Só se a pessoa em questão tiver muito dinheiro para gastar, pois tudo que se poderia cogitar comprar — casco de tartaruga, cornalina, rendas — é tão ridiculamente caro que só um milionário seria capaz de fazer tal coisa. A Itália é um lindo sonho, mas quando se trata de fazer compras, prefiro Newington Causeway.

"Você me perguntou com tanta seriedade se eu estou bem que temo que minhas últimas cartas tenham sido muito tediosas. Sim, querida, estou bem, mas não tão forte como costumava ser quando percorria o West End para comprar duzentos gramas de chá, com o intuito de dar uma caminhada revigorante, ou quando ia para Dulwich, para olhar os quadros na galeria de arte. A Itália é relaxante, e eu sinto aquilo que as pessoas daqui chamam de "preguiça". Mas consigo ver seu querido rosto preocupado enquanto você lê isso. Com toda a certeza, não estou doente. Estou apenas um pouco cansada deste cenário adorável, como suponho que alguém se cansaria de olhar para um dos quadros de Turner se ele estivesse pendurado em uma parede que sempre à vista. Penso em você todas as horas de todos os dias, em você e na nossa salinha, nossa querida sala de estar surrada, com as poltronas que vieram da ruína do seu antigo lar, e em Dick cantando na gaiola acima da máquina de costura. Querido Dick, estridente e irritante, que, como nós sempre fizemos questão de nos vangloriar, era muito afeito por nós. Na próxima carta, me diga como ele está.

"Minha amiga Lotta e seu irmão ainda não voltaram. Eles foram de Pisa para Roma. Felizes mortais! E eles estarão nos lagos italianos em maio; ainda não haviam decidido para qual lago iriam quando Lotta me escreveu pela última vez. Ela é uma correspondente encantadora e confidenciou todos os seus pequenos flertes a mim. Todos nós iremos a Bellaggio na próxima semana, que fica perto de Gênova e Milão. Não é maravilhoso? Lady Ducayne costuma viajar pelas rotas mais fáceis, exceto quando está enfurnada no trem de luxo. Ficaremos dois dias em Gênova e um em Milão. Que tédio serei para você com todos os meus relatos sobre a Itália quando voltar para casa.

"Com amor, e ainda mais amor, de sua Bella, que a adora."

PARTE IV

Herbert Stafford e sua irmã falavam com frequência sobre a bela moça inglesa de semblante saudável, que conferia uma nuance cor-de-rosa muito agradável entre todos aqueles rostos pálidos no Grand Hotel. O jovem médico pensava nela com uma ternura compassiva: sua imensa solidão naquele hotel apinhado de pessoas, sua servidão àquela mulher idosa, sendo que todos os outros eram livres para pensar apenas em aproveitar a vida. Era um destino árduo; e, além de tudo, a pobre moça era evidentemente devotada à mãe e sentia a dor da separação — só as duas, e muito pobres... sem dúvida elas eram o mundo inteiro uma da outra —pensou ele.

Lotta lhe disse certa manhã que eles a reencontrariam em Bellaggio.

— A senhora e sua comitiva chegarão lá antes de nós — disse ela. — Ficarei encantada por encontrar Bella de novo. Ela é tão alegre, apesar da pitada esporádica de saudade de casa. Nunca fiquei amiga de uma moça em tão pouco tempo como com ela.

— Eu gosto ainda mais dela quando tem saudade de casa — opinou Herbert —, pois sei que ela tem um coração.

— Além de dissecá-los, o que você tem a ver com corações? Não se esqueça de que Bella é muito pobre. Ela confidenciou a mim que a mãe faz mantos para uma loja no West End. É praticamente impossível estar em uma situação pior do que essa.

— Ela não cairia no meu conceito nem mesmo se a mãe fizesse caixas de fósforos.

— Sei que não. Fazer caixas de fósforos é um trabalho honesto. Mas você não poderia se casar com uma moça cuja mãe faz mantos.

— Ainda não paramos para ponderar sobre essa questão — devolveu Herbert, que gostava de provocar a irmã.

Ele trabalhava havia dois anos no hospital e vira testemunhar tanto a horrível realidade da vida que não tinha qualquer preconceito de classe. Câncer, tísica e gangrena eram capazes de fazer um homem ter pouco respeito pelas diferenças externas que formam a casca discrepante da humanidade. O núcleo é sempre o mesmo — feito de modo horrível e maravilhoso —, um assunto para pena e terror.

O sr. Stafford e sua irmã chegaram em Bellagio em uma bela tarde de maio. O sol foi se pondo conforme o barco a vapor se aproximava do píer, e toda a glória das flores púrpuras que cobria as paredes nessa estação brilhava e se intensificava na luz cintilante. Um grupo de senhoras estava no píer observando as chegadas, e, entre elas, Herbert viu um rosto pálido que abalou sua compostura.

— Ali está ela — murmurou Lotta, ao seu lado —, mas como está mudada. Ela está um caco.

Eles a cumprimentaram poucos minutos depois, e o prazer do reencontro provocou um rubor que iluminou seu rosto atormentado.

— Pensei que vocês poderiam hoje à noite — disse ela. — Já estamos aqui há uma semana.

Ela não acrescentou que havia estado ali todas as tardes, e muitas vezes também durante o dia, para observar a chegada dos barcos. O hotel Grand Bretagne ficava perto, e fora fácil para ela ir até o píer quando o sino de barcos soava. Bella, que estava contente por se reunir com eles, foi tomada por uma sensação de estar entre amigos, uma confiança que a bondade de lady Ducayne nunca lhe inspirara.

— Ah, minha pobre querida, você deve ter adoecido! — exclamou Lotta quando as duas jovens se abraçaram.

Bella tentou responder, mas sua voz ficou embargada.

— Qual o problema, querida? Foi aquela gripe terrível?

— Não, não, eu não estive doente. Só tenho me sentido um pouco mais fraca do que o normal. Acho que o ar de Cap Ferrino não me fez muito bem.

— É o que parece. Nunca vi ninguém mudar tanto. Deixe Herbert cuidar de você. Ele é muito qualificado, sabe? Tratou muitas pessoas gripadas em Londres, e elas gostaram de se consultar com um médico inglês de modos amigáveis.

— Não duvido de que ele seja inteligente — disse Bella —, mas não há mesmo nada. Não estou doente e, se estivesse, o médico de lady Ducayne...

— Aquele homem horrendo de rosto amarelado? Eu preferiria que um dos Bórgia cuidasse de mim. Espero que não esteja tomando nenhum remédio que ele prescreveu.

— Não, querida, não tomei nada. Nunca me queixei de estar doente.

A conversa aconteceu enquanto os três caminhavam até o hotel. Os quartos dos irmãos Stafford, belos aposentos no térreo, com vista para o jardim, haviam sido reservados de antemão. As acomodações imponentes de lady Ducayne ficavam no piso acima.

— Acho que esses quartos ficam bem abaixo dos nossos — comentou Bella.

— Então você não terá problemas em descer para nos encontrar — respondeu Lotta, o que não era bem verdade, pois a grande escada ficava no centro do hotel.

— Ah, sim, vai ser bem fácil — concordou Bella. — Sinto que você se cansará da minha companhia. Lady Ducayne dorme metade do dia neste tempo quente, e eu tenho bastante tempo livre. Fico muito nostálgica só de pensar na minha mãe e na minha casa.

A voz dela falhou na última palavra. A pobre moradia que ela chamava de lar não era a casa mais linda que a arte e a riqueza poderiam criar; ainda assim, Bella só conseguia pensar nela com ternura. Ela se lamentava no adorável jardim, com o lago iluminado pelo sol e as belas colinas românticas que se estendiam à sua frente. Ela sentia saudade de casa e tinha sonhos, ou melhor, um pesadelo recorrente com várias sensações estranhas — era mais uma alucinação do que um sonho: o zumbido de engrenagens, o mergulho em um abismo, o esforço para voltar à consciência. Ela teve o sonho um pouco antes de deixar Cap Ferrino, mas não desde que chegara a Bellagio, e começava a esperar que o ar da região de lagos lhe fizesse bem e que as sensações estranhas nunca mais voltassem.

O sr. Stafford prescreveu uma receita e a aviou no farmacêutico próximo ao hotel. Era um tônico poderoso e, depois de dois frascos, alguns passeios a remo no lago e algumas caminhadas nas colinas e nos prados onde as flores primaveris faziam a Terra parecer um paraíso, o estado de espírito e a aparência de Bella melhoraram em um passe de mágica.

— É um tônico maravilhoso — elogiou ela, mas talvez, no fundo do coração, ela soubesse que a voz gentil do médico, a mão amigável que a ajudava a entrar e a sair do barco e o cuidado que a acompanhava em terra e no lago tinham algo a ver com sua recuperação.

— Espero que você não se esqueça de que a mãe dela faz mantos — alertou Lotta.

— Ou caixas de fósforos. Para mim, é tudo a mesma coisa.

— Está querendo dizer que jamais cogitaria se casar com ela?

— O que quero dizer é que, se eu amar uma mulher o bastante para pensar em me casar com ela, riquezas ou classe social não significarão nada para mim. Mas creio que... que sua pobre amiga possa não viver para ser a esposa de nenhum homem.

— Acha que ela está tão doente assim?

Ele suspirou e deixou a pergunta sem resposta.

Certo dia, quando estavam colhendo jacintos selvagens em um prado elevado, Bella contou sobre o pesadelo ao sr. Stafford.

— É curioso porque não parece ser um sonho — comentou ela. — Imagino que o senhor possa encontrar alguma explicação razoável. A posição da minha cabeça no travesseiro, a atmosfera ou outra coisa.

Então ela descreveu as sensações: como no meio do sono ela parecia sufocar e depois vinha aquele zumbido de engrenagens, tão alto, tão terrível, um vazio... e então o retorno à consciência.

— Alguma vez alguém já lhe deu clorofórmio? Um dentista, por exemplo?

— Nunca. O dr. Parravicini já me fez essa pergunta.

— Recentemente?

— Não, há bastante tempo, quando estávamos no trem de luxo.

— O dr. Parravicini receitou algum remédio para você desde que começou a se sentir fraca e doente?

— Ah, ele me dá um tônico de vez em quando, mas, como eu detesto remédios, tomei muito pouco. E eu não estou doente, só mais fraca do que o normal. Eu era muito forte e saudável quando morava em Walworth e dava longas caminhadas todos os dias. Minha mãe me fazia dar longas caminhadas até Dulwich ou Norwood, por medo de que trabalhar muito na máquina de costura me fizesse mal. Bem de vez em quando, ela ia comigo. Geralmente, ela ficava trabalhando em casa enquanto eu aproveitava o ar fresco e a atividade física. E ela era muito cuidadosa com comidas e refeições; por mais simples que fossem, sempre eram nutritivas e fartas. Foi por causa dos cuidados dela que eu me transformei em uma criatura forte e saudável.

— Você não parece forte nem saudável agora, pobre querida — comentou Lotta.

— Acho que a Itália não combina muito comigo.

— Talvez não seja a Itália. Talvez ficar entocada com lady Ducayne tenha feito você adoecer.

— Mas eu nunca fico entocada. Lady Ducayne é sempre muito gentil e permite que eu passeie ou me sente na varanda o dia inteiro, se quiser. Eu li mais livros desde quando me juntei a ela do que em toda a minha vida.

— Então ela é muito diferente das idosas que conhecemos, que tratam os serviçais como escravizados — disse Stafford. — Eu me pergunto por que ela tem uma dama de companhia se quase não precisa de uma.

— Ah, eu sou apenas parte da comitiva. Ela é extremamente rica, e o salário que me paga nem conta. Em relação ao dr. Parravicini, sei que é um bom médico, pois ele cura minhas horríveis picadas de mosquito.

— Um pouco de amônia no estágio inicial resolveria o problema. Mas não existem mosquitos para perturbar você agora.

— Ah, existem, sim. Fui picada um pouco antes de sairmos de Cap Ferrino.

Ela enrolou a manga larga e exibiu uma cicatriz, que ele examinou atentamente, com um olhar surpreso e intrigado.

— Isso não é uma picada de mosquito — disse ele.

— Ah, é, a não ser que existam serpentes ou víboras em Cap Ferrino.

— Isso não é uma picada. Você está brincando comigo. Srta. Rolleston, permitiu que o miserável charlatão italiano fizesse uma sangria em você. Eles mataram o maior homem da Europa moderna desse modo, não esqueça. Isso foi muito tolo da sua parte.

— Nunca fiz uma sangria na vida, sr. Stafford.

— Bobagem! Deixe-me examinar o outro braço. Tem mais alguma picada de mosquito?

— Sim. O dr. Parravicini diz que eu tenho uma pele que demora para sarar e que o veneno age de modo mais virulento em mim do que na maioria das pessoas.

Stafford examinou os braços da moça à luz do sol, marcados com cicatrizes novas e antigas.

— Você foi muito picada, srta. Rolleston — disse ele —, e se algum dia eu encontrar o mosquito responsável, vou lhe dar uma boa lição. Mas agora me diga, minha querida jovem, diga-me como se estivesse conversando com um amigo que está sinceramente preocupado com sua saúde e felicidade, como se conversasse com sua mãe se ela estivesse aqui, você não tem nenhuma pista para explicar essas cicatrizes? Nada a não ser picadas de mosquito? Nenhuma suspeita?

— Juro que não! Prometo! Nunca vi um mosquito mordendo meu braço. A gente nem vê esses diabinhos horríveis. Mas eu os ouvi zumbindo atrás das cortinas e sei que muitas vezes tive uma dessas pestes miseráveis zumbindo perto de mim.

Mais tarde no mesmo dia, Bella e seus amigos tomavam chá no jardim, e lady Ducayne dava o passeio vespertino com seu médico.

— Por quanto tempo você pretende ficar com lady Ducayne, srta. Rolleston? — perguntou Herbert Stafford após um silêncio pensativo, interrompendo repentinamente a conversa trivial das moças.

— Enquanto eu continuar recebendo vinte e cinco libras por trimestre.

— Mesmo que sua saúde fique abalada ao trabalhar para ela?

— Não é o trabalho que prejudica minha saúde. O senhor pode ver que eu realmente não tenho nada para fazer. Leio em voz alta por cerca de uma hora, uma ou duas vezes por semana; escrevo uma carta de vez em quando para um comerciante londrino. É o trabalho mais fácil que existe. E nenhum outro empregador me pagaria cem por ano.

— Então pretende continuar até não aguentar mais? Vai morrer no trabalho?

— Como as outras duas damas de companhia? Não! Se eu achar que estou ficando gravemente doente, embarcarei em um trem e voltarei a Walworth sem nem pensar duas vezes.

— O que houve com as outras duas damas de companhia?

— Elas morreram. Lady Ducayne não teve sorte. Foi por isso que ela me contratou; ela me escolheu porque sou corada e robusta. Ela deve estar muito incomodada por eu ter ficado pálida e fraca. Aliás, conversei com ela sobre o bom tônico que você me deu. Ela disse que gostaria de ver o senhor e conversar um pouco sobre o caso dela.

— E eu gostaria de ver lady Ducayne. Quando ela disse isso?

— Anteontem.

— Você pode perguntar se ela gostaria de me ver hoje à noite?

— Será um prazer! Fico pensando o que você achará dela! Ela parece terrível para um estranho, mas o dr. Parravicini diz que ela já foi famosa pela beleza.

Eram quase dez da noite quando o sr. Stafford foi convocado por lady Ducayne através de um mensageiro, que chegou para conduzi-lo aos aposentos da senhora. Bella lia em voz alta quando o visitante foi recebido, e ele notou a apatia nos tons baixos e doces, o esforço evidente que a moça fazia.

— Feche o livro — ordenou a voz idosa e ranzinza. — Você está começando a falar arrastado como a srta. Blandy.

Stafford viu uma silhueta pequena e curvada junto à lenha de oliveira; uma figura velha e encolhida em uma linda roupa de brocado preto e carmesim, um pescoço magro que emergia de um amontoado de velhas rendas venezianas, presas com diamantes que brilhavam como pirilampos. A cabeça velha e trêmula se voltou para ele.

Os olhos que o fitavam eram quase tão brilhantes quanto os diamantes, a única coisa vívida naquela máscara de pergaminho. Ele havia visto rostos medonhos no hospital, rostos terrivelmente marcados por doenças, mas nunca vira um rosto que o deixasse tão dolorosamente perplexo quanto a compleição murcha, com o horror indescritível de ter sobrevivido à morte, um rosto que deveria estar oculto sob a tampa de um caixão há muitos anos.

O médico italiano estava em pé do outro lado da lareira, fumando um cigarro e olhando com uma faísca de orgulho para a velhinha aninhada junto à lareira.

— Boa noite, sr. Stafford. Pode ir para seu quarto, Bella, e escrever a carta infindável para sua mãe em Walworth — disse lady Ducayne. — Acho que ela escreve uma página sobre cada flor silvestre que avista nos bosques e prados. Não sei sobre o que mais ela pode escrever — acrescentou conforme Bella se recolhia em silêncio para seu belo quartinho dentro das acomodações espaçosas de lady Ducayne. Ali, como em Cap Ferrino, ela dormia em um quarto adjacente ao da senhora.

— Pelo que fiquei sabendo, você é um médico, sr. Stafford.

— Sou um profissional qualificado, mas ainda não abri meu consultório.

— Segundo minha dama de companhia, ela realizou uma consulta com o senhor.

— Eu prescrevi um medicamento para ela e fiquei feliz ao descobrir que minha receita a ajudou. Porém, considero essa melhora apenas temporária. O caso dela necessitará de um tratamento mais drástico.

— Não se preocupe com o caso dela. Não há nenhum problema com a jovem, absolutamente nada, exceto bobagens juvenis: liberdade demais e pouco trabalho.

— Fui informado que duas damas de companhia da senhora morreram da mesma doença — insistiu Stafford, olhando primeiro para lady Ducayne, que fez um movimento impaciente com a cabeça, e depois para Parravicini, cuja pele amarelada havia empalidecido um pouco sob o escrutínio de Stafford.

— Não me apoquente falando das minhas damas de companhia, senhor — protestou lady Ducayne. — Eu o chamei para uma consulta pessoal, não para conversar sobre moças anêmicas. O senhor é jovem, e, segundo os jornais, a medicina é uma ciência em constante evolução. Onde o senhor estudou?

— Em Edimburgo e em Paris.

— Duas boas escolas. E conhece todas as novas teorias, as descobertas modernas, que mais parecem bruxaria medieval, de Albertus Magnus e George Ripley? Estudou hipnose e eletricidade?

— E transfusão de sangue — acrescentou Stafford muito lentamente, olhando para Parravicini.

— Fez alguma descoberta sobre como prolongar a vida humana? Algum elixir, algum tratamento? Quero prolongar minha vida, meu jovem. Esse homem tem sido meu médico há trinta anos. Ele faz tudo que seu conhecimento permite para me manter viva. Ele estuda as novas teorias de todos os cientistas, mas é velho e fica mais velho a cada dia. A força do seu cérebro está diminuindo, ele é intolerante, preconceituoso, não aceita novas ideias e não absorve novos métodos. Se eu não for cautelosa, ele vai me deixar morrer.

— A senhora é de uma ingratidão inacreditável, *eccellenza* — retrucou Parravicini.

— Ah, você não tem do que reclamar. Paguei quantias exorbitantes a você para que me mantivesse viva. Minha vida engordou suas finanças. Sabe que nada ficará para você quando eu me for. Minha fortuna será doada a um lar para mulheres carentes que chegaram aos noventa anos. Veja bem, sr. Stafford, eu sou uma mulher rica. Dê-me mais alguns anos sob o sol, mais alguns anos acima do solo, e eu lhe darei o valor de um consultório moderno em Londres. Eu o colocarei no West End.

— Quantos anos a senhora tem, lady Ducayne?

— Eu nasci no dia em que Luiz XVI foi guilhotinado.

— Então eu creio que a senhora já aproveitou sua parcela da luz do sol e dos prazeres da Terra, e acho que deveria passar os poucos dias que lhe restam se arrependendo dos seus pecados e fazendo uma reparação pelas jovens vidas que foram sacrificadas pelo seu amor à vida.

— O que o senhor quer dizer com isso?

— Ah, lady Ducayne, será que eu preciso falar com todas as letras a perversidade da senhora e do seu médico? A pobre moça que agora é sua funcionária foi reduzida de uma saúde robusta a uma condição de perigo absoluto pela cirurgia experimental do dr. Parravicini, e não tenho dúvida de que aquelas outras duas jovens que adoeceram trabalhando para a senhora foram tratadas por ele da mesma maneira. Eu poderia fazer uma demonstração — com evidências muito convincentes para um júri composto por médicos — que o dr. Parravicini tem realizado sangrias e dado clorofórmio para a srta. Rolleston em intervalos regulares desde que ela está ao seu serviço. A deterioração da saúde da jovem fala por si mesma. As marcas de bisturi nos braços dela são inequívocas, e a descrição de uma série de sensações, as quais ela chama de sonho, aponta sem sombra de dúvida para a administração de clorofórmio enquanto ela dormia. Se exposta, essa prática nefasta e assassina resultará em uma sentença apenas um pouco menos severa do que a punição para homicídio.

— Como suas teorias e ameaças — disse Parravicini, movimentando os dedos finos em um gesto despreocupado — são engraçadas. Eu, Leopold Parravicini, não creio que a lei possa questionar nada do que eu tenha feito.

— Leve a moça embora, não quero mais saber dela! — exclamou lady Ducayne, na voz fina e longeva que não combinava nem um pouco com a energia e o vigor do cérebro maligno que guiava suas afirmações. — Deixe que ela volte para a mãe. Não quero que mais jovens morram enquanto trabalham para mim. Há moças de sobra no mundo, Deus bem sabe.

— Se alguma outra vez a senhora vier a contratar outra dama de companhia, ou tomar outra jovem inglesa a seu serviço, lady Ducayne, eu farei toda a Inglaterra reverberar a história da sua perversidade.

— Não quero mais jovens. Não acredito nos experimentos dele. Eles são muito perigosos para mim e também para a jovem. Basta uma bolha de ar, e eu morrerei. Não quero mais saber dessa charlatanice perigosa. Encontrarei algum outro homem para me manter, um homem melhor do que o senhor, um descobridor como Pasteur ou Virchow, um gênio. Leve sua jovem embora daqui, meu jovem. Case-se com ela, se quiser. Vou fazer um cheque de mil libras para ela e ir deixarei que parta e viva de carne e cerveja, para que fique forte e rechonchuda de novo. Não quero mais saber de experimentos. Você ouviu, Parravicini? — gritou ela, vingativa, com o rosto enrugado e amarelado distorcido pela fúria, fitando-o com os olhos brilhantes.

Os Stafford levaram Bella Rolleston para Varese no dia seguinte, ainda que ela muito relutasse em deixar lady Ducayne, cujo salário generoso permitia que ela ajudasse sua querida mãe. Porém, Herbert Stafford insistiu, tratando Bella com a diligência de um médico de família, como se ela tivesse se entregado aos seus cuidados.

— Acha que sua mãe deixaria você ficar ali até morrer? — perguntou ele. — Se a sra. Rolleston soubesse como você está doente, ela teria vindo buscá-la imediatamente.

— Não vou melhorar até voltar a Walworth — respondeu Bella, que estava desanimada e à beira das lágrimas nessa manhã, em contraste com a boa disposição do dia anterior.

— Vamos tentar passar alguns dias em Varese primeiro — sugeriu Stafford. — Quando puder subir metade do Monte Generoso sem sentir palpitações no coração, poderá retornar a Walworth.

— Pobre mãe, como ela vai se alegrar ao me ver e como ficará triste por eu ter perdido um trabalho tão bom.

Essa conversa aconteceu no barco, enquanto partiam de Bellagio. Lotta havia ido ao quarto da amiga às sete horas da manhã, muito antes de as pálpebras enrugadas de lady Ducayne se abrirem para a luz do dia, antes mesmo de Francine, a criada francesa, estar de pé, e a ajudara a fazer a mala, que era do modelo Gladstone, com os apetrechos essenciais. Lotta também apressara Bella a descer e ir embora antes que a amiga pudesse esboçar qualquer sinal de resistência.

— Está tudo bem — garantiu Lotta. — Herbert teve uma boa conversa com lady Ducayne na noite passada e ficou combinado que você partiria nesta manhã. Ela não gosta de inválidos, sabe?

— Não — suspirou Bella —, ela não gosta de inválidos. Foi muita falta de sorte que eu tenha adoecido como a srta. Tomson e a srta. Blandy.

— Pelo menos você não morreu como elas — respondeu Lotta —, e meu irmão diz que você não vai morrer.

Era terrível ser dispensada dessa maneira inesperada, sem uma despedida apropriada da empregadora.

— Fico pensando o que a srta. Torpinter vai dizer quando eu for até ela em busca de um novo trabalho — especulou Bella, pesarosa, enquanto ela e os amigos tomavam café da manhã a bordo do barco a vapor.

— Quem sabe você decide não buscar outra posição — respondeu Stafford.

— Está querendo dizer que eu talvez nunca mais fique saudável o bastante para ser útil a alguém?

— Não, não quero dizer nada disso.

Depois do jantar em Varese, quando Bella fora encorajada a tomar uma taça de Chianti e ficou um pouco tonta com o estimulante ao qual não estava habituada, o sr. Stafford tirou uma carta do bolso.

— Esqueci de lhe dar a carta de adeus de lady Ducayne! — exclamou ele.

— O quê? Ela escreveu para mim? Estou tão contente! Detestei deixá-la com tanta frieza, pois ela sempre foi muito gentil comigo, e se eu não gostava dela era só porque ela era muito velha.

Bella abriu o envelope. A carta era breve e objetiva.

"Adeus, criança. Vá e se case com seu médico. Eu incluí um presente de despedida para seu enxoval.

ADELINE DUCAYNE."

— Cem libras, um ano inteiro de salário! Não, espere, é de... É um cheque de mil libras! — comemorou Bella. — Que velha alma generosa! Ela realmente é uma senhora muito querida.

— Ela só perdeu a chance de ser muito querida por você, Bella — disse Stafford.

Ele havia passado a usar o nome de batismo dela enquanto estavam a bordo. Parecia natural agora que a moça ficaria aos cuidados dele até que os três estivessem de volta à Inglaterra.

— Assumirei os privilégios de um irmão mais velho até aportarmos em Dover — disse ele. — Depois disso, bem, será como você quiser.

A questão do relacionamento futuro entre eles deve ter sido resolvida de modo satisfatório antes de cruzarem o Canal da Mancha, pois a próxima carta de Bella para a mãe comunicava três fatos surpreendentes.

Primeiro, que o cheque de mil libras deveria ser investido em debêntures[17] no nome da sra. Rolleston. Ele seria todo dela, pelo resto de sua vida.

---

17 Debêntures são títulos que representam dívida emitidas por empresas com o objetivo de captar recursos para diversas finalidades, como, por exemplo, o financiamento de seus projetos. Os investidores, ao adquirem esses papéis, têm um direito de crédito sobre a companhia e recebem remuneração a partir dos juros. [N. R.]

Segundo, que Bella estava voltando para casa em Walworth imediatamente.

E, por fim, que ela se casaria com o sr. Herbert Stafford no outono seguinte.

"Tenho certeza de que você vai adorá-lo, mãe, tanto quanto eu", Bella escreveu. "Tudo foi possível graças à boa lady Ducayne. Eu nunca poderia me casar se não garantisse esse pequeno pé de meia para você. Herbert diz que vamos conseguir aumentá-lo com o passar dos anos e que na nossa casa sempre haverá um quarto para você. A palavra 'sogra' não o assusta."

MARY ELIZABETH BRADDON

O ROSTO NO ESPELHO

1880

Que perigos podem se esconder em um espelho que reflete o rosto daqueles que se postam diante dele? Mary e Ruth, duas irmãs casadas com dois irmãos, Edgar e Hugh, logo descobrem que o ditado "A curiosidade matou o gato" tem um fundo de verdade.

PARTE I – O AVISO

Há muitos anos, erguia-se, na distante Yorkshire, uma antiga mansão — um edifício cinzento e soturno, construído ao redor de um pátio aberto, no meio do qual havia uma fonte melancólica. O casarão ficava próximo das amplas charnecas que se estendem desde a cidadezinha de York, e, exceto pelo povoado, não havia outro lugar em vista em um raio de muitos quilômetros. A não ser pela governanta e o grupo habitual de criados, a mansão ficara desabitada durante algum tempo, pois o falecido proprietário, um viajante assíduo, se afogara durante sua última viagem. O acidente acontecera perto do casarão, o que tornou tudo ainda mais triste. Ele foi trazido de volta para ser enterrado no lúgubre jazigo da família em um dia de primavera, antes da minha história começar. Desde então, a governanta dizia que, sempre que havia tempestades em alto-mar, o vento uivava e gemia como uma alma penada ao passar pelos longos corredores, e que um triste som de água pingando sempre podia ser ouvido na câmara em que o pobre corpo havia sido colocado antes do funeral. Havia também alguns lugares misteriosos na mansão em que as portas desapareciam periodicamente nos quais ninguém conseguia entrar por meses a fio. Quando por fim elas ressurgiam, as paredes apareciam adornadas com esboços diabólicos de demônios e a mobília estava arrumada de uma maneira artística.

Porém, nada disso parecia abalar os ânimos dos novos proprietários, o sr. e a sra. Monroe, um casal alegre e corajoso. Eles não estavam casados havia muito tempo e eram tão felizes que pareciam ter visto um bando de passarinhos verdes. A sra. Monroe, na verdade, estava muito ansiosa para ver um desses maravilhosos fantasmas. Muito obstinada, não achava nada estranho ir para a cama sozinha no escuro; ela visitava os quartos assombrados e caminhava pelos corredores do casarão à noite a ponto de os criados quase acreditarem que ela mesma fosse um fantasma, de tão destemida que era. O marido também a ajudava na caça aos fantasmas, ainda que passasse bastante tempo fora caçando, atirando e, muitas vezes, viesse para casa apenas para jantar e dormir, de vez em quando até mesmo sobre a mesa de jantar, de puro cansaço.

A sra. Monroe vinha de uma grande família que morava em uma casa alegre no condado ensolarado de Kent. Lá, tivera pouco tempo para ler, escrever e caminhar, mas agora preenchia seus dias com essas atividades com muita satisfação. Ela ainda não tinha se sentido ociosa, mas não lamentou quando as primeiras geadas do inverno rigoroso de Yorkshire transformaram o solo em uma massa densa, acabando com a diversão ao ar livre que mantinha seu marido sempre tão afastado. As nevascas ocasionais também atrapalhavam os tiros, e ele só podia vagar ao redor da mansão, da fazenda e do pequeno parque, acertando uma ou outra ave marinha que se afastara da costa. Depois, ele varava a noite procurando pela ave em um dos livros ilustrados de Bewick, e como ele nunca conseguia encontrá-las ali, a ocupação era envolvente e, ao mesmo tempo, infinita. Tudo correu muito bem durante a primeira quinzena; a sra. Monroe o acompanhou para observar os pássaros e o ajudou com os livros de Bewick à noite. Contudo, a neve começou a cair com mais força e, depois de quatro dias assim, com o céu gelado e cinzento praticamente fechado o tempo todo, a correspondência não chegou e o único jornal da semana não foi entregue. A sra. Monroe ficou imaginando se seria maldoso demais rezar por um degelo, pois previa que, a não ser que alguma nova atividade fosse planejada para divertir seu senhor e mestre, ela descobriria como desejar demais uma coisa poderia lhe fazer mal, pois até mesmo a companhia dela havia começado a perder a graça. Primeiro, o marido começou a ficar inquieto; depois, passou a resmungar, a reclamar do jantar e, por fim, a se zangar com facilidade.

Então ela teve uma ideia genial.

— Hugh — disse ela — vamos pedir a Betty que nos dê as chaves agora mesmo. Vamos começar uma caça ao fantasma. A noite caiu muito rapidamente, e o luar refletindo na neve iluminará os quartos. Veja só — acrescentou, afastando as pesadas cortinas vermelhas que cobriam as janelas de vidraças pequenas —, as nuvens desapareceram, e amanhã você vai poder atirar de novo. Só teremos uma oportunidade tão perfeita como esta daqui alguns meses, então não vamos perdê-la. Estamos cansados de ficar sentados na frente da lareira, e visitar todos aqueles aposentos misteriosos no andar superior abrirá nosso apetite para o jantar, mesmo que não sejamos recompensados pela visão do tão desejado demônio.

— Vai estar tudo muito frio — contestou Hugh, dando de ombros e esticando as mãos na direção do grande fogo que ardia sob a chaminé. — Além disso, se víssemos um fantasma, você ficaria de cabelo em pé. Sabe que só é tão corajosa porque não acredita nas histórias da Betty, não sabe?

— Meu querido Hugh — afirmou Ruth—, como minha velha ama costumava dizer, duvido muito que vamos encontrar alguma coisa pior do que nós mesmos. Mas, se for o caso, o que poderia nos acontecer? Eu perambulei pela mansão durante a noite, principalmente quando Betty ficou doente há duas semanas. Se houvesse alguma coisa para ser vista, eu já teria visto. Mas não vou fazer isso agora se você não quiser.

— Ah, vamos — respondeu Hugh. — Eu estava apenas com preguiça.

Dizendo isso, ele tocou a sineta, pediu as chaves e, depois de algum tempo, um molho de chaves de todos os tamanhos e tipos foi levado até eles. E foi assim que o sr. e a sra. Monroe começaram a caça aos fantasmas.

O estado de espírito de Hugh começou a melhorar com a busca, e eles foram ao andar superior e ao inferior, destrancando vários armários e quartos que não eram examinados há meses, sem, contudo, ver um fantasma sequer. De vez em quando, o dossel estendido nas colunas de carvalho da cama farfalhava, e Hugh e Ruth deram as mãos, segurando com um pouco mais de força do que de costume. Quando foram investigar a origem do ruído, concluíram que ou era o vento, que começava a soprar com mais intensidade, ou o pequeno rato de penugem cinza que correu para debaixo da cama, revelado pelo brilho da lamparina que carregavam. Às vezes, um gemido terrível parecia atravessar a escuridão quando eles abriam alguma porta pesada, mas eram apenas as dobradiças enferrujadas.

Eles estavam começando a se divertir de verdade e, à medida que continuavam a caça sem encontrar nada, foram rindo e falando alto. De repente, chegaram a uma porta no fim do corredor que levava à parte desabitada da casa, que eles não tinham notado antes. Logo descobriram que a porta estava trancada e, depois de tentar abri-la com todas as chaves que tinham, chegaram à conclusão de que teriam de voltar ao andar inferior e buscar uma chave que entrasse na fechadura. Subitamente, o vento ficou ainda mais intenso, e uma rajada bastante forte soprou pelo buraco da fechadura (por onde a sra. Monroe havia espiado para ver se a chave fora deixada ali), extinguindo a chama da lamparina que ela segurava. Eles ficaram imediatamente no escuro, mas o sr. Monroe logo a acendeu de novo.

— As janelas devem estar abertas — disse ele —, mas já é mesmo hora de investigarmos nossa residência. Imagino que a velha Betty tenha perdido a chave e esteja com medo de que eu a repreenda pelo descuido. No entanto, se você não estiver com medo, Ruth — acrescentou ele, voltando-se para a esposa —, eu vou descer e perguntar a ela. Se a chave estiver perdida, vou arrombar a porta e fechar as janelas, pois está ventando o suficiente aqui para enfunar as velas de um barco.

— Sim, vá! — respondeu a sra. Monroe, animada. — Sem dúvida aqui está o fantasma do marinheiro que torna nossas noites tão tormentosas quando os ventos sopram e, se pudermos nos livrar dele, talvez eu não precise contratar uma nova criada todas as vezes que o vento vier do noroeste. Isso está começando a virar um problema, ainda mais agora que a neve está tão funda. Eu nunca deveria ter contratado uma de York.

— Bem, espere um pouco, então — disse o sr. Monroe, e correu para o andar de baixo e pediu à velha governanta a chave que faltava.

Tremendo, ela se levantou do assento junto ao fogo e disse apressadamente:

— Num vá agora, mestre Hugh.

— "Num vá agora"? — repetiu Hugh, zombeteiro. — Num vá agora fazer o quê? Se perdeu a chave, que diferença faz? Em breve teremos uma nova, mas se não a perdeu e esse for um dos seus disparates supersticiosos, você já deveria saber que não adianta tentar nos apavorar. E vá depressa, pois lá em cima está muito frio. As janelas estão abertas, penso eu, e embora a noite esteja calma, o vento parece nos congelar.

— Mestre Hugh — disse Betty, muito abalada —, naquela sala já morreram muitos membros da família Monroe e, de alguma forma, todos eles ou morreram lá ou foram levados para lá no caixão para aguardar o funeral. E esta noite, mestre Hugh — acrescentou, expressando-se com mais eloquência à medida que ficava mais apavorada com a perspectiva de ele levar a chave —, esta noite é o aniversário do dia em que o mestre Charles foi levado para lá, afogado e morto na Flamborough Bay, e o senhor sabe que, assim que entrar naquela sala, verá refletido no espelho o rosto de algum membro da família que irá morrer antes do fim do ano e, na cama, mestre Hugh, verá o caixão, com o terrível pingar, pingar, pingar do sudário do pobre rapaz morto, tal como pingou incessantemente a água do mar até o enterrarem fora do alcance das nossas vistas.

— O que está havendo, Hugh? — perguntou uma voz no umbral da porta. —Estou quase congelando até os ossos. Quero entrar logo na sala.

— Dê-me a chave, Betty — ordenou Hugh. — Vou correr o risco de ver os fantasmas, o caixão e tudo isso. Além do mais, estamos caçando fantasmas. Então, minha querida — continuou, voltando-se para a esposa, que, cansada de esperar, tinha descido para ver o que estava acontecendo —, de acordo com Betty nós já podemos comemorar, pois o fantasma foi encontrado. — E, rindo muito, os jovens pegaram a chave da mão relutante de Betty e, se apressando para subir a larga escadaria de carvalho, logo estavam à porta do quarto do fantasma.

O vento parecia ter aumentado na breve ausência deles e, enquanto descansavam por um momento, depois de correr pelas escadas acima, eles ouviram o pingar, pingar, pingar, como a velha Betty profetizara. Até mesmo os corações robustos deles se agitaram um pouco, mas Hugh, dizendo com impaciência "É só fruto da nossa imaginação, é claro!", virou a chave na fechadura, e a porta se abriu. Era apenas um quarto com assoalho e, no meio do aposento, a cama que tinha acomodado tantos, tantos cadáveres. Havia três pequenas janelas, todas fechadas à chave, mas, através das fendas, viam-se raios de lua perdidos. Por elas soprou uma forte rajada de vento, que agitou o leve chintz das cortinas da cama, até que todos os tipos e formas de figuras aparecessem nas dobras, espreitando e olhando para os recém-chegados. Em cada um dos vãos entre as janelas havia um espelho pendurado, e acima da lareira havia outro. Não havia mais nenhum outro móvel no quarto.

— Uma janela deve estar quebrada — disse a sra. Monroe, avançando para abrir as cortinas. Mal tinha feito isso quando se assustou ao ouvir seu marido cair com um forte estrondo atrás dela, exclamando entredentes:

— Meu Deus!

Ruth agarrou a sineta e fez muito barulho. Antes que os criados chegassem correndo, ela havia envolvido Hugh em um abraço apertado e, independentemente de quaisquer fantasmas que pudessem estar por perto, voltou toda a sua atenção para o marido, desejando de todo o coração que pudesse pegar um pouco da água que ouvia pingando sem parar perto dela. Quando os criados chegaram, ela viu um fio de água serpenteando até eles, formando uma linha límpida em meio ao pó, e se inclinou para a frente para molhar seu lenço. Então Betty, que, apesar da idade, fora a primeira a responder ao chamado e esperava sem ar desde que a chave havia saído de suas mãos, inclinou-se para frente e disse:

— S-Senhora, essa é a água do cadáver. — E então ensopou Hugh e Ruth com o conteúdo de um jarro que tinha trazido, convencida de que seria necessário. Hugh foi levado para seu próprio quarto e, assim que Ruth se virou para trancar a porta, viu, ou imaginou ver, sob a luz do luar que agora inundava o quarto, a sombra pálida de um caixão na cama, do qual surgia o fio de água que ela quase havia usado no marido. Com um arrepio horrorizado, mas prometendo a si mesma que iria investigar o assunto, Ruth fechou e trancou a porta, enfiando a chave no bolso e seguindo Hugh até o quarto.

Ele já tinha voltado a si e começava a se perguntar o que tinha acontecido, mas no momento em que viu a esposa, a lembrança medonha voltou nítida, e ele quase desmaiou de novo.

Quando melhorou novamente, o que só aconteceu no dia seguinte, eles se sentaram para tomar um café da manhã tardio e Ruth lhe implorou que contasse calmamente tudo o que ele vira. Porém, tudo que ela conseguiu extrair dele foi a garantia de que nenhum poder terreno o convenceria a contar o que vira, e que ele desejava esquecer tudo o quanto antes.

— Fantasmas? Ah, os fantasmas eram uma tolice, é claro, mas mesmo assim não precisamos falar sobre eles.

— Mas, Hugh — disse Ruth misteriosamente —, eu também vi e não me importei nem um pouco. Afinal — acrescentou ela, alarmada com a expressão no rosto do marido —, pode ter sido apenas um vazamento no telhado que permitiu a entrada da água. Além disso, os raios de luar criam formas tão curiosas, principalmente quando são refletidos pela neve, que acredito que o caixão só existia na nossa imaginação. Vou subir novamente mais tarde e resolver o assunto de uma vez por todas. Se realmente houver um fantasma, bem, devemos fazer de tudo para que o espírito perturbado possa descansar, mas, se não houver, é melhor descobrirmos de uma vez por todas, pois você está pálido e pronto para desmaiar só de pensar no assunto.

— Você não deve fazer nada disso — discordou Hugh, decidido. — Eu não vi caixão nenhum, muito menos água, e o que de fato vi provavelmente não era nada importante. Mas não posso falar sobre isso com ninguém, muito menos você, pelo menos não até que o choque tenha passado. E devo lhe pedir que desista da ideia de subir até lá de novo.

Antes que Ruth pudesse fazer a promessa desejada ou discutir com ele por causa dessa superstição absurda, que era como ela enxergava as ideias dele em sua mente, Hugh viu o carteiro se esforçando para passar pela lama derretida na avenida e, sem dúvida desejando esquecer a noite anterior, saiu ao seu encontro.

— Lamento muito o atraso, senhor — disse o carteiro —, mas lamento ainda mais ser o portador de más notícias. Seu pobre irmão está de coração partido. Ele perdeu a sua esposa e quer vê-lo de imediato. O funeral é amanhã, e ele espera que as estradas estejam desobstruídas o suficiente para permitir que o senhor vá ter com ele, pois está muito abalado.

Hugh pegou as cartas e entrou, e quem iria imaginar o quão grato ele ficou com as más notícias? Pois ele acreditava plenamente ter visto o rosto da sua esposa no espelho do quarto do fantasma na noite anterior, e agora tinha acabado, assim pensou ele, por ser a esposa do seu irmão mais novo. Ela era a irmã da sua esposa e era muito parecida com Ruth. A alegria pelo peso retirado de seus ombros foi tanta que ele quase se esqueceu de que tinha de contar para a esposa sobre a morte da irmã dela, e ficou contente por encontrá-la absorta em suas tarefas domésticas, nas quais ela continuou concentrada mesmo depois de ele ter lido as cartas e ficar entristecido. A pobre Ruth tinha tantos problemas — e estava tão atarefada arrumando as roupas do marido e do criado dele a tempo — que o fantasma foi completamente esquecido por ambos, e apenas quando já estava a meio caminho de York, percorrendo a charneca aberta, onde a neve derretia rapidamente sob a chuva quente do noroeste, que Hugh desejou ter contado tudo a Ruth e pedido a ela que fizesse a promessa que desejara pela manhã. Mas já era tarde demais, então ele continuou avançando depressa, até que os setenta e dois quilômetros de estrada úmida e fria terminaram e ele se viu nas ruas escuras e estreitas de York.

PARTE II - O CUMPRIMENTO

Depois que as primeiras perguntas e respostas tristes foram trocadas entre o sr. Monroe e Edgar, seu irmão, Hugh contou-lhe o quão alarmado tinha ficado com a aparição no espelho do quarto fantasmagórico. Edgar, sentado junto ao fogo, olhou para o irmão e disse:

— A que horas você viu, Hugh?

— Não sei dizer — respondeu Hugh —, mas creio que por volta das seis da tarde ou um pouco depois. Mas faz diferença? O aviso foi transmitido. Se ao menos eu não tivesse me precipitado e presumido que se tratava de Ruth...

— Mary morreu anteontem — afirmou Edgar. — Ela estava ali sentada e olhando para mim, saudável como você está agora, até que caiu para a frente de uma hora para a outra. Deve ter morrido imediatamente. Graças a Deus — acrescentou, com a voz falhando — ela nunca sofreu. O dr. Borcham disse que a morte dela foi instantânea, e foi exatamente assim que o pai dela também morreu. Deve ser algo de família.

— Deus nos livre! — exclamou Hugh, dando um pulo. — Não fale assim, pelo amor de Deus. Mary e Ruth são irmãs, não se esqueça disso. Pense no que está dizendo.

— Nunca entendi por que rezamos tanto contra a morte súbita — refletiu Edgar, ainda com o tom de voz abafado. — Pense só em como a pessoa se liberta misericordiosamente de todas as dores e tempestades da vida mortal rumo a um descanso perfeito. Quem dera eu pudesse me deitar imediatamente ao lado de Mary e dormir também!

— Misericordioso para aqueles que se vão — disse Hugh —, mas não para aqueles que ficam para trás. É um grande choque! Mas já está ficando tarde, e eu fiz uma longa viagem. Tenho de ir para a cama. — E, dando boa noite ao irmão, ele subiu as escadas para o quarto que lhe fora destinado.

Do outro lado do corredor estreito ficava o outro quarto silencioso, no qual repousava o corpo da sua cunhada. Sob a porta do aposento via-se um feixe de luz e ouvia-se conversas sussurradas, que mostravam que alguém ainda estava no quarto com ela. Hugh não a vira desde o dia em que os dois irmãos e irmãs haviam se casado. Ele pegou novamente o castiçal e, atravessando o corredor, bateu à porta. Ela foi entreaberta pela velha ama da família, que viera morar com Mary após seu casamento. Vendo quem era, a velha ama saiu do aposento e, fechando a porta cuidadosamente, fez com que Hugh voltasse para seu próprio quarto e fechou também aquela porta.

— Bem, sr. Monroe — disse ela —, eu sei o que o senhor quer, mas escute o que vou lhe dizer e não peça para ver a pobre sra. Mary. É muito melhor lembrar-se dela como estava na última vez em que a viu, uma bela noiva feliz, em vez de gravar na mente seu aspecto de agora. Além disso — acrescentou a velha ama —, ela é tão parecida com a querida sra. Ruth que tenho certeza de que não deve olhar para ela, pois isso não servirá de nada agora, pobre moça. Sem contar que poderá deixá-lo tão abalado que não conseguirá se recuperar facilmente, e o senhor já parece pálido e cansado o bastante.

— Muito bem, sra. Povis — respondeu Hugh —, talvez você tenha razão, mas pensei que o sr. Edgar pudesse ficar magoado. De qualquer modo, vou deixar que você explique a ele e, como estou muito cansado, vou seguir seu conselho. Então boa noite. — E tendo a velha ama retomado a melancólica tarefa de velar o caixão, Hugh logo foi para a cama. Enquanto estava sentado ao lado da cama, despindo-se, olhou por acaso para o espelho, e ali, aparecendo por cima de seu ombro, estava o rosto horrível da noite anterior. Desta vez os olhos estavam abertos e pareciam encará-lo, meio implorando, como se o exortassem a alguma ação. Apenas o rosto podia ser visto, como se a cabeça estivesse cortada no pescoço, ou como se a cabeça e o corpo estivessem envoltos por um nevoeiro no qual destacavam-se as feições atraentes da sua esposa — pois era sua esposa, Hugh nunca duvidou. Ele se levantou e caminhou depressa até o espelho, mas, à medida que avançava, o rosto foi desaparecendo gradualmente. Embora Hugh tenha passado algum tempo tremendo e olhando em todas as direções, o rosto não voltou a aparecer. Por isso, considerando tudo um mero fruto da sua imaginação, ele foi para a cama e, como estava fatigado, logo adormeceu profundamente.

De manhã, Hugh estava descansado, e sua mente estava desanuviada e alerta. Ele se levantou e se vestiu, mas, enquanto escovava o cabelo diante do espelho, um vento frio pareceu correr acima dele.

Ele ficou imóvel, pois ali, olhando novamente para ele, fitando-o com tristes olhos cinzentos, estava o rosto da esposa. Desta vez, uma parte maior do corpo tornou-se visível e, enquanto Hugh encarava, impotente, os olhos diante dele, uma mão foi levantada. Em um dedo ele viu brilhar seu anel de noivado, o curioso anel antigo com o qual todos os filhos mais velhos da família Monroe tinham sido desposados desde tempos imemoriais.

— O que você deseja? — perguntou Hugh, curioso, com uma voz que soava estranha e distante aos seus próprios ouvidos. — O que você deseja?

Os lábios pálidos abriram-se como se quisessem falar. Nenhuma palavra saiu deles, mas na sala ecoaram, como acordes de uma música distante, trazida de longe por uma brisa suave, as palavras:

— É tarde demais! Tarde demais! — E depois a visão desapareceu.

Infeliz e desorientado, Hugh terminou de se vestir e desceu as escadas, indo ao encontro do irmão, que estava sentado quase na mesma postura e no mesmo lugar onde ele o deixara na noite anterior, parecendo abatido e melancólico à luz pálida que mal entrava pelas cortinas fechadas. Ele se sobressaltou ao ver Hugh e perguntou qual era o problema. Hugh lhe contou toda a história e terminou dizendo que precisava pedir seu cavalo e voltar imediatamente para casa.

— Você não pode me deixar assim — arrazoou Edgar — apenas por causa de uma visão ou um sonho, ou o que provavelmente foi seu cérebro cansado lhe pregando uma peça. Você não se recuperou do primeiro choque e, depois, a morte da querida Mary atormentou você de novo. Acredite em mim, isso é fruto da sua imaginação. O que poderia ter acontecido com Ruth desde as dez horas da manhã de ontem? Eu jamais conseguirei sobreviver a este dia terrível sem você e imploro que pelo menos fique aqui até amanhã. Retornarei com você e ficarei um pouco no casarão, com todo o prazer.

Hugh ainda insistiu em retornar para casa imediatamente, mas Edgar suplicou tanto que chegou a chorar, da forma terrível em que os homens derramam lágrimas. Hugh, portanto, se sentiu obrigado a ceder. E com todos os arranjos, a ida até a igreja e o retorno, consolando e confortando o irmão durante a provação da cerimônia, o dia passou rapidamente e, à noite, os dois sentaram-se novamente diante da lareira na sala de jantar. Hugh tinha ido várias vezes ao seu quarto durante o dia e, mesmo tremendo, horrorizado, olhara para o espelho. Contudo, não tornou a ver o rosto, o que o fez pensar que, assim que o dia raiasse e sua cavalgada de volta à casa começasse, ele poderia dar-se ao luxo de rir das superstições e de todas essas loucuras. Mas, de repente, um gemido baixo e singular fez com que os irmãos olhassem para cima, ouvindo atentamente. Edgar ia falar, mas o gemido ficou mais alto, soando como um vento lamentoso. Hugh começou a se levantar e bem nesse momento a porta da sala foi aberta violentamente e dela surgiu uma figura delgada e cinzenta, que caminhou silenciosamente até a lareira. A porta fechou-se atrás dela, e conforme Hugh e Edgar, de mãos dadas em pura agonia, avançaram em passos lentos na sua direção, o véu enevoado que a envolvia desvaneceu-se lentamente e, com um arrepio de horror mútuo, eles reconheceram a presença: era Ruth Monroe.

    O vento e os gemidos tinham desaparecido, e um silêncio horrível preenchia a sala, que estava fria e úmida, como se o véu enevoado tivesse se dissipado. Ruth não se mexeu, nem parou de fitar o marido com o mesmo olhar aflito de antes. A voz de Edgar tremia, mas ele se dirigiu a ela pelo nome e lhe implorou que falasse com eles. Ao ouvir a voz dele, a figura levantou a mão e, depois, movendo os lábios tal como fizera o rosto no espelho, deixou que palavras sem forma e sem som permeassem a sala, mas de um modo tão indistinto que nenhum dos irmãos conseguiu entendê-las. Quando Hugh se moveu para segurar a mão estendida, a figura desapareceu devagar, sem deixar nenhum vestígio da sua extraordinária visita.

    — Não adianta — afirmou Hugh. — Vou enlouquecer se não for para casa. Algo terrível deve ter acontecido. Vou chamar George e os cavalos e partiremos agora mesmo. Não sobreviverei a outra noite como a de ontem ou a outra aparição.

Ele tocou a sineta e ordenou que seu criado e seus cavalos se aprontassem de imediato. Então partiram pelas ruas pacatas de York, fazendo barulho sobre as pedras e mergulhando na noite pelo portão de Micklegate Bar. Conforme eles se aproximavam de Grange, a manhã começou a surgir através do nevoeiro frio e denso que pairava sobre o vilarejo, e os cavalos cansados e os homens pararam na ponte e olharam para a casa que repousava silenciosamente entre as árvores. Hugh fustigou seu cavalo estafado pela estrada e, subir os degraus às pressas, tocou a campana como se quisesse acordar os vivos e os mortos.

A porta foi aberta no mesmo instante pela velha Betty. Ela estava se despedindo do médico, que, ao se deparar com o sr. Monroe, fez uma pausa indecisa na porta.

— Pelo amor de Deus — implorou Hugh —, a minha esposa...

O médico pegou-lhe pelo braço e levou-o até a sala de jantar.

— Meu caro sr. Monroe — disse ele. — O senhor precisa se preparar para uma terrível calamidade. A sua querida esposa ficou tão perturbada que isso vai matá-la, ou fazer com que ela fique fora de si para o resto da vida. Não sei dizer como isso aconteceu ou qual foi a causa, mas Betty me informou que ela foi encontrada no quarto da morte ontem à noite, apática, e desde então tem chamado o senhor de uma forma terrível. Ouça — acrescentou—, é possível ouvi-la agora.

Ao abrir a porta, Hugh ouviu seu nome ser proferido com os mesmos sons estranhos da presença que o visitara em York. Desvencilhando-se do médico, ele correu para o andar superior, e ali, sentada na cama, vigiada pelas criadas horrorizadas, estava sua esposa, repetindo o nome dele sem parar. Quando o viu, ela parou, olhou com carinho para ele da mesma maneira dolorosa que o fantasma havia feito e disse:

— Esperei você para me despedir. Fui três vezes vê-lo, mas queria que estivesse em casa. Há mesmo um fantasma lá em cima. Eu me vi deitada naquela cama terrível, e isso me matou. O médico sempre disse que qualquer grande abalo me mataria. E isso quase matou você. Estou apenas esperando para beijá-lo antes de partir.

O pobre Hugh ficou de joelhos e a envolveu em seus braços. Nesse momento, os olhos dela se fecharam, a boca relaxou em um repouso infinito, os braços cruzaram-se no peito, e Ruth caiu morta, fria como mármore, nos braços do marido.

Durante vários dias e várias noites, Hugh esteve no limiar entre a vida e a morte, e passaram-se meses antes de ele suportar ouvir toda a história, meses antes de ele ser capaz de ouvir como ela foi encontrada no antigo quarto lá em cima, depois de subir para ver o que tanto alarmara Hugh, não obstante as orações chorosas da velha Betty e a promessa não dita ao marido. Porém, quando ele voltou a visitar o quarto horrível foi apenas para exigir que aquela parte da casa fosse demolida e reconstruída de tal maneira que não restasse qualquer vestígio do quarto da morte dos Monroe. Foi só depois de casar novamente e ter meia dúzia de filhos barulhentos que Hugh voltou a sorrir, mas se a conversa se voltasse para aquele tema tão enigmático na noite de Natal, ele mudava abruptamente de assunto. Hugh nunca conseguiu contar a história do rosto no espelho.

O espelho não foi destruído, e os Monroe ainda o guardam e o tratam com certa reverência supersticiosa, pois com a mesma certeza de que haverá uma morte na família no ano seguinte, na noite de Todos os Santos o rosto da vítima pode visto no espelho, pelo menos assim diz a governanta, acrescentando, com um sorriso no semblante rubicundo:

— Ninguém agora tenta a Divina Providência olhando para o espelho, pois o fantasma só pode ser visto por um Monroe, e seria muito terrível, sabe, senhor, se vissem seus próprios rostos olhando para eles.

AGRADECIMENTOS

Separadas por cerca de um século, a publicação desta obra e as histórias que ela apresenta chegam aos leitores em uma edição de colecionador financiada coletivamente por mais de 1.300 entusiastas de enredos sombrios.

L. M. Montgomery, Edith Nesbit e Mary E. Braddon viveram em períodos diferentes, mas, quando descobrimos que elas, autoras de romances e fantasias, também se apaixonaram pela escrita de suspenses, soubemos que eram personalidades afins e requeriam uma coleção.

Publicar estas autoras em uma seleção inédita de seus contos antigos é uma honra, e agradecemos a ajuda de cada um dos apoiadores, leitores, profissionais e parceiros desta obra!

Equipe Wish

APOIADORES

A-B-C

A. G. Oliveira, Adriana Alves de Oliveira Gomes, Adriana Aparecida dos Santos, Adriana Aparecida Montanholi, Adriana Barbosa Fraga, Adriana de Godoy, Adriana Ferreira de Almeida, Adriana Francisca de Oliveira Silva, Adriana Gonzalez, Adriana Monte Alegre, Adriana Satie Ueda, Adriana Souza, Adriana Teodoro da Cruz Silva, Adriane Rodrigues da Silva, Adriano Rodrigues Souza, Ágabo Araújo, Agatha Bando Meusburger, Agatha Milani Guimarães, Aisha Morhy de Mendonça, Alana Nycole N Sousa, Alana Stascheck, Alba Regina Andrade Mendes, Alba Valéria Lopes, Alberto Silva Santana, Aldevany Hugo Pereira Filho, Alec Silva, Alejandro Jônathas Ramos, Alessandra Arruda, Alessandra de Moraes Her, Alessandra Koudsi, Alessandra Leire Silva, Alessandra Pedro, Alessandra Simoes, Alessandro Delfino, Alessandro Lima, Alex André (Xandy Xandy), Alex Bastos Borges, Alex Costa, Alexandra de Moura Vieira, Alexandre Adame, Alexandre Nóbrega, Alexandre Roberto Alves, Alexandre Sobreiro, Alexia Américo, Aléxia Moreira de Carvalho, Alexsandro Neri de Melo, Alice Antunes Fonseca Meier, Alice Bispo dos Santos, Alice Désirée, Alice Maria Marinho Rodrigues Lima, Alice Soares Coelho Marques, Aline Cristina Moreira de Oliveira, Aline de Oliveira Barbosa, Aline Fiorio Viaboni, Aline Servilha Bonetto, Aline Viviane Silva, Aliny Fábia da Silva Miguel Oliveira (Alaine), Álisson Rian de França, Allana Santos, Allyson Russell, Alvim Santana Aguiar, Alyne Rosa, Amanda Antônia, Amanda Assis, Amanda Caniatto de Souza, Amanda de Almeida Perez,

Amanda Diva de Freitas, Amanda Leonardi de Oliveira, Amanda Lima Veríssimo, Amanda Pampaloni Pizzi, Amanda Pardinho, Amanda Rinaldi, Amanda Salimon, Amanda Scacabarrozzi, Amanda Vieira Rodrigues, Amaury Mausbach Filho, Amélia Soares de Melo, Ana Amélia G S Francisco, Ana Bárbara Canedo Oliveira, Ana Beatriz Fernandes Fangueiro, Ana Beatriz Mendonça, Ana Carolina Cavalcanti Moraes, Ana Carolina de Carvalho Guedes, Ana Carolina de Oliveira, Ana Carolina Ferreira de Moraes, Ana Carolina Fonseca, Ana Carolina Martins, Ana Carolina Silva Chuery, Ana Carolina Vieira Xavier, Ana Carolina Wagner G. de Barros, Ana Caroline Silva do Nascimento, Ana Clara da Mata, Ana Clara Rêgo Novaes Santos, Ana Claudia, Ana Claudia de Campos Godi, Ana Cláudia Pereira Lima, Ana Claudia Sato, Ana Elisa Spereta, Ana Flávia V. de França, Ana Gabriela Barbosa, Ana Gabriela Barbosa, Ana Gallas, Ana Julia Candea, Ana Laura Brolesi Anacleto, Ana Lethicia Barbosa, Ana Luiza Henrique dos Santos, Ana Luiza Lima, Ana Luiza Poche, Ana Maria Cabral de Vasconcellos Santoro, Ana Paula de Menezes Firmino, Ana Paula Garcia Ribeiro, Ana Paula Mariz Medeiros, Ana Paula Menezes, Ana Paula Velten Barcelos Dalzini, Ana Raquel Barbosa, Ana Spadin, Ana Virginia da Costa Araújo, Ananda Albrecht, Ananda Magalhães, Anastacia Cabo, Anderson do Nascimento Alencar, Anderson Luiz Silva, Anderson Mendes dos Santos, André Correia, André Maia Soares, André Pereira Rosa, André Sefrin Nascimento Pinto, Andréa Bistafa, Andréa Diaz de Almeida, Andrea Mattos, Andreas Gomes, Andreia Almeida, Andréia N. A. Bezerra, Andresa Tabanez da Silva, Andressa Almada, Andressa Cristina de Oliveira, Andressa Panassollo, Andressa Popim, Andressa Rodrigues de Carvalho, Angela Cristina Martoszat, Angela Loregian, Angela Moreira, Angela Neto, Angelica Oliveira dos Santos, Angélica Vanci da Silva, Angelita Cardoso Leite dos Santos, Anna Beatriz Torres Neves da Silva, Anna Caroline Varmes, Anna Luiza Resende Brito, Anna Raphaella Bueno Rot Ferreira, Anne Diogenes, Anthony Ferreira dos Santos, Antonietta Martins Maia Neta, Antonio Milton Rocha de Oloiveira, Antonio Ricardo Silva Pimentel, Antonioreino, Araí Nrl, Ariadne Erica Mendes Moreira, Ariadne Fantesia de Jesus, Ariane Araújo Ássimos, Ariane Lopes dos Santos, Arnaldo Henrique Souza Torres, Arthur Almeida Vianna, Artur Ferreira, Aryane Rabelo de Amorim, Atália Ester, Audrey Albuquerque Galoa, Augusto Bello Zorzi,

Aurelina da Silva Miranda, Ayesha Oliveira, Bárbara de Lima, Bárbara Kataryne, Bárbara Marques, Bárbara Parente, Bárbara Schuina, Barbara Zaghi, Beah Ribeiro, Beatriz Alencar, Beatriz Gabrielli-Weber, Beatriz Galindo Rodrigues, Beatriz Leonor de Mello, Beatriz Maia de Aquino, Beatriz Petrini, Beatriz Pizza, Beatriz Ramiro Calegari, Beatriz Souza Silva, Beatriz Tajima, Berenice Thais Mello Ribeiro dos Santos, Bia Carvalho, Bia Nunes de Sousa, Bia S. Nunes, Bianca Alves, Bianca B Gregorio, Bianca Barczsz, Bianca Berte Borges, Bianca de Carvalho Ameno, Bianca Santos Coutinho dos Reis, Blume, Brenda Bossato, Brenda Galvão, Brenda Schwab Cachiete, Breno Paiva, Bruna A B Romão, Bruna Damasco, Bruna de Lima Dias, Bruna Grazieli Proencio, Bruna Leoni, Bruna Marques Figueiroa, Bruna Pimentel, Bruna Pontara, Brunno Marcos de Conci Ramírez, Bruno Cavalcanti, Bruno Fiuza Franco, Bruno Goularte, Bruno Hipólito, Bruno Mendonça da Silva, Bruno Moreira Ribeiro Sequeira, Bruno Moulin, Bruno Rodrigo Arruda Medeiro, Caah Leal, Caio Henrique Amaro, Caio Rossan, Caio Souza Pimentel, Caique Fernandes de Jesus, Camila Cabete, Camila Campos de Souza, Camila Cruz, Camila Felix de Lima Fernandes, Camila Gilli Konig, Camila Gimenez Bortolotti, Camila Kahn Raña, Camila Linhares Schulz, Camila Linhares Schulz, Camila Maria Campos da Silva, Camila Nakano de Toledo, Camila Perlingeiro, Camila Villalba, Camilla Cavalcante Tavares, Camille Pezzino, Camille Silva, Carla Costa e Silva, Carla Dombruvski, Carla Kesley Malavazzi, Carla Paula Moreira Soares, Carla Santos, Carla Schmidt, Carla Spina, Carlos Eduardo de Almeida Costa, Carlos Thomaz do Prado Lima Albornoz, Carmen Lucia Aguiar, Carol Beck, Carol Cruz, Carol Garotti & Carol Torim, Carol Maia, Carol Nery Lima Vicente, Carolina Amaral Gabrielli, Carolina Cavalheiro Marocchio, Carolina Dantas Nogueira, Carolina Lopes Lima, Carolina Melo, Carolina Oliveira Canaan, Carolina Vieira, Carolina Yamada, Caroline Benjamin Garcia de Mattos, Caroline de Souza Fróes, Caroline Pereira dos Santos, Caroline Piecha Motta, Caroline Pinto Duarte, Carollzinha Souza, Cássia Alberton Schuster, Catarina S. Wilhelms, Cátia Michels, Cau Munhoz, Cecilia M. Matusalem, Cecilia Morgado Corelli, Cecília Pedace, Célia Aragão, Celso Cavalcanti, Cesar Lopes Aguiar, Christiane Mattoni, Christianne Paiva, Christine Ribeiro Miranda, Cícera H de Amorim Hass, Cinthia Guil Calabroz, Cinthia Nascimento, Cintia A de Aquino Daflon,

Cíntia Cristina Rodrigues Ferreira, Clara Daniela S. de Freitas, Clarice das Mercês Guimarães, Claudia Alexandre Delfino da Silva, Claudia de Araújo Lima, Cláudia G Cunha, Cláudia Helena R. Silva, Cláudia Santarosa, Cláudio Aleixo, Cláudio Augusto Ferreira, Clébia Miranda, Clever D'freitas, Coral Daia, Cosme do Nascimento Rodrigues, Creicy Kelly Martins de Medeiros, Cristiane de Oliveira Lucas, Cristiane Prates, Cristiane Veloso Coelho, Cristina Alves, Cristina Glória de Freitas Araujo, Cristina Lobo Teixeira, Cristina Maria Busarello, Cristina Vitor, Cristine Martin, Cybelle Saffa.

D-E-F

Dandara Maria Rodrigues Costa, Dani, Daniel Benevides Soares, Daniel Kiss, Daniel Taboada, Daniela Honório, Daniela Miwa Miyano, Daniela Nascimento da Silva, Daniela Ribeiro Laoz, Daniela Uchima, Daniele Carolina Rocha de Avelar, Daniele Franco dos Santos Teixeira, Daniella Monteiro Corrêa, Danielle Campos Maia Rodrigues, Danielle Dayse Marques de Lima, Danielle Demarchi, Danielle Mendes Sales, Danielle Moreira, Danila Gonçalves, Danilo Barbosa, Danilo Domingues Quirino, Danilo Pereira Kamada, Danyel Gomes, Danyelle Gardiano, Dariany Diniz, Darla Gonçalves Monteiro da Silva, Darlene Maciel de Souza, Darlenne Azevedo Brauna, David Alves, Dayane de Souza Rodrigues, Dayane Gomes da Silva, Dayane Suelen de Lima Neves, Débora, Debora Coradini Benetti, Débora dos Santos Cotis, Débora Maria de Oliveira Borges, Débora Mille, Deborah Almeida, Déborah Araújo, Déborah Brand Tinoco, Denise Ramos Soares, Diego Cardoso, Diego de Oliveira Martinez, Diego José Ribeiro, Diego P. Soares, Diego Villas, Diego Void, Diogo F. Tenório, Diogo Gomes, Diogo Simoes de Oliveira Santos, Diogo Vasconcelos Barros Cronemberger, Dionatan Batirolla e Micaela Colombo, Divanir Pires, Dolly Aparecida Bastos da Costa, Douglas S. Rocha, Driele Andrade Breves, Drika Lopes, Duliane da C. Gomes, Dyuli Oliveira, Eddie Carlos Saraiva da Silva, Edgreyce Bezerra dos Santos, Edilene Di Almeida, Edith Garcia, Ednéa R. Silvestri, Eduarda Bonatti, Eduarda de Castro Resende, Eduarda Ebling, Eduarda Luppi, Eduarda Martinelli de Mello, Eduardo "Dudu" Cardoso,

Eduardo de Oliveira Prestes, Eduardo Gattini Faleiro, Eduardo Henrique Barros Lopes, Eduardo Lima de Assis Filho, Elaine Aparecida Albieri Augusto, Elaine Carvalho Fernandes, Elaine Kaori Samejima, Elaine Regina de Oliveira Rezende, Elga Holstein Fonseca Doria, Eliana Maria de Oliveira, Eliane Barbosa Delcolle, Eliane Barros de Carvalho, Eliane Barros de Oliveira, Eliane Bernardes Pinto, Eliane da Silva Moraes, Eliane Mendes de Souza, Eliel Carvalho, Elis Mainardi de Medeiros, Elisangela Regina Barbosa, Ellen Vitória de Oliveira Santos, Eloiza Bringhenti, Elora Mota, Elyse Oyadomari, Emanoela Guimarães de Castro, Emanuelly Cristyne Verissimo Evangelista, Emanuelly Rosa Chagas, Emilena Bezerra Chaves, Emily Winckler, Emmanuel Carlos Lopes Filho, Emmanuelle Pitanga, Eric Mikio Sato Peniza, Érica de Assis, Erica do Espirito Santo Hermel, Érica Mendes Dantas Belmont, Erik Alexandre Pucci, Erika Ferraz, Estela Maura Mesquita Carabette, Estephanie Gonçalves Brum, Ester da Silva Bastos, Ester Garcia Ferreira da Silva, Esthefani Garcia, Esthefany Tavares, Eugênia Arteche do Amaral, Evans Cavill Hutcherson, Evelin Schueteze Rocha, Eveline Malheiros, Evelyn Siqueira, Fabiana Aguiar Carneiro Silva, Fabiana Cristina de Oliveira, Fabiana de Oliveira Engler, Fabiana Ferraz Nogueira, Fabiana Martins Souza, Fabiana Oliveira, Yudi Ishikawa, Fabiana Rodrigues, Fabiane Batista da Silva Gomes, Fabio da Fonseca Said, Fabio da Fonseca Said, Fabio Eduardo Di Pietro, Fabiola Aparecida Barbosa, Fabiola Cristina A C Queiroz, Fabíola Ratton Kummer, Família Montecastro, Felipe Andrei, Felipe Andrei, Felipe Augusto Kopp, Felipe Azevedo Bosi, Felipe Burghi, Felipe Moura, Felipe Pessoa Ferro, Fernanda Barão Leite, Fernanda Bononomi, Fernanda Correia, Fernanda Cristina Buraslan Neves Pereira, Fernanda da Conceição Felizardo, Fernanda Dias Borges, Fernanda Fernandes, Fernanda Galletti da Cunha, Fernanda Garcia, Fernanda Gomes de Souza, Fernanda Gonçalves, Fernanda Hayashi, Fernanda Martinez Tarran, Fernanda Mendes Hass Gonçalves, Fernanda Mengarda, Fernanda Reis, Fernanda Santos Benassuly, Fernanda Tavares da Silva, Fernandinho Sales, Fernando da Silveira Couto, Fernando Rosa, Filipe Pinheiro Mendes, Flavia Bensoussan Mele, Flávia Maria Gomes Campos, Flávia Sanches Martorelli, Flávia Silvestrin Jurado, Flávio do Vale Ferreira, Franciele Santos da Silva, Francielle Alves, Francielle Marcia da Costa, Francisco Assumpção, Francisco Roque Gomes, Frank González Del Río.

G-H-I-J

Gabi Mattos, Gabriel Carballo Martinez, Gabriel de Faria Brito, Gabriel Farias Lima, Gabriel Guedes Souto, Gabriel Martini e Cintia Port, Gabriel Nelson Koller, Gabriel Nogueira de Morais, Gabriel Tavares Florentino, Gabriela Maia, Gabriela Araújo, Gabriela Costa Gonçalves, Gabriela dos Santos Gentil, Gabriela Garcez Monteiro, Gabriela H. Tomizuka, Gabriela Mafra Lima, Gabriela Neres de Oliveira e Silva, Gabriela Reis Ferreira, Gabriela Souza Santos, Gabrielle Monteiro, Gianieily Afq Silveira, Giovana Lopes de Paula, Giovana Mazzoni, Giovanna Alves Martins de Souza, Giovanna Batalha Oliveira, Giovanna Bobato Pontarolo, Giovanna Bordonal Gobesso, Giovanna Lusvarghi, Giovanna Romiti, Giovanna Rubbo, Giovanna Souza Rodrigues Bastos, Gisele Carolina Vicente, Gisele Eiras, Gisele Mendes, Giulia Marinho, Glaucea Vaccari, Glauco Henrique Santos Fernandes, Glenda Freitas, Gleyka Rodrigues, Gofredo Bonadies, Gofredo Bonadies, Graciela Santos, Greice Genuino Premoli, Gui Souza, Guilherme Adriani da Silva, Guilherme Cardamoni, Guilherme de Oliveira Raminho, Guilherme Wille, Gustavo de Freitas Sivi, Gustavo Primo, Hajama., Hanah Silva, Hanna Gimli Lucy, Hannah Cintra, Haphiza Delasnieve, Haydee Victorette do Vale Queiroz, Heclair Pimentel Filho, Helano Diógenes Pinheiro, Helena Dias, Helil Neves, Hellen A. Hayashida, Hellen Cintra, Hellen Cintra, Heloísa Vivan, Helton Fernandes Ferreira, Heniane Passos Aleixo, Henricleiton Nascimento Leite, Henrique Botin Moraes, Henrique Carvalho Fontes do Amaral, Henrique de Oliveira Cavalcante, Henrique Luiz Voltolini, Henrique Petry, Hevellyn Coutinho do Amaral, Hiago da S.l, Hitomy Andressa Koga, Hugo P. G. J., Humberto Pereira Figueira, Iara e Clarice, Iara Franco Leone, Igor Senice Lira, Ileana Dafne Silva, Indianara Hoffmann, Ingrid Jonária da Silva Santos, Ingrid Orlandini, Ingrid Rocha, Ingrid Souza, Ingridh Weingartner, Iracema Lauer, Irene Bogado Diniz, Íris Milena de Souza e Santana, Isabela Brescia Soares de Souza, Isabela Dirk, Isabela do Couto Ribeiro Lopes, Isabela Graziano, Isabela Lucien Bezerra, Isabela Moreira, Isabela Resende Lourenço, Isabela Silva Santos, Isabella Alvares, Isabella Alvares Fernandes, Isabella Czamanski, Isabella Gimencz, Isabella Miranda de Medeiros, Isabella T. Perazzoli,

Isabelly Alencar Macena, Isadora Cunha Salum, Isadora Fátima Nascimento da Silva, Isadora Loyola, Isadora Provenzi Brum, Isadora Saraiva Vianna de Resende Urbano, Ísis Porto, Ismael Chaves, Itaiara de Rezende Silveira, Ivan G. Pinheiro, Ivone de F. F. Barbosa, Jaaairo, Jackieclou, Jacqueline Freitas, Jade Martins Leite Soares, Jade Rafaela dos Santos, Jader Viana Massena, Jader Viana Massena, Jady Cutulo Lira, Jailma Cordeiro do Nascimento, Jaine Aparecida do Nascimento, Jamile R., Janaina Paula Tomasi, Jane Rodrigues Pereira Andrade, Jaqueline Matsuoka, Jaqueline Oliveira Barbosa, Jaqueline Santos de Lima Cordeiro, Jaqueline Soares Fernandes, Jaqueline Varella Hernandez, Jeferson Melo, Jennifer Mayara de Paiva Goberski, Jess Goulart Petruzza, Jessica Brustolim, Jéssica Caroline Pereira da Silva de Andrade, Jéssica Caroline Pereira da Silva de Andrade, Jéssica Gubert Tartaro, Jéssica Kaiser Eckert, Jessica Mineia da Silva Rodrigues, Jéssica Monteiro da Costa, Jessica Nayara da Silva Miranda, Jessica Oliveira Piacentini, Jéssica Pereira de Oliveira, Jéssica Saori Iwata Mitsuka, Jéssica Taeko Sanches Kohara de Angeli, Jessica Widmann, Joana Antonino da Silva Rodrigues, Joanna Késia Rios da Silva, João Felipe da Costa, João Herminio Lyrio Loureiro, João Neto Queiroz Sampaio, João Paulo Cavalcante Coelho, João Paulo Cavalcanti de Albuquerque, João Paulo Pacheco, João Paulo Siqueira Rabelo, João Vítor de Lanna Souza, João Vitor Monteiro Chagas, João Vitor Zenaro, Johabe Jorge Guimarães da Silva, Joice Mariana Mendes da Silva, Joiran Souza Barreto de Almeida, Jordan da Silva Soeiro, Jordy Héricles, Jorge Alves Pinto, Jorge Raphael Tavares de Siqueira, José Carlos da Silva, José Eduardo Goulart Filho, José Manoel Martins, José Maria Mendes Dias de Carvalho, José Messias Rodrigues de Araújo, Joselle Biosa Ferreira, Jota Rossetti, Joyce Roberta, Juju Bells, Júlia Antunes Oliveira, Julia Bassetto, Julia da Silva Menezes, Julia Dias, Julia França dos Santos, Julia Gallo Rezende, Júlia Goettems Passos, Júlia Medeiros, Júlia Nascimento Lourenço Souza, Juliana, Juliana Fiorese, Juliana Lemos Santos, Juliana Martins, Juliana Mourão Ravasi, Juliana Ponzilacqua, Juliana Renata Infanti, Juliana Ruda, Juliana Salmont Fossa, Juliana Silveira Leonardo de Souza, Juliana Soares Jurko, Juliana Vijande, July Medeiros, Julyane Silva Mendes Polycarpo, June Alves de Arruda, Junis Ribeiro, Jurimeire, Jussara Oliveira.

K–L–M–N

Kabrine Vargas, Kalina Vanderlei Paiva da Silva, Kalina Vanderlei Silva, Kamylla Silva Portela, Karen Käercher, Karen Pereira, Karen Trevizani Stelzer, Karina Beline, Karina Cabral, Karina Casanova, Karina Cruz, Karina Natalino, Karine Lemes Büchner, Karly Cazonato Fernandes, Karol Rodrigues, Karollina Lopes de Siqueira Soares, Kássio Alexandre Paiva Rosa, Kathleen Machado Pereira, Katia Barros de Macedo, Kátia Marina de A. Silva, Kátia Miziara de Brito, Katia Regina Machado, Katiana Korndörfer, Kecia Rayane Chaves Santos, Keith Konzen Chagas, Keize Nagamati Junior, Kelly Cristina Oliveira, Kelly Duarte, Kelly Freire Delmondes, Kely Cordeiro, Keni Tonezer de Oliveira, Kennya Ferreira, Ketilin Alves, Kevin de Paula, Kevynyn Onesko, Keyla Ferreira, Klayton Amaral Gontijo, Ladjane Barros, Lahys Silva Nunes, Lais Braga, Laís Felix Cirino dos Santos, Laís Fonseca, Lais Pires Queiroz Pereira, Lais Pitta Guardia, Laís Souza Receputi, Laís Sperandei de Oliveira, Lana dos Santos Silva, Lana Raquel Morais Rego Lima, Lara Almeida Mello, Lara Cristina Freitas de Oliveira, Lara Daniely Prado, Lara Ferreira de Almeida Gomes, Lara Marinho Oliveira, Larissa, Larissa Fagundes Lacerda, Larissa Francyélid, Larissa Junqueira Costa Pereira, Larissa Moreti, Larissa Pinheiro, Larissa Sayuri, Larissa Teodoro Sena, Larissa Volsi dos Santos, Larissa Wachulec Muzzi, Larissa Yamada, Larissa Yedda Bentes, Larisse Sanntos Mesquita, Laryssa de S. Lucio, Laryssa Ktlyn, Laryssa Surita, Laura Konageski Felden, Laura Souza Neto Bossi, Lays Azevedo, Lays Bender de Oliveira, Leandro da S. Dias, Leandro de Campos Fonseca, Leandro Fabian Junior, Leandro M Kezuka, Leandro Raniero Fernandes, Leh Pimenta, Leila Maciel da Silva, Leila Maria Torres de Menezes Flesch, Leila Miranda Lúcia Balbino, Leonardo Baldo Dias, Leonardo Fogaça, Leonardo Fregonese, Leonardo La Terza, Leonardo Macleod, Leonel Marques de Luna Freire, Leonor Benfica Wink, Lethícia Roqueto Militão, Letícia Alvarenga, Letícia Bittes Reino, Letícia Cândida de Moura, Letícia Gabriela Lopes do Nascimento, Leticia Izumi Yamazaki, Letícia Pacheco Figueiredo, Letícia Pombares Silva, Letícia Prata Juliano Dimatteu Telles, Letícia Rezende Lisboa, Letícia Silva Siqueira, Lia Cavaliera, Lidiane da Silva Fernandes,

Lidiane Silva Delam, Lílian Vieira Bitencourt, Liliane Cristina Coelho, Lina Machado Cmn, Lis Vilas Boas, Lisiani Coelho, Livia C V V Vitonis, Lívia de Oliveira Revorêdo, Livia Marinho da Silva, Lívia Mendonça, Lívia Poeys, Lorena da Silva Domingues, Lorena Ricardo Justino de Moura., Louise Vieira, Loyse Ferreira, Lua Nascimento, Luan Cota Pinheiro, Luana Andrade, Luana Feitosa de Oliveira, Luana Muzy, Luana Pimentel da Silva, Lucas Alves da Rocha, Lucas Gabriel Rodrigues Corrêa, Lucas La Ferrera Pires, Lucas Ozório, Luciana, Luciana & Gilma Vieira da Silva, Luciana Araujo Fontes Cavalcanti, Luciana Barreto de Almeida, Luciana Liscano Rech, Luciana M. Y. Harada, Luciana Maira de Sales Pereira, Luciana Ortega, Luciana Schuck e Renato Santiago, Luciana Teixeira Guimarães Christofaro, Luciane Rangel, Luciano da Silva Bianchi, Luciano Rodrigues Carregã, Luciano Vairoletti, Luciene Santos, Lucilene Canilha Ribeiro, Lucyellen Lima, Ludmila Beatriz de Freitas Santos, Luis Gerino, Luís Henrique Ribeiro de Morais, Luisa Bruno, Luísa de Lucca, Luísa de Souza Lopes, Luisa Freire, Luisa Mesquita, Luiz Aristeu dos Santos Filho, Luiz Arnaldo Menezes, Luiz Carlos Gomes Santiago, Luiz Felipe Benjamim Cordeiro de Oliveira, Luiz Fernando Cardoso, Luiz Orlando Teixeira Tupini, Luíza Álvares Dias, Luiza Fernandes Ribeiro, Luiza Herrera, Luiza Morais, Luiza Pimentel de Freitas, Luiza Seara Schiewe, Luizana Migueis, Luzia Tatiane Dias Belitato, Luziana Lima, Lygia Ramos Netto, Lygia Rebecca, M. Graziela Costa, M. Ivonete Alves, Mª Helena R. Chagas, Madalena Araujo, Madame Basilio, Mahatma José Lins Duarte, Maic Douglas Souza Martins dos Santos, Maikhon Reinhr, Maíra Lacerda, Maíra Secomandi Falciroli, Manoela Fernanda Girello Cunha, Marcela Andrade Silva, Marcela de Paula, Marcela Paula S. Alves, Marcela Santos Brigida, Marcella Gualberto da Silva, Marcelle Rodrigues Silva, Marcelo Fernandes, Marcelo Leão, Marcelo Trigueiros, Marcia Avila, Marcia Renata J. Tonin, Marciane Maria Hartmann Somensi, Marciele Moura, Márcio Ricardo Pereira, Marco Antônio Baptista, Marco Antonio Bonamichi Junior, Marco Antonio da Costa, Marcos Denny, Marcos Murillo Martins, Marcos Nogas, Marcos Roberto Piaceski da Cruz, Marcus Augustus Teixeira da Silva, Marcus Vinicius Neves Gomes, Margarete Edul Prado de Souza, Maria Alice Tavares, Maria Angélica Tôrres Mauad Mouro, Maria Anne Bollmann, Maria Batista,

Maria Beatriz Abreu da Silva, Maria Carolina Monteiro, Maria Clara Silvério de Freitas, Maria Claudiane da Silva Duarte, Maria Eduarda Blasius, Maria Eduarda de Faria Azevedo, Maria Eduarda Moura Martins, Maria Eduarda Ronzani Pereira Gütschow, Maria Faria, Maria Fernanda Pontes Cunha, Maria Graciete Carramate Lopes, Maria Inês Farias Borne, Maria Isabelle Vitorino de Freitas, Maria Lúcia Bertolin, Maria Renata Tavares, Maria Sena, Maria Teresa, Maria Thereza Amorim Arrais Chaves, Maria Veríssima Chaia de Holanda, Mariana Bourscheid Cezimbra, Mariana Bricio Serra, Mariana Carmo Cavaco, Mariana Carolina Beraldo Inacio, Mariana Coutinho, Mariana D. P. de Souza, Mariana da Cunha Costa, Mariana David Moura, Mariana dos Santos, Mariana Januário dos S. Viana, Mariana Midori Sime, Mariana Reis Marques, Mariana Rocha, Mariana Sommer, Mariane Cristina Rodrigues da Silva, Marianne Jesus, Mariany Peixoto Costa e Sarah Pereira, Maria-Vitória Souza Alencar, Marielly Inácio do Nascimento, Marina, Marina Araújo de Souza, Marina Barguil Macêdo, Marina Brunacci Serrano, Marina Cândido Barreto, Marina Cristeli, Marina de Castro Firmo, Marina Donegá Neves, Marina Lima Costa, Marina Mendes Dantas, Mario Zonaro Junior, Marisa Gonçalves Telo, Marisol Bento Merino, Marisol Prol, Marjarie Marrie, Martha Gevaerd, Martha Lhullier, Martina Sales, Mary Camilo e Thiago Caversan, Maryana A., Mateus Cruz de Oliveira, Matheus de Magalhães Rombaldi, Matheus Goulart, May Tashiro, Mayara C M de Moura, Mayara Neres, Mayara Pereira da Silva, Mayara Policarpo Vallilo, Mayara Silva Bezerra, Maylah Esteves, Meg Ferreira, Melina de Souza, Melissa Barth, Mell Ferraz, Meow Meow, Merelayne Regina Fabiani, Meulivro.jp, Mia Pegado, Michel Ávila, Michel Barreto Soares, Michele Bowkunowicz, Michele Faria Santos, Michele Vaz Pradella, Michelle Gimenes, Michelle Hahn de Paula, Michelle Meloni Braun, Michelle Müller Rossi, Michelle Romanhol, Mih Lestrange, Milena Ferreira Lopes, Milena Nunes de Lima, Milene Antunes, Milene Santos, Millena Marques de Souza, Miller de Oliveira Lacerda, Minnie Santos Melo, Mirela Sofiatti, Miriam Paula dos Santos, Miriam Potzernheim, Mirna Porto, Monallis Cardoso, Mônica Loureiro Baptista, Mônica Sanoli, Monique Calandrin, Monique D'orazio, Monique Lameiras Amorim, Monique Mendes, Monique Miranda, Morgana Conceição da Cruz Gomes, Mucio Alves, Mylena Nuernberg, Nádia Simão de Jesus,

Nadyelle Targino de Lima, Nahuel Mölk, Naira Carneiro, Nalí Fernanda da Conceição, Nancy Yamada, Natali Ricco, Natália Bergamin Retamero, Natalia da Silva Candido, Natalia de Araújo, Natália dos Reis Farias, Natalia Kiyan, Natália Luiza Barnabé, Natalia Noce, Natalia Oka, Natalia Oliveto Araujo Vitor, Natalia Schwalm Trescastro, Natália Wissinievski Gomes, Natália Zanatta Stein, Natalia Zimichut Vieira, Natasha Ribeiro Hennemann, Nathalia Borghi, Nathalia de Lima Santa Rosa, Nathalia de Vares Dolejsi, Nathalia Matsumoto, Nathália Mosteiro Gaspar, Nathalia Premazzi, Nathanna Harumi, Natielle Souza Guedes, Nayara Cruz, Nayara da Silva Santos, Nayara Oliveira de Almeida, Náyra Louise Alonso Marque, Nelson do Nascimento Santos Neto, Newton José Brito, Neyara Furtado Lopes, Nichole Karoliny Barros da Silva, Nicolas Almeida, Nícolas Cauê de Brito, Nicole Führ, Nicole Leão, Nicole Pereira Barreto Hanashiro, Nicole Roth, Nicole Sayuri Tanaka, Nicoly S Ramalho, Nikelen Witter, Nivaldo Morelli, Núbia Barbosa da Cruz, Núbia Silva.

O-P-Q-R

Octavio Campanol Neto, Ohana Fiori, O'hará Silva Nascimento, Olga Yoko Otsuka, Olivia Mayumi Korehisa, Omar Geraldo Lopes Diniz, Oracir Alberto Pires do Prado, Pábllo Eduardo, Palloma Sichelero, Paloma A Cezar, Paloma Kochhann Ruwer, Pâmela Felix Soriano Lima, Pamela Moreno Santiago, Pamela Nhoatto S., Paola, Paola Borba Mariz de Oliveira, Paola de Freitas Oliveira, Patrícia Alexandre da Silva, Patricia Ana Tremarin, Patrícia Ferreira Magalhães Alves, Patrícia G S Neves, Patricia Harumi Suzuki, Patricia Hradec, Patrícia Kely dos Santos, Patricia Lima Zimerer, Patrícia Milena Dias Gomes de Melo, Patrícia Mora Pereira, Patrícia Pereira, Patrícia Pizarro, Patrícia Sasso Marques Correia Prado Batista, Patrícia Zulianello Zanotto, Patrick Wecchi, Paula Cruz, Paula H., Paula Helena Viana, Paula Oquendo, Paula Vargas Gil, Paula Zaccarelli, Paulo Cezar Mendes Nicolau, Paulo Garcez, Paulo Vinicius Figueiredo dos Santos, Pedro Afonso Barth, Pedro Carneiro, Pedro Fernandes Jatahy Neto, Pedro Henrique Morais, Pedro Lopes, Pietra Vaz Diógenes da Silva, Poliana Belmiro Fadini, Poliane Ferreira de Souza, Priscila Daniel do Nascimento, Priscila Erica Kamioka,

Priscila Orlandini, Priscila Prado, Priscilla Ferreira de Amorim Santiago, Priscilla Moreira, Professora Dayana, Quim Douglas Dalberto, Rafael Alves de Melo, Rafael de Carvalho Moura, Rafael Lechenacoski, Rafael Leite Mora, Rafael Leite Mora, Rafael Lucas Barros Botelho, Rafael Miritz Soares, Rafael Wüthrich, Rafaela Barcelos dos Santos, Rafaela de Fátima Araújo, Rafaela Martins, Rafaella Grenfell, Rafaella Kelly Gomes Costa, Rafaella Silva dos Santos, Rafaelle C-Santos, Rafaelle Schütz Kronbauer Vieira, Rahissa Pachiano Quintanilha, Raissa Fernandez, Raíssa Hanauer, Raphael Fernandes, Raphaela Valente de Souza, Raquel Fernandes, Raquel Gomes da Silva, Raquel Grassi Amemiya, Raquel Hatori, Raquel Michels, Raquel Pedroso Gomes, Raquel Rezende Quilião, Raquel Samartini, Raquel V. Ambrósio, Rayane Fiais, Rayane Sousa, Rebeca Aparecida dos Santos, Rebeca Iervolino Fernandes Ferreroni, Rebeca Prado, Rebecka Cerqueira dos Santos, Rebecka Ferian de Oliveira, Regina Andrade de Souza, Regina Kfuri, Rejane F Silva, Renata A. Cunha, Renata Alexopoulos, Renata Asche Rodrigues, Renata Bertagnoni Miura, Renata de Araújo Valter Capello, Renata de Lima Neves, Renata Oliveira do Prado, Renata Pereira da Silva, Renata Roggia Machado, Renata Santos Costa, Renato Drummond Tapioca Neto, Ricardo Ataliba Couto de Resende, Ricardo Rocha, Ricella Delunardo Torres, Rinaldo Halas Rodrigues, Rita de Cássia Dias Moreira de Almeida, Roberta Hermida, Robson Muniz de Souza, Robson Oliveira, Robson Santos Silva (Robson Mistersilva), Rodney Georgio Gonçalves, Rodney Georgio Gonçalves, Rodrigo Bobrowski - Gotyk, Rodrigo Hesse, Rodrigo Matheus Rodrigues de Oliveira, Rodrigo Miranda, Rodrigo Silveira Rocha, Rogério Duarte Nogueira Filho, Ronaldo Antônio Gonçalves, Ronaldo Barbosa Monteiro, Roni Tomazelli, Rosana Maria de Campos Andrade, Rosana Santos, Rosea Bellator, Rosineide Rebouças, Ruan Matos, Ruan Oliveira, Rubens Pereira Junior, Rubia Cunha, Ruth Danielle Freire Barbosa Bezerra.

S-T-U-V-W-X-Y-Z

Sabrina, Sabrina Melo, Samantha Gleide, Samara Aparecida G. Santana, Samara Farias Viana, Sandra Lee Domingues, Sandra Regina dos Santos, Sara Marie N. R., Sara Marques Orofino, Sarah, Sarah Augusto,

Sarah Nascimento, Sayuri Scariot Utsunomiya, Shay Esterian, Sheron Alencar, Silmara Helena Damasceno, Silvana Cruz, Silvana Pereira da Silva, Silvia Maria Antunes Elias, Silvia Maria dos Santos Moura, Silvia V. Ferreira, Silvio Aparecido Gonçalves, Simone Teixeira de Souza, Sofia Kerr Azevedo, Solange Burgardt, Sônia de Jesus Santos, Sophia Gaspar Leite, Sophia Lopes, Sophia Ribeiro Guimarães, Soren Francis, Spartaco Carlos Nottoli, Sr. D.n, Stefani Camila Santos de Souza, Stefânia Dallas, Stelamaris Alves de Siqueira, Stella Noschese Teixeira, Stephania de Azevedo, Stephanie Azevedo Ferreira, Stephanie de Brito Leal, Stephanie Rosa Silva Pereira, Stephanie Rose, Stephany Ganga, Stephany Morais, Suellen Gonçalves, Susana Ventura, Susy Stefano Giudice, Suzana Dias Vieira, Sylvia Feer, Tábata Shialmey Wang, Taciana Maria Ferreira Guedes Nascimento, Taciana Souza, Tácio Rodrigues Côrtes Correia, Tainah Castro Fortes, Tainara Kesse, Taís Castellini, Tais Coppini Pereira, Taise Conceição de Aguiar Pinto, Taki Okamura, Talita Chahine, Talita M Sansoni, Talles dos Santos Neves, Tamires Regina Zortéa, Tamiris Carbone Marques, Tânia Maria Florencio, Tânia Veiga Judar, Tassiane Santos, Tathi Souza, Tatiana, Tatiana Carvalho, Tatiana Catecati, Tatiana Gonçalves Morales, Tatiane de Cássia Pereira, Tatiane Felix Lopes, Tatyana Demartini, Tayane Couto da Silva Pasetto, Taylane Lima Cordeiro, Taynara & Rogers Jacon, Tereza Marques, Terezinha de Jesus Monteiro Lobato, Terezinha de Jesus Monteiro Lobato, Thabata S, Thaiane Pinheiro, Thainá Carriel Pedroso, Thainá Souza Neri, Thairiny Alves Franco, Thais Cardozo Gregorio da Silva, Thaís Costa, Thais Cristina Micheletto Pereira dos Santos, Thais Elen R. Matias, Thaís Ferraz, Thais Martins de Souza, Thais Messora, Thais Moreno Ferreira, Thais Pires Barbosa, Thais Rosinha, Thais Terzi de Moura, Thales Leonardo Machado Mendes, Thalita Oliveira, Thamires Ossiama Zampieri, Thamyres Cavaleiro de Macedo Alves e Silva, Thayana Sampaio, Thayna dos Santos Gonçalves, Thayna Ferreira Silva, Thayna Rocha, Thaynara Albuquerque Leão, Thiago Babo, Thiago de Souza Oliveira, Thiago Oliveira, Thuty Santi, Thyago dos Santos Costa, Tiago Batista Bach, Tiago Queiroz de Araújo, Tiago Troian Trevisan, Ticianne Melo Cruz, Tiemy Tizura, Trícia Nunes Patrício de Araújo Lima, Tyanne Maia, Úrsula Antunes, Úrsula Lopes Vaz, Úrsula Maia, Val Lima, Valdineia C Mendes, Valéria Padilha de Vargas, Valéria Villa Verde, Valkiria Oliveira, Valquiria Gonçalves,

Vanádio José Rezende da Silva Vidal, Vandre Fernandes, Vanessa Akemi Kurosaki (Grace), Vanessa Luana Wisniewsky, Vanessa Ramalho M. Bettamio, Vanessa Rodrigues Thiago, Vanessa Serafim, Vanessa Siqueira, Vera Carvalho, Vera Lúcia N. R., Veronica Carvalho, Verônica Cocucci Inamonico, Verônica Meira Silva, Victor Cruzeiro, Victória Albuquerque Silva, Victoria David, Victoria Karolina dos Santos Sobreira, Victória Loyane Triboli, Victoria Raiol, Victoria Yasmin Tessinari, Vinícius Dias Villar, Vinicius Oliveira, Vinicius Rodrigues Queiroz, Vinicius Sousa, Virgílio de Oliveira Moreira, Viriato Klabunde Dubieux Netto, Vitor Boucas, Vitória Filgueiras M., Vitória Rivera dos Santos, Vitória Sinadhia, Vivian Carmello Grom, Vívian Carvalho, Vivian Ramos Bocaletto, Viviane Côrtes Penha Belchior, Viviane Piccinin, Viviane Vaz de Menezes, Viviane Ventura e Silva Juwer; Mara Ferreira Ventura e Silva, Viviane Wermuth Figueras, Vladi Abreu, Wady Ster Gallo Moreira, Walkíria Nascente Valle, Wand, Wande Santos, Washington Rodrigues Jorge Costa, Wellington Furtado Ramos, Wenceslau Teodoro Coral, Wenderson Oliveira, Wesley Marcelo Rodrigues, Weslianny Duarte, Weverton Oliveira, William Multini, Willian Hazelski, Wilma Suely Reque, Wilma Suely Reque, Wilma Suely Reque, Wilson José Ramponi, Wilson Madeira Filho, Wong Ching Yee, Yahel Mores Podcameni, Yara Guimarães Duarte Marques, Yara Nolee Nenture - Yara Teixeira da Silva Santos, Yasmin Dias, Yasmine Louro, Yonanda Mallman Casagranda, Yuri Cichello Benassi, Yúri Koch Mattos, Yuri Takano, Zaira Viana Paro, Zeindelf, Zoero Kun.

SOBRE A ILUSTRADORA: Ana Milani é artista e ilustradora graduada em arquitetura que transformou hobby e paixão em seu trabalho.

Cria suas artes no tradicional papel, desenvolvendo ainda ilustrações e colagens digitais. Partilha o que faz em revistas, livros e eventos, inspirando-se em artes visuais, história, psicologia e literatura, além da estética do século XIX, do onírico e estranho, com fortes representações de figuras femininas.

Ama, por fim, visitar espaços culturais, a natureza e suas gatas.

EMPRESAS PATROCINADORAS

As empresas a seguir apoiaram a campanha deste livro e, portanto, sempre terão nosso agradecimento. Sua paixão pela arte é reconhecida e apreciada!

MEULIVRO.JP

Uma livraria brasileira no Japão com objetivo levar um pouco da nossa cultura através da leitura.

📷 @meulivro.jp

meulivro.jp@gmail.com

CASATIPOGRÁFICA

Estúdio de diagramação de livros e obras-primas para editoras e autores nacionais.

📷 @casatipografica

www.casatipografica.com.br

Apoio Master

MARATONA.APP

Maratona.app

A plataforma mais emocionante de literatura, vincule seus livros aos desafios de cada maratona, encontre leituras conjuntas, acompanhe seu histórico de foco e adicione que emoções você sentiu lendo as páginas. E não menos importante, respeitamos sua privacidade e contribuição na plataforma.

maratona.app

Apoio Master

UFFO

Objetos de outros planetas prontos para decorar e transformar sua casa. Especial para leitores, geeks e nerds, como nós mesmos somos! Projetos 100% exclusivos, com design assinado pela Uffo. Garantia de itens únicos e com qualidade para você levar para casa ou presentear outros terráqueos.

@uffo.store

www.uffo.com.br

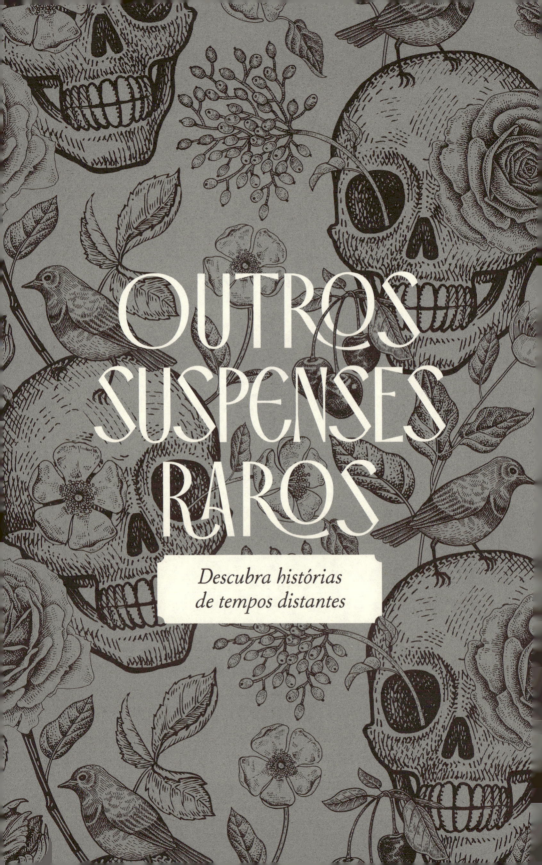

Sweeney Todd, o barbeiro demoníaco da Rua Fleet

THOMAS PECKETT PREST E JAMES MALCOLM RYMER

Uma famosa história vitoriana que deu origem ao filme e musical de Sweeney Todd

EDITORA WISH | 320 PÁGINAS

O Anel dos Löwensköld

SELMA LAGERLÖF

Um mistério além-túmulo de 1925 escrito pela autora vencedora de um Nobel

EDITORA WISH | 160 PÁGINAS

Mestres do Gótico Botânico

ALGERNON BLACKWOOD, CHARLOTTE P. GILMAN E OUTROS

Um resgate dos clássicos de horror botânico do período vitoriano

EDITORA WISH | 256 PÁGINAS

A Morta Apaixonada

THÉOPHILE GAUTIER

Um jovem padre vive o celibato e a castidade, mas nada poderia prepará-lo para a chegada daquela vampira

EDITORA WISH & EDITORA CLEPSIDRA | 200 PÁGINAS

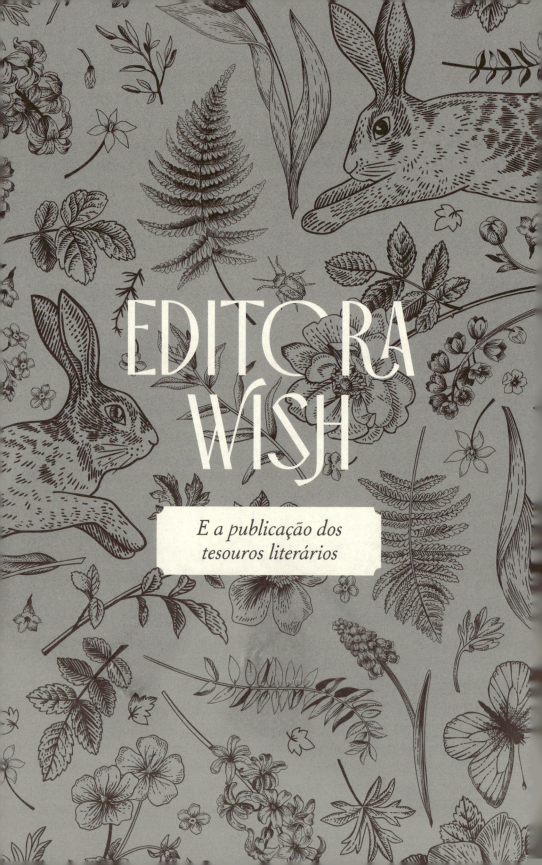

EDITORA WISH

E a publicação dos tesouros literários

A publicação de obras raras e inéditas pela Editora Wish acontece desde o nosso primeiro lançamento, com contos de fadas que nunca tinham sido traduzidos para a língua portuguesa. Acabamos, com o tempo, nos apaixonando cada vez mais pelo passado e seus tesouros escondidos. Enquanto clássicos criam gerações de leitores ao longo das décadas, os raros e inéditos mantém aceso o fogo da curiosidade sobre o que é diferente do comum. Afinal, quais livros eram lidos e apreciados pelos nossos antepassados? Quais tipos de obras deslumbrantes ou estranhas eles tinham em suas bibliotecas particulares?

A literatura rara e inédita leva a mente para fora do escopo do comum, e direciona nossas lunetas para estrelas nunca antes vistas... Ou quase esquecidas.

A Wish tem o prazer de publicar livros antigos de qualidade e com traduções realizadas pelos melhores profissionais, envelopados em projetos gráficos belos e atuais para agraciar as estantes dos leitores. São presentes para a imaginação repletos de entretenimento e recordações de épocas que não vivemos – mas que podemos frequentar através de incríveis personagens.

EQUIPE WISH

Este livro foi impresso na fonte
P22 Stickley Pro, com características
clássicas das antigas tipografias, em papel
Pólen® Bold 70g/m² pela gráfica Geográfica.

Os papéis utilizados nesta edição
provêm de origens renováveis.

Publicamos tesouros literários para você
www.editorawish.com.br